노을의 기억

노을의 기억

초판 1쇄 인쇄 · 2025년 3월 15일
초판 1쇄 발행 · 2025년 3월 20일

지은이 · 강명희
펴낸이 · 한봉숙
펴낸곳 · 푸른사상사

주간 · 맹문재 | 편집 · 지순이 | 교정 · 김수란, 노현정 | 마케팅 · 한정규
등록 · 1999년 7월 8일 제2-2876호
주소 · 경기도 파주시 회동길 337-16 푸른사상사
전화 · 031) 955-9111(2) | 팩스 · 031) 955-9114
이메일 · prun21c@hanmail.net
홈페이지 · http://www.prun21c.com

ISBN 979-11-308-2229-7 03810
값 18,500원

푸른사상
소설선
66

강명희 소설집

노을의 기억

　서른 중반에 잠시 살았던 제주는 내 문학의 고향이다. 소설가란 이름을 붙여준 곳도 제주고, 대표작 「노을」이 탄생한 곳도 제주다.
　「노을」에서 두 번째 소설집 『서른 개의 노을』이 파생되어 나오고 또 그것을 뼈대로 다섯 번째 소설집 『노을의 기억』이 태어났다.

　아주 짧은 기간 김승옥 소설가 밑에서 공부할 때 이 작품을 썼다. 선생님께서 이 작품에 유난히 애착을 가지고 지도해주셨다. 알고 보니 작품 속의 '안자'는 삼십 대에 미망인이 되신 선생님의 어머니셨다. 아버지는 선생님이 일곱 살 때 동생 셋을 남겨놓고 여순사건으로 희생되셨다. 여순사건은 4·3을 진압하라는 명령을 동족상잔의 이유로 거부한 토벌대를 진압하는 과정에서 많은 민간인이 희생된, 4·3과 마찬가지 맥락의 사건이다.
　4·3이라는 참혹한 사건은 시간이 흘러도 여전히 아픔의 현재진행형이다. 나는 이 이야기를 어떤 식으로라도 그려보고 싶었다. 어쩜 이 글을 쓰고 싶어 소설가가 되었는지도 모르겠다.

오랫동안 컴퓨터 안에 묵힌 작품이지만 더 늦기 전에 발표를 해야겠다고 생각해 이 작품을 세상에 내놓는다.

이 밖에 그간 틈틈이 쓴 몇 개의 작품을 함께 실었다.

이것이 내 마지막 소설집이 될지도 모르겠다. 책을 자꾸 내는 것이 무슨 소용이 있을까마는 재주라고는 눈곱만큼도 없는 내가 배운 것이 이것뿐이니 부끄러움을 무릅쓰고 또 하나의 작품집을 세상에 내놓는다.

이 책이 나오기까지 언제나 격려를 아끼지 않으신 서정자 교수님, 흔쾌히 출판을 결정해주신 푸른사상사 대표님, 작품을 꼼꼼히 읽고 교정봐준 신희숙 교장선생님, 또 지난번에 이어 발문을 써준 강진철 교수에게 감사의 말씀을 드린다.

2025년 봄
강명희

차 례

7

노을의
기억

해마다 4월이면 제주 하도리 바닷가에서는 진혼제가 열린다. 처음에는 육지에 있는 하르방의 가족과 제주에 있는 할망의 가족이 모여 지내던 조촐한 행사였다. 이십여 년을 내려오면서 4 · 3 때 무고하게 죽어간 모든 이들의 넋을 기리는 행사가 되었다. 자연히 여름에 지내던 것을 사월에 지내게 되었다. 거기에는 육지와 섬이 따로 없고, 좌와 우가 없으며, 경찰과 민간인이 없었다. 칠십여 년 전에 제주에서 있었던 그 참혹한 사건은 가해자도 피해자도 없이 모두가 피해자였다. 이 진혼제는 그들 넋을 위로하기 위해 지내는 제사다.

하르방

하르방이 이 띠집에 온 것은 지난해 늦은 봄이었다. 농익은 봄의 햇살이 느린 곡조처럼 풀어져내리는 몽롱한 오후, 안자(安子)는 바다에 나가 조개 몇 개 건져 올리고는 나른한 몸을 바위에 기대고 쉬고 있었다. 봄날의 오수가 겨운 햇볕 속으로 번져갔다. 무심코 고개를 돌려 토끼섬을 바라보니 문주란 꽃술이 하얗게 올라온 꽃밭에서 한 하르방이 걸어오고 있었다. 무르익은 햇살 탓인지 밀려오는 잠 탓인지 하르방은 물처럼 흐르는 것 같았다. 하르방은 안자가 앉아 있는 바위를 지나 마을 쪽을 향해 걸어갔다. 비쩍 말라 마치 바지가 저 혼자 걸어 다니는 것 같았다. 하르방은 낮은 돌담 사이로 사라졌다.

그날 밤, 안자는 이상한 꿈을 꾸었다. 문을 열고 방으로 들어가던 안자는 깜짝 놀랐다. 사태 때 죽은 서방이 생시와 똑같은 모습으로 방 한가운데 앉아 있었다. 안자는 놀라 소리쳤다.

"… 누구 …마시?"

아무리 소리쳐도 서방은 빙그레 웃고만 있었다.

"종호… 아방 아니우꽈?"

서방은 여전히 말을 하지 않았다.

이때 밖에서 쿵 소리가 났다. 안자는 그 소리에 소스라치게 놀라 잠에서 깨어났다. 잘못 들었는지 소리는 더 이상 나지 않았다. 안자는 꿈이 깬 것이 몹시 아쉬웠다. 사태 때 큰아들과 함께 죽은 서방은 가끔 안자의 꿈속을 찾아왔다. 헤아릴 수도 없이 많은 세월이 흘렀지만 서방은 여전히 스물다섯 앳된 청년이었다. 이때 다시 밖에서 인기척이 났다.

죽은 서방이 돌아올 리는 없지만 안자는 방문을 조금 열고 밖을 내다보았다. 달빛이 은실처럼 풀어져 내리는 봉당에 웬 검은 물체가 쓰러져 있었다. 두려운 마음에 살며시 방문을 닫았다. 그러나 안자는 금방 밖이 걱정되었다. 안자는 조심스럽게 밖으로 나갔다. 눈 속에 먹이를 찾아 마을로 내려온 노루도 거두었다 올려 보내는 것이 이곳 섬의 인심이었다. 뿌연 달빛 아래 쓰러져 있는 것은 사람이었다. 다가가 자세히 보니 낮에 토끼섬 쪽에서 걸어오던 비쩍 마른 하르방이었다. 안자는 자신도 모르는 사이 하르방을 부축해 방 안으로 끌어 들였다.

안자는 몇 날 며칠을 조개죽을 끓여 먹이며 정성껏 간호했다. 하르방은 차츰 기력을 찾아갔다. 하르방은 다음 날도 또 다음 날도 제 집으로 돌아가지 않았다. 하르방은 오래전부터 살아왔던 것처럼 그렇게 안자의 집에 머물렀다.

하루 종일 사납게 타던 해가 산등성이에 걸렸다. 정수리에 내리꽂히며 극성을 떨어댈 때는 하얀지 붉은지조차 모르겠더니 한라산 등성이에 걸리자 해는 잘 익은 홍시마냥 세상을 붉게 물들였다. 한낮에 보면 그저 그런 햇볕 속에 어찌 저리 고운 빛깔이 숨어 있었는지 안자는 아무리 생각해도 신기하기만 했다.

감물을 먹인 갈옷 역시 신기하기는 마찬가지였다. 아무리 생각해도 푸르딩딩한 감에서 노을을 닮은 빛깔이 나온다는 사실이 믿어지지 않았다. 게다가 막 물먹여놨을 때는 노을빛으로 타던 빛깔이 빨면 빨수록 부드러운 갈빛으로 사위어갔다. 젊은 날에는 아무렇지도 않던 사실들이 이만큼 늙은 나이에 새삼스럽게 신기해 오는 것은 어찌된 연유인지 알 수 없었다.

안자가 사는 집 돌담 밖 우영밭(텃밭을 의미하는 제주 사투리)에는 토종 감나무 몇 그루가 서 있었다. 감나무는 그다지 크지 않지만 봄에 암팡지게 많은 꽃을 피우더니 날이 더워지자 검푸른 이파리 사이로 올 망졸망한 풋감들을 빈틈없이 달고 있었다. 안자는 그 풋감을 따다 천을 물들여 시장에 내다 팔아 근근이 살아가고 있다.

풋감을 찧을 때 나오는 하얗고 끈적끈적한 진물이 안자는 감나무의 혼같이 느껴졌다. 감나무는 언제 누구에 의해 이 띠집 옆에 서 있는지 모른다. 맛은 고사하고 볼품조차 없어 아무짝에도 쓸모없는 천덕꾸러 기로 자라다가 어느 날 누군가에 의해 천을 아름답게 물들이는 소임을 받았다. 자신이 생각해도 기특해 감나무는 제 마음속에 있는 것을 보여 주듯이 혼신을 다해 천을 물들인다. 안자는 감물을 먹일 때마다 감나무 의 혼이 느껴지고 그러한 감나무가 자신의 모습과도 같이 느껴졌다.

안자를 이 집으로 불러들인 것은 다름 아닌 감나무였다. 정신이 나가 여기저기 떠돌아 다니다가 감나무 밑에 쓰러져 깜빡 잠이 들었나 싶었 을 때였다. 어디서인가 '이 섬에서 갈옷 맥이는 솜씨는 어멍 따라올 사 람 업써' 하며 껄껄 웃는 소리가 들렸다. 그 말은 안자가 갈옷 한 벌 물 먹여주자 서방이 좋아하며 했던 말이었다. 사태 때 스물다섯 살의 나이 로 죽었으니 오십 년도 한참 더 지난 말이었다. 깜짝 놀라 올려다보자 그리 크지 않은 감나무에 풋감이 다닥다닥 붙어 있었다. 살랑살랑 바람 이 불 때마다 나부끼는 이파리 틈으로 햇볕이 쏟아져 들어와 어린 감들 을 어루만지고 있었다.

감나무 집에 혼자 살아가고 있는 안자는 누군가와 얘기하고 싶을 때 면 이곳으로 와 감나무를 동무 삼아 이야기했다. 동네 사람이 지나가다가 감나무 아래서 혼자 중얼거리고 있는 안자를 본 후로는 미친 할망이 혼자 살고 있는 집이라는 소문이 돌고 이제는 아이들조차 집 근처에 얼씬도 하지 않았다.

이제 안자는 감나무와 말하지 않았다. 감나무에게 하듯 하르방이 듣건 말건 중얼거렸다.

"굴 아가리에 불을 피워놓고 튀어나오는 사람들안티 총을 쏴버렴. 꼭 노루 사냥하는 거 같았주게."

무언가 중얼거리는 안자와는 달리 하르방은 입도 벙긋하지 않았다. 안자는 처음 하르방이 벙어리일지도 모른다고 생각했던 것이 어느 날부터는 아예 벙어리로 여기게 되었다.

제주의 동쪽에 위치한 이곳 하도리는 용천수가 유독 많았다. 한라산은 구멍이 숭숭 뚫린 돌로 되어 있어 물을 빨아들였다. 그래서 이곳 내들은 대부분 비 올 때만 잠시 흐르다 마는 건천(乾川)이다. 용천수란 한라산 기슭에 내린 빗물이 돌 속으로 스며들었다가 해안을 따라 솟아나는 샘을 말한다. 이곳 하도리는 이러한 샘이 얼마나 많은지 해안을 둑으로 가로막아 민물고기를 양식하기도 했다.

하도리가 동쪽이라면 안자가 태어나 시집가 살았던 한림은 이 섬의 서쪽이었다. 노련한 석수장이가 잘 다듬어놓은 듯 자태가 고운 비양도가 바로 눈앞에 보였다. 노을이 질 때면 바다는 수줍음을 유난히 타는 처녀애의 얼굴처럼 온통 붉어졌다. 언제부터인가 안자는 그렇게 유순하게 타오르는 노을빛을 차마 눈뜨고 볼 수가 없다. 안자는 이제 자신의 나이가 몇 살인지조차 생각이 나지 않았다. 그렇지만 오래전 그날의 일만은 나이가 들어가면 갈수록 어제 일처럼 더욱더 생생하게 되살아났다.

그날의 일

오메기 이삭이 깊숙이 고개를 숙일 무렵이었다. 섬은 오메기와 산디 수확을 바로 눈앞에 두고 있었다. 날이 선선해지면서부터 들려오던 흉흉한 소문들은 시시각각으로 마을을 점점 더 공포 속으로 몰아넣었다.

소문들은 너무나 끔찍했다. 메밀밭에서 일하던 사람에게도, 부역하던 주민들에게도, 허벅을 지고 가는 동네 여인에게도, 아흔여섯 살의 할머니에게까지 토벌대들이 총질을 했다고 했다. 어느 초등학교 운동장에는 빨갱이를 도와준 놈은 어떻게 되는 줄 보라며 동네 사람들 앞에서 아무나 의심이 가는 사람들을 끌어내 총질을 했다고 했다. 표선에서는 목이 잘려 떼죽음을 당했다고 하고 어디서는 불에 태워 죽였다고 하고 또 어디서는 사람들을 산 채로 발가벗겨 물속에 던졌다고 했다. 화순에서는 3평짜리 물통 속에 수십 명의 사람들을 짐짝처럼 쌓아놓고 그 안에 물을 채워 죽였다고 했다. 사람 사는 세상이 아닌 아비규환이었다. 안자가 사는 마을 사람들도 숨 막히게 조여오는 이 흉한 소문 앞에 어찌할 바를 몰라 하고 있었다.

해방이 되자 안자의 동네도 다른 곳과 마찬가지로 노무자로 일본 징용에 끌려갔던 사람들과 함께 젊은 유학생들이 돌아왔다. 유학생들은 대부분 동네 유지의 자제들이었다. 많은 유학생들은 당시 홍역처럼 앓던 사회주의에 심취되어 있었다. 그들은 동네 청년들과 함께 어울려 다니며 사회주의 사상을 전파했다. 이 땅에 미군정이 들어오자 그들은 뭉쳐 이 땅이 미국의 식민지가 될 것이라며 반대했다. 미군 정치에서 행해진 선거는 전국에서 유일하게 이 섬만은 차단하였다. 이승만 정권이 들어서자 그들의 세력은 불법이 되어 탄압을 받자 그들은 산으로 숨어들었다. 당국은 함께 어울렸던 사람들도 모두 빨갱이라고 몰아붙였다. 씨족을 이루고 살아가는 마을이라 사돈에 팔촌까지 얽히지 않은 사람들이 없었다. 산사람들이라 불리는 그들은 모두 마을 사람들의 자식이며 형제며 핏줄이었다. 마을 사람들은 그들에게 옷과 식량을 대주었다.

흉흉한 소문이 온 동네를 떠돌았다. 사람들은 앉아서 당할 수만은 없는 노릇이라며 하나하나 짐을 꾸렸다. 안자도 남편과 두 아이를 데리고 동네 사람들을 따라 토굴로 피난을 갔다. 섬은 한라산으로부터 바닷가 쪽으로 수없이 많은 동굴들이 흩어져 있었다. 토벌대가 몰려오자 섬사람들은 짐을 꾸려 땅속으로 숨었다.

빛 한 줄기 없는 동굴 안에는 겁에 질린 사람들이 눈을 반짝이며 숨소리만 내고 있었다. 안자의 남편은 큰아이를 부둥켜안고, 안자는 작은아이를 가슴팍에 안고 젖을 물리고 있었다. 별안간 젖 먹던 아이가 젖꼭지를 내뱉더니 자지러지게 울었다. 아무리 젖을 먹이려 해도 아이는 울음을 더해갔다. 마을 사람들은 안자에게 아이를 데리고 굴 밖으로 나갈 것을 요구했다.

안자의 남편은 가족을 데리고 동굴을 나가려고 했다.

이때 한 어멍이 말했다.

"아방은 나가지 말고 여기 이십써. 여길 알고 있으니까 검은개(경찰)에 고자질이라도 허면 어떡하영."

남편은 마을 사람들에 의해 강제로 동굴에 머물렀다. 할 수 없이 안자는 우는 아이를 데리고 그곳을 빠져나왔다. 밖에 나오니 신기하게 아이는 울음을 뚝 멈추었다.

얼마 후 안자는 바위 뒤에 숨어서 토벌대들이 총부리를 겨눈 채 동굴 쪽으로 뛰어가는 것이 보였다. 잠시 후 동굴 쪽에서 연기가 나고 총소리가 났다. 달려가 보니 토벌대가 굴 아가리에 불을 피워놓고는 튀어나오는 사람들을 총으로 쐈다. 꼭 노루 사냥 하는 것 같았다.

아방이 아들을 끌어안고 튀어나왔다. 총알이 쏟아지자 아방은 등을 총알이 쏟아지는 쪽으로 돌려 아들의 총알받이 노릇을 했다. 곧 아방이 아들을 떨어뜨리고 그 자리에 쓰러졌다. 자지러지게 울던 아들에게서도 곧 울음소리가 나지 않았다.

눈앞에서 아들과 남편이 죽는 모습을 보고도 안자는 소리조차 지를 수가 없었다. 품 안의 아이는 천진한 모습으로 잠들어 있었다. 아기는 삼신 할망이 어떻게든 보호한다는 옛말이 떠올랐다. 아이를 살려야 한다는 생각이 번뜻 들었다. 도망가야 한다. 안자는 그곳으로부터 멀리 도망가기 위해 있는 힘을 다해 달렸다. 얼마를 달렸을까. 우악스러운 손길이 안자의 뒷덜미를 낚아챘다. 아이를 품에 꼭 안고 땅바닥을 뒹굴면서 올려다보니 총 든 경찰이었다.

안자는 좁고 어두운 창고 안으로 끌려갔다. 경찰은 품에 있던 아이를 빼앗아 문 앞에 던져놓고, 안자의 두 손을 뒤로 묶고 땅바닥에 내던졌다. 경찰은 어느 빨갱이와 내통했는지 말하라며 몽둥이로 매질을 시작했다. 별안간 경찰이 매질을 멈추더니 안자의 치마를 들췄다. 손이 뒤로 묶인 채로 발버둥 치던 안자의 가랑이 사이로 부지깽이처럼 시뻘겋

게 달구어진 경찰의 그것이 비집고 들어왔다. 경찰은 눈을 가늘게 뜨고 몸을 몇 번 움직거리더니 신음소리를 냈다. 어둠 속에서 아이의 자지러지는 울음소리가 들렸다. 잠시 후 빳빳하던 것이 축 늘어져 안자의 몸속에서 빠져나왔다. 어느새 아이는 울음을 그치고 눈을 말갛게 뜨고 쳐다보았다.

마을은 불타고 있었다. 불타는 집들 사이를 다니며 군인들이 호루라기를 불며 한 사람도 빠짐없이 학교 운동장으로 모이라고 소리쳤다. 가족을 잃은 사람들은 슬퍼할 겨를도 없이 또다시 학교 운동장으로 끌려가야 했다. 높은 사람인 듯 보이는 군인이 단상에 올라가 긴 연설을 했다. 군인은 정확한 육지말로 제주도민은 다 빨갱이란 말을 듣고 왔다고 또박또박 말했다. 말을 듣지 않으면 불을 질러 섬을 불바다로 만들 수도 있다고 엄포를 놓았다. 지금 남아 있는 놈들도 다 빨갱이니 마음대로 처분해도 좋다는 상부의 지시를 받았다고 말했다. 빨갱이를 도와주면 어떻게 되는지 보여주겠다며 쪽지에 적은 사람들 이름을 하나하나 불렀다. 대부분 이미 숨었고 한 사람만이 공포에 질려 군인들에게 끌려 나갔다. 군인 하나가 그를 등 돌려 세워놓고 뒤에서 총을 쐈다. 총소리뿐 아무 소리도 들리지 않았다. 그는 땅바닥에 엎어져 몇 번인가 꿈틀거렸다, 군인 하나가 다시 총을 쐈다. 꿈틀거림이 멈추었다. 한참 후 머리를 산발한 여자 하나가 비명 소리를 내며 달려 나갔다. 군인들은 이미 떠나고 없는 후였다.

바닷가 쪽에서 총소리가 계속해서 들렸다. 겁에 질려 있던 주민들은 총소리가 멈추고 토벌대가 떠난 것을 보고 나서야 바닷가로 달려갔다. 보릿단을 묶어 포개놓은 것처럼 시체들이 포개져 있었다. 사람들은 울부짖으며 시체에 달려들어 가족을 찾았다. 그때 비양도 너머로는 유난히 진한 노을이 타고 있었다. 파도도 무엇을 아는지 미친 듯이 달려와 바위에 제 몸을 부딪치며 울부짖었다.

마을은 불타 없어지고 살아남은 자들은 먹을 것이 없었다. 사람들은 들에 있는 짐승이 먹을 만한 풀들까지 모조리 뜯어다 먹었다. 산사람들에게 제공될까 봐 가축들을 떼죽음시켰으니 망정이지 하마터면 인간과 짐승이 들풀을 놓고 쌈질을 할 뻔했다. 산도 들도 나무들이 허옇게 벗겨져 나갔다. 총 맞아 죽고 굶주려 죽고 병들어 죽고… 지옥이 따로 없었다.

어느 날 경찰이 안자를 찾아왔다. 빨갱이를 많이 잡아 진급한 거라며 어깨의 계급장을 가리켰다. 아직도 죄가 남아 있나 해서 겁에 질린 안자는 경찰을 따라갔다. 경찰은 안자를 제 집으로 데리고 가 배불리 밥을 주었다. 경찰에게는 이미 부인이 둘 있었다.

집 안팎의 궂은일은 모두 안자의 몫이었다. 종일 마늘밭을 매고 물질을 하면서 그 집에서 아들과 함께 밥을 얻어먹으며 살았다. 경찰은 아무것도 아닌 것을 가지고 안자에게 손찌검을 했다. 그런 날 밤에는 안자의 방으로 들어와 어두운 창고 안에서 했던 그 짓을 안자에게 했다. 손찌검에 실핏줄이 터져 온몸이 푸르게 멍들기도 하였다. 발길질에 다리가 삔 적도 있었다. 하지만 그것만 잘 견디면 먹고살 수는 있었다.

경찰은 아들을 학교에 보내주었다. 좋은 옷도 사주었다. 의과대학도 보내주고 의사가 될 수 있게 해주었다. 안자는 선생 하는 며느리도 얻었다. 첫 번째 부인이 죽고 두 번째 부인도 죽었다. 세월이 흐르고 흘러 안자는 송장처럼 늙은 영감의 정식 부인이 되었다. 또 세월이 흘러 늙은 영감도 죽었다. 늙어가니 영감의 폭력도 사라져 안자 앞에 놓인 세상은 편안했다.

안자가 처음 정신이 들락거리는 병에 걸린 것은 아들이 며느리에게 그 짓 하는 것을 보았을 때부터였다. 아들은 제 여편네 두 손을 묶고 때리고 있었다. 며느리의 비명소리를 듣고 안방으로 뛰어 들어갔을 때 아들은 며느리의 가랑이를 벌려 막 그것을 집어넣고 있었다. 안자는 그 길로 집을 뛰쳐나왔다. 정신이 들락거렸다. 정신이 들면 집으로 들어갔다가 다시 뛰쳐나오는 생활이 계속되었다. 그러다 이 감나무 집에 와 살게 된 것이다.

하도리의 노을은 한라산을 붉게 물들이며 진다. 노을이 지는 바다가 보이지 않는다는 것만으로도 안자는 이곳이 좋다.

예전 며느리

정희는 일 년째 시어머니를 찾고 있었다. 남편과 이혼할 당시 정신이 들락거리던 어머니가 어느 날부터 들어오지 않았다. 행방불명이 된 어머니를 찾아야 한다는 마음과 남편과 이혼을 해야 한다는 두 마음이 정희를 괴롭혔다. 정희는 남편과 어렵게 이혼을 한 후 어머니를 찾아 나섰다. 남편과 이혼을 했어도 시어머니는 어머니로 모시고 싶었다. 정희는 주말이나 방학 때면 모든 것을 중단하고 바닷가를 뒤지면서 어머니 찾아다니기를 일 년째 하고 있다.

일 년이 넘도록 찾아다녔지만 어머니는 어디에도 없었다. 하지만 정희는 어머니가 이 섬을 떠났다고는 생각하지 않는다. 바닷가 어딘가에 어머니가 계실 것이라고 확신하고 있다. 정희의 어머니 찾기는 어머니가 나타날 때까지 언제까지 계속될 것이다.

지난해에는 섬을 중심으로 서쪽을 주로 돌아다녔다. 이호 애월 곽지 협재 바닷가를 다녔다. 어머니의 고향인 한림에서조차 어머니를 알아보는 사람들은 모두 다 연로해 죽었다. 이 섬과 함께했던 아픔의 주역들이 하나하나 사라져가고 있는 것을 느꼈다. 그 어떤 것으로도 치유될 수 없는 4·3의 아픔을, 세월은 당사자들을 밀어내는 것으로 치유하고 있었다. 정희는 가는 곳마다 어머니 사진을 사람들에게 보여주고 이런 사람을 보거든 전화를 해달라고 부탁해놓았다.

협재 바닷가에 사는 한 노인이 어머니를 알아보았다.

"이 어멍 웬쑤 세 번째 각시 되었주게."

노인은 어머니가 경찰의 세 번째 부인으로 들어간 것을 알고 있었다. 노인은 어머니가 이곳에는 오지 않을 것이라며 어머니가 동굴에서 살아 나온 과정을 자세히 말했다. 그 사건은 이미 정희도 알고 있었다. 동굴 속의 사람들이 떼죽음을 당하자 사람들은 누군가가 고자질한 것이라며 혼자 살아 나온 어머니를 의심했다. 집은 불타 없어지고 사람들에게 따돌림당한 어머니는 굶주리며 여기저기 떠도는 것을 순경이 와서 데려갔다는 것이다. 노인은 어머니가 경찰과 내통하여 동네 사람들이 있는 곳을 고자질했다고 알고 있었다. 오십 년이 더 지난 일이지만 노인은 어제 일처럼 생생하게 말했다. 그 동굴에서 어머니와 남편만이 살아 나온 사람이었다.

정희는 어머니로부터 그 상황을 충분히 들어서 알고 있었다. 어머니는 삼신할머니가 아이를 보호한다는 말로 설명했다. 그런 생각이 들수록 정희의 발길은 급해졌다. 어머니는 칠십도 중턱을 넘고 있었다. 무엇보다 정신이 들락거리고 고생을 많이 해 몸이 노쇠했다. 지금쯤 모르는 곳에서 아무도 모르게 죽었을지도 몰랐다. 시간이 갈수록 어머니 찾는 일은 점점 오리무중에 빠졌다.

정희가 이혼하기는 쉽지 않았다. 좁은 제주 바닥에서 해마다 집을 옮겨다녀야 했던 것은 이웃들의 진정에 의해서였다. 정신과 의사인 남편은 두 달에 한 번쯤 정기적으로 발작을 했다. 한밤중에 온 동네가 떠내려가듯이 소리를 치고 주먹을 휘두르며 온갖 것을 때려 부수는 행위는 이미 오랜 습관이었다. 그런 날이면 정희는 온몸이 붓도록 얻어맞았다. 사람들은 의사 남편의 횡포를 그래도 참고 살라고 했다. 나이가 들면 나아지나 했지만 남편의 병은 나이가 들수록 점점 더했다. 어머니가 행방불명이 된 것을 계기로 정희는 이혼을 결심했다. 그렇지만 남편은 합의해주지 않았다.

정희는 이혼 소송을 냈다. 진정을 한 이웃들을 찾아다니며 증인이 되어줄 것을 부탁했지만 그들은 들어주지 않았다. 남편의 손찌검으로 인해 넘어져 팔이 부러졌을 때 좁은 바닥의 의사들은 진단서를 떼어주지 않았다. 정희는 퉁퉁 부은 팔을 하고 비행기를 타고 육지로 갔다. 거기서 전치 육 주의 진단을 받았다. 진단서를 떼어 온 것을 보고 남편은 말했다.

"날 좀 이해해줄 수 없겠어? 내가 미치지 않고 제정신으로 이만큼 산 것만으로도 기적이야. 이상해. 사람이 얼마나 어린 시절을 기억해낼 수 있을까. 돌이 조금 지난 나이였는데 다 기억나. 아버지와 형이 눈앞에서 죽어간 것도 어머니가 겁탈당한 것도 다……. 아니 어쩜 기억나지 않는데 주위의 정황으로 상상하는 것일지도 몰라. 상상은 더욱더 구체적으로 나를 괴롭혀. 당신…… 날 이해해줄 수 없겠어? 내가 정신과를 택한 것도 그런 이유에서였어. 하지만 이론으로는 알 수 있지만 실제로는 그게 안 돼. 내가 오죽하면 이러겠어."

남편의 그런 하소연이 정희를 이십 년이나 넘게 남편 옆에 붙들어놓았다. 참고 살라는 어머니의 간절한 눈빛도 정희를 남편에게서 떠나지 못하게 했다. 어쩜 어머니가 돌아오지 않는 것은 며느리를 당신 아들로부터 자유롭게 해주기 위한 것일지도 모른다. 남편이 합의해주지 않는 것을 법정으로까지 끌고 가 이혼하려고 한 것은 그런 어머니의 묵인을 읽었기 때문이었다. 정희는 남편을 도저히 이해할 수도 용서할 수도 없었다. 한 많은 아픔의 세월을 견디시던 어머니의 정신을 나가게 한 것은 결국 남편이었다. 며느리가 아들에게 당하는 폭력은 당신이 당한 것보다 더 충격적이었을 것이다. 남편은 이혼 재판이 있기 일주일 전에 이혼에 합의해주었다.

아이들은 이미 대학생이다. 아이들은 부모의 이혼을 놀라워하지 않고 오히려 당연하다는 듯이 여겼다. 오히려 너무 늦었다고 정희를 나무라기까지 했다.

방학 때면 정희는 배낭을 짊어지고 바닷가 마을을 돌아다녔다. 바닷가 어딘가에 어머니가 계실 것 같았지만 번번이 헛수고였다. 동료들은 이혼한 남편의 어머니를 찾아다니는 정희를 보고 영문을 몰라 했다.

어릴 때 정희는 친정어머니가 바쁘고 살기 힘든 중에도 무수히 많은 제사를 지내는 것을 보았다. 또 어머니가 남의 제사를 정성껏 챙겨 다니는 것을 보았다. 어린 정희의 눈에는 죽은 사람을 섬기는 그 모습이 쓸데없는 낭비라고 생각했다. 그것은 미신을 섬기는 비합리적인 행위처럼 보였다. 그러나 지금 정희에게 제주의 풍속 중 가장 아름다운 것을 들으라고 한다면 자신의 제사를 물려주고 싶은 사람에게 주는 것이라 하겠다. 나이를 먹어감에 따라 자기가 사는 어떤 존재와 끊임없이 이어주는 행위처럼 느껴졌다. 정희는 자신도 모르게 제주의 아낙으로 자리 잡아가고 있음을 알았다. 정희가 어머니를 찾아다니는 것은 어머니의 제사를 물려받기 위함이었다. 제사는 정희에게 특별한 의미였다.

정희는 돌아가신 친정어머니에게 제사 하나를 물려받았다. 사태 때 물속에 수장이 된 외삼촌 제사였다. 그 제사를 지내기 전 친정어머니는 이유 없이 아프고 가끔 허깨비가 보인다고 호소했다. 육지 병원까지 다 다녀봐도 소용이 없어 맨 마지막에 찾아간 것은 무당집이었다.

어머니를 살펴 본 무당이 말했다.

"당신 등 뒤에 귀신이 달라붙어 있어. 이런 억울하게 죽었군. 물이 보여. 물속에 빠져 죽었어. 원혼을 달래는 방법은 정성스레 제사 지내는 것밖에 없어."

친정어머니에게는 4 · 3때 행방불명이 된 일본 유학까지 다녀온 오빠가 있었다. 도청에 근무해 집안의 자랑이던 그분은 당시 영어를 자유롭게 구사할 수 있을 정도로 능력 있는 인재였다. 바른말을 잘하고 의협심이 강했지만 좌익이니 우익이나 편 갈라설 사람이 아니었다. 그런 그분이 좌익 프락치 사건에 연루가 되어 트럭에 실려 붙잡혀 간 후 행방불명이 되었다. 곧이어 제주 앞바다에 던져졌다는 소문이 나돌았다. 여기저기 수소문하다가 그 사람들을 싣고 갔던 배의 선원을 만나 수장 사실을 확인했다. 선원의 말에 의하면 산지부두와 관탈섬 사이 바다에 33명이 던져졌다는 것이었다. 온 집안 식구들이 나서서 밤낮으로 해변을 뒤지며 다녔다. 한 열흘쯤 지난 후부터 물고기에게 살은 다 뜯어 먹혀 누가 누군지 구분할 수 없는 뼈만 남은 시체들이 하나하나 물위로 떠오르기 시작했다. 나중에 들은 바에 의하면 철저하게 증거를 없애기 위해 옷을 벗겨 알몸으로 바다에 던졌다는 것이다. 시체들이 떠오르면 누가 누구인지도 모르는 시체들을 거두어 매장을 했다.

아무리 억울해도 세월은 흘렀다. 흐르는 세월은 억울한 외삼촌의 죽음도 희미하게 잊게 했다. 그런데 어느 날 한 무당의 입에서 외삼촌의 억울한 죽음이 다시 튀어나왔다. 외할머니가 세상을 뜨고 달리 제사 지내줄 사람도 없었던 때였다. 어머니는 자진해 외삼촌 제사를 모시고 왔다. 그때부터 어머니의 알 수 없었던 병은 씻은 듯이 없어졌다. 어머니는 돌아가시며 그 제사를 정희에게 물려주었다. 살아 계셨으면 정희의 시어머니보다 다섯 살이나 위인 분이었다. 산 사람도 살았다고 할 수 없고 죽은 사람도 죽었다고 할 수 없는 그런 아픈 세월이었다. 정희는 그때의 그 아픔이 대를 넘어서까지 계속 흘러 다니고 있음을 느꼈다. 이 땅의 역사는 한낱 '사태'라고 이름을 붙였지만 이 섬에서 발생한 비극의 후유증은 아직도 계속되고 있다는 사실에 정희는 두려움을 느꼈다.

여름 방학이 끝나가고 있었다. 정희는 얼마 전부터 동쪽을 다니기 시작했다. 입구에 월정리라고 쓰인 길을 들어섰다. 길 양쪽으로 물수국이 화사하게 피어 있었다. 그 길 가운데로 대여섯 명의 사람들이 걸어왔다. 정희는 한눈에 그들이 육지에서 온 사람들임을 알 수 있었다. 지나가는 사람들의 표정만 보아도 육지 사람인지 이곳 사람인지 알 수 있었다. 아무리 얼굴 생김이나 옷차림이 똑같다고 하더라도 표정을 보면 알 수 있었다. 이곳 사람들은 표정이 없는 덤덤한 얼굴이었다. 비가 오는 날이면 해변은 더욱더 검었다. 정희는 비 오는 바닷가 풍경이 꼭 우울증을 앓는 환자처럼 생각되었다.

그들을 거슬러 해변 쪽을 향해 걸었다. 해변에 옹기종기 모인 집들이 정겨워 보였다. 마을 복판에 누군가가 물을 긷고 빨래하기 좋게 돌멩이로 샘을 둘러쳐 놓았다. 샘에서 물이 솟아나 도랑처럼 바다로 흘러 들어갔다. 바다는 앞마당처럼 가까이 있었다. 월정리는 맑고 아름다운 해변이었다. 곱고 흰모래로 뒤덮인 해변은 파도도 잔잔했다. 군데군데 물이 용솟음치며 용천수가 솟아나고 있었다.

마을 한복판에는 팽나무 한 그루가 무성한 이파리를 달고 서 있었다. 나무 밑에는 돌멩이를 편편하게 늘어놓아 앉기 좋게 만들어져 있었다. 돌로 만들어진 평상에는 사람들이 모여 앉아 있었다. 젊은이들은 보이지 않고 모두 늙은이들뿐이었다. 정희가 마을을 한 바퀴 둘러보고 왔을 때까지 그들은 똑같은 모습으로 앉아 있었다. 정희는 노인들에게 다가갔다. 노인들의 얼굴에 경계의 빛이 역력했다. 정희는 공손히 인사를 하고 사람을 찾는데 혹시 이런 노인을 보면 연락해달라고 사진과 전화번호 적은 쪽지를 주며 당부했다. 노인들은 전단용지를 받을 뿐 무어라고 대꾸하지 않았다. 정희는 아무런 표정이 없는 그들에게서 또다시 현무암 같은 어두움을 느꼈다.

정희는 월정리가 고향인 동료와 함께 근무했던 적이 있었다. 그는 언제나 남을 믿지 못하고 의심이 많아 동료들에게 따돌림을 당했다. 정희는 그런 그가 가여워 말동무를 해주었다. 어느 날 그가 말했다.

"아버지가 사태 때 돌아가셨주게. 산사람들에게 음식을 제공했다는 죄였수다. 한 무리가 들어와 밥을 달라핸. 그들이 무장대인지 경찰인지 군인인지 무식한 아버지가 어떻게 알 수 있수꽈? 밥과 술을 얻어먹은 사람들이 아버지를 끌고 가 총살해부러수다. 산사람으로 위장한 토벌대랐주게. 그 당시는 토벌대들이 하도 못살게 구니까 산에 올라간 사람들도 많았주게. 산으로 피난 간 것뿐이지 무장대 활동을 한 것은 아니우다. 경 해도 잡히는 대로 다 총살해부러수다. 지금도 비 오는 날 성산 쪽으로 가면 목 잘린 사람들이 벌떡벌떡 일어나 내 목 줘 내 목 줘 하고 쫓아온다고 핸. 누구는 진짜 봤다고 우기기도 핸."

그는 여전히 동료들에게 마음을 열지 못하다가 추자도로 지원해 갔다는 소리를 들었다.

버스 정류장에 섰는데 단체 관광버스들이 줄지어 지나갔다. 그들의 표정은 모두 다 들뜨고 화사했다. 정희는 환한 표정의 그들에게 알 수 없는 적의를 느꼈다. 섬은 아직도 그날의 아픔에서 헤어나지 못하고 있는데 육지에서는 즐기기 위한 사람들이 꾸역꾸역 몰려왔다.

하도리

하도리의 들판에 유채가 피어나기 시작했다. 유채꽃은 불처럼 번져오며 온 섬을 노랗게 물들였다. 유채가 한도 없이 피고 지는 밭은 겨우내 억눌려 있던 혼들이 한꺼번에 들판으로 몰려나와 한풀이하는 것 같았다. 하필이면 유채는 이 땅의 4월에 저토록 극성스럽게 피어날까. 안자에게 그것은 아들과 함께 죽은 사람들의 원한처럼 여겨졌다. 왜 죽는 줄도 모르고 죽어간 사람들의 원한이 타고 또 타며 억울하다고 아우성 치는 것처럼 느껴졌다.

유채가 지고 나면 토끼섬에서부터 바닷가 언덕에까지 문주란이 하얗게 피어났다. 섬 전체가 꽃으로 덮여 멀리서 보면 마치 하얀 토끼가 누워 있는 듯해 붙여진 이름이다. 그다지 예쁘지는 않지만 싱싱한 이파리 사이로 꽃대가 올라와 하얀 꽃술을 국수발처럼 말아 올렸다. 바람이 불 때마다 짙은 향기가 멀리까지 날아갔다.

마을 어귀 쪽으로는 보랏빛 물수국이 뭉게뭉게 피어났다. 꽃구름이 앉은뱅이처럼 길섶을 꾸미고 앉아 있으면 그때서야 더위가 본격적으로 몰려왔다. 유도화가 붉은 꽃봉오리를 터트리기 시작할 때면 여름은 이미 한복판에 와 있었다. 고사리 장마가 시작되고부터 저수지에 괴기 시작한 물이 마을 앞까지 들어오면 동네는 이전과 전혀 다른 모습이 된다. 하도리는 물이 유난히 많아 붙여진 이름이었다. 물이 가득 담긴 저수지 속에 비친 마을은 꼭 바닷속 어디인가 있다는 용궁 같았다. 여름 내내 저수지로 물이 흘러들었다.

가을이면 저수지 둑의 낮은 언덕에 갈대가 피어났다. 금빛 햇살이 갈대 숲 위에서 부서져내렸다. 한두 번의 태풍이 그 위를 휩쓸고 가 나무가 뽑히고 지붕이 날아가도 연약한 갈대는 끄떡없이 언제나 제 모습으로 서 있었다. 안자는 그런 갈대의 모습이 좋았다.

들판에 심어놓은 콩을 거두고 나면 겨울이 왔다. 추위와 함께 철새 떼들도 몰려왔다. 저수지를 뒤덮을 만치 많은 철새 떼들은 해마다 더욱 더 많이 몰려왔다. 석양이면 새떼들이 한꺼번에 비상을 해 하늘을 덮었다. 타원을 만들기도 하고 포물선을 만들기도 하며 하늘을 나는 새들의 군무는 이곳에서 겨울이면 흔히 볼 수 있는 장관이었다.

사철의 변화가 미미한 섬에서 이곳만큼 변화가 많은 곳도 흔치 않을 것이다. 안자에게 그것이 얼마나 위안이 되었는지 모른다. 큰 병원에 가보고 무당 불러 굿을 해도 소용없던 안자의 병이 이곳에 와서 차츰 나아갔다.

계절이 바뀌어도 오가는 사람이 없던 이 감나무 집에 동네 이장이 왔다. 이장은 감나무 아래에서 공연히 떨어진 감 이파리를 주워들고 서서 할망 갈옷 맥이는 솜씨가 좋다는 등 쓸데없는 말을 했다. 공연히 머뭇거리는 것으로 보아 곤란한 말이 있을 거라고 안자는 생각했다.

"할망! 이젠 아덜네로 들어갑써."

"무사마씨?"

이장은 나이도 들 만큼 들었는데 이젠 아들 곁에서 살아야 하지 않겠냐고 걱정을 해주었다. 생전 오지 않던 사람이 와 엉뚱한 말을 하는 것을 보니 무슨 일이 있을 것 같았다.

"땅 주인이 집을 헐고 별장인지 뭔지를 지신댕허는데 할망 집 비워줄 수 있수과?"

"경 허민 경 해사허주."

육지에서는 집에 살던 사람을 내보낼 때 이주금 같은 것을 주니 나중에 땅 주인이 오면 어느 정도 요구해도 괜찮을 거라는 말도 덧붙였다. 안자는 언제라도 집을 짓고 싶을 때 지으라고 말했다. 이장이 안자의 기색을 살폈다. 안자에게 세상은 그다지 놀랄 만한 일이 없었다. 하르방이 정성껏 다듬어놓은 집을 헐어버린다 해도, 하르방이 이 집을 떠난다 해도 놀라지 않을 수 있었다.

그렇게 알고 있으라는 말을 남기고 이장이 돌아가자 돌무더기 위에 앉아 갈 볕을 쏘이고 있던 안자는 성급히 빨랫감을 들고 샘으로 갔다. 샘물의 양이 얼마나 많은지 개울처럼 콸콸 흘렀다. 금빛 햇살이 흐르는 물속에 부서졌다. 안자는 옷을 물에 담그고 비비기 시작했다. 멀리 갈밭에서 하르방이 걸어 나오는 것이 보였다. 이대로 살다가 죽으면 좋을 것 같았는데…… 안자는 하르방을 보며 열없이 방망이를 두드렸다.

열여덟에 시집와 아들 둘 낳고, 스물둘에 그 일을 당해 남편과 큰아들을 먼저 보낼 때까지도 안자는 남녀가 살을 섞으며 산다는 것이 무엇인지 잘 몰랐다. 경찰의 세 번째 부인으로 들어가서도 부부가 정을 쌓으며 산다는 것이 무언지 몰랐다. 영감이 들어오면 그날이 생각나 무서웠다. 물질 나가 바닷속에서 숨쉬기를 견디듯 그렇게 영감의 요구를 견디었다. 영감의 식구들은 일손 하나 데려온 것으로만 여길 뿐 아무렇지도 않아 했다.

어느 날 들어와 함께 살기 시작한 하르방은 서로의 마음속을 잘 헤아리는 어릴 때의 동무 같았다. 말을 하지 않아도 편했다. 무엇을 명령하거나 야단치는 일이 없었다. 그저 서로를 헤아리면서 살아가면 그만이었다. 안자란 그녀의 아버지가 험한 세상 어떻게든 편하게 살았으면 해서 지어준 이름이었다. 일흔도 한참 넘게까지 살아왔지만 지금처럼 편안했던 적은 없었다. 자식도 영감도 이웃도 돈도……. 그런 것들 때문에 힘들었지만 다 떠나온 지금은 자신의 이름처럼 편안했다.

빨래를 해서 돌담을 돌아오니 굴뚝에서 연기가 피어올랐다. 하르방

이 오기 전 이 집은 다른 집들과 마찬가지로 굴뚝이 없었다. 유난히 왜
적의 침입이 많은 이 땅에 어떻게든지 사람이 있는 흔적을 보이지 말아
야 해서 만들어진 관습이었다. 불을 땔 때면 집 근처로 연기가 낮게 흘
렀다. 요즘은 집집마다 가스를 때고 석유를 때 굴뚝이 필요 없지만 지
금도 나무를 해다 때는 안자의 집은 불을 지피면 연기가 자욱이 퍼져 눈
물이 났다. 그러던 것을 하르방이 들어와 방에 구들을 놓고 굴뚝을 만
들어주었다.

부엌에 들어오니 하르방이 조개를 삶고 있었다. 안자는 빨래를 널고
돌담 밖에 펼쳐진 바다를 보다가 안으로 들어왔다. 해가 지려면 아직
멀었지만 조개를 삶아 간을 맞춰놓은 국물로 이른 저녁을 먹으며 안자
는 혼잣말처럼 우물우물 말했다.

"땅 주인이 집을 헐고 별장인지 뭔지 지신댕 허는디 하르방은 갈 데
있으면 갑써."

하르방이 놀란 듯 눈을 동그랗게 뜨고 안자를 쳐다보았다.

"언젠진 모루주마는 이장이 경 말햄시단 경 아랑 이십써."

그러나 금방 하르방은 아무렇지도 않게 다시 밥술을 떴다.

바다 끝에 둥그렇게 퍼져 있는 오징어 배의 불빛이 선명해지며 밤은
시작되었다. 자리에 누웠는데 하르방이 곁으로 왔다. 안자는 등을 돌렸
다. 누군가가 다가오면 등부터 돌리는 안자였다. 하르방은 안자의 등을
가만가만 어루만졌다. 하르방이 이 집으로 오고 처음 있는 일이었다.
하르방의 어루만짐이 싫지 않았다.

"할멈! 돈이 필요해?"

안자는 놀라 벌떡 일어나 앉았다.

"돈이 필요하면 말해. 내 얼마든지 줄게."

하르방은 놀라는 안자를 보며 말했다.

"벙어리…… 벙어리가 아니었수과?"

"벙어리는…… 필요하지 않아 하지 않았을 뿐이지."

하르방은 안자의 등으로부터 얼굴과 가슴과 손을 만지고 잠이 들었다.

아무리 새벽녘에 잠이 들었다 해도 안자의 잠은 해가 바닷속에서 수선을 피우며 떠오를 때면 깨어났다. 하르방도 더 이상 자는 법이 없다. 부산스럽게 해가 떠오르자 안자는 하르방을 데리고 부엌으로 들어갔다. 활짝 열어놓은 문으로 봉숭아 꽃물을 들인 것 같은 아침 햇살이 길게 뻗어 들어왔다.

안자는 나무를 해 쌓아놓은 뭉치를 들어냈다. 하르방이 무슨 일인가 하는 눈으로 보았다. 나뭇단이 있던 자리 밑에 널빤지 하나가 깔려 있었다. 안자가 널빤지를 들어 올리자 그 안에 항아리가 보였다. 안자가 뚜껑을 열고 항아리에 손을 넣었다. 안자의 손에 잡혀 나온 것은 만 원짜리 지폐 다발이었다.

"또 있수다. 또 있고 또 있수다게."

안자가 연달아 지폐 다발을 꺼내며 말했다.

"나도 돈 있어마시. 경허난 필요 어쑤다. 필요 어쑤다."

하르방은 안자를 뚫어지게 쳐다보다가 조용히 말했다.

"할멈, 이 돈 내가 다 훔쳐 가면 어쩌려고 해."

"필요허면 다 가집써."

"돈이 필요없어?"

"필요 어쑤다."

하르방은 안자를 물끄러미 쳐다보았다.

이장은 먼저 살던 사람이 밀린 전기료와 수도료만 내면 편하게 물과 전기를 쓸 수 있다고 했지만 안자는 듣지 않았다. 밖에 나가면 지천으로 물이 흐르는데 왜 수도가 필요하며, 글을 읽을 것도 아닌데 무슨 불이 필요하랴. 그런 것들은 공연히 사람의 마음을 산란하게 만들어 애써 찾은 정신만 사납게 할 뿐이었다.

안자는 들락거리던 정신이 돌아오자 갈옷을 만들어 시장에 내다 팔았다. 시장에서 안자가 물들인 갈옷은 인기가 좋았다. 바느질 솜씨가 좋아 상인들이 다투어 안자에게 갈옷을 만들어달라고 하였다. 안자는 아들과 함께 살던 집으로 돌아가지 않았다. 차마 며느리 얼굴을 볼 수가 없었다. 정신을 돌아오게 한 하도리 바닷가가 좋았다. 그리고 어느 날부터 함께 사는 영감이 편했다.

아침을 먹고 안자는 구덕을 끼고 하르방과 함께 바다로 갔다. 물질하기에는 날이 차갑다. 그들은 물이 빠져나간 모래밭에서 조개를 캤다. 고기 배들이 들락거리고 새들이 떼 지어 날았다. 이장이 가고 나서 산란하던 마음이 조금 가라앉았다. 하르방은 여전히 말이 없었다. 안자도 아무 말 하지 않았다.

갈대밭을 걸어 집으로 오면서 안자는 버릇처럼 고개를 들어 한라산을 쳐다보았다. 안자는 태어나서 한 번도 섬을 떠나보지 않았다. 또한 안자는 한라산을 보지 않은 날이 하루도 없었다. 한라산은 어머니의 가슴처럼 부드러운 곡선을 하고 섬 이쪽 끝에서 저쪽 끝까지 이어져 있었다. 섬이 하나의 산이었다. 그 곁으로 오름들이 자식들처럼 옹기종기 모여 있었다. 안자는 칠십이 더 넘어 살아왔지만 한 번도 한라산에 가본 적이 없다. 그토록 신성한 산을 밟는다는 것은 산을 모독하는 것 같았다. 안자는 언젠가 그 산이 불길에 휩싸이는 것을 보았다. 사람들이 산으로 숨어들고 토벌대들은 산에 불을 놓고 서로 죽이고 죽고 피로 물든 그날······ 그토록 신성한 산자락에서 헐뜯고 싸우던 인간들의 모습을 생각하니 누군가에게 자꾸 부끄러웠다.

안자는 마을 어귀를 자꾸 쳐다보았다. 낯선 사람들이 몰려와 집에 불을 지르고 붙잡아 갈 것 같았다. 죄가 없어도 피 흘리고 죽이고 한 걸 생각하면 안자는 자꾸 무엇인가 두렵다. 하르방은 마을 입구를 쳐다보지 않고 집을 향해 걸어갔다. 집에 와서는 마당을 쓸고 부서진 돌담을 손보며 부산을 떨었다. 하르방의 모습 또한 여느 때 같지는 않았다. 하르방도 이 집이 헐릴 것을 두려워하고 있음이 틀림없었다.

처음 하르방이 마당을 쓸 때 안자는 질색했다. 안자가 살던 동네 여자들에게 가장 모욕적인 욕은 '느 서방안티 마당 쓸게 할 년'이다. 땅을 지키고 바다에 나가 물고기를 잡아오는 남정네에게 여인네들이 하는 하찮은 일을 시킨다는 것은 누가 보더라도 마음 상하는 일이었다. 그렇지만 하르방은 마당 쓰는 일뿐 아니라 부엌일까지 손수 했다. 안자 혼자 매던 텃밭도 요즘은 함께 나와 풀을 뽑고 벤 곳을 솎아준다. 하르방이 이곳으로 왔을 때 무섭게 말랐던 얼굴에 요즘은 혈색이 돌고 음식도 이것저것 먹었다. 헐릴 돌담을 정성 들여 손보고 있는 하르방의 심사를 안자는 알 수 없었다.

자리에 누웠는데 하르방이 또 안자 곁으로 왔다. 안자는 이번에는 등을 돌리지 않았다. 하르방은 안자 얼굴의 주름을 가만가만 만졌다. 안자의 가슴 한복판이 뭉클해 오면서 알 수 없는 감정이 끓어올랐다. 한 번도 느껴보지 않았던 감정이었다. 안자는 얼굴을 붉히며 하르방의 하얗게 센 머리칼을 가만히 어루만졌다. 어둠 속에서 하르방의 웃음 소리가 낮게 흘렀다. 어느새 달고 깊은 잠이 찾아왔다.

이튿날 당근 밭에 난 풀을 뽑던 안자는 돌담 모퉁이를 돌아 걸어오는 하르방의 모습을 낯설게 보았다. 마을 쪽으로 나가본 적이 없는 하르방이 마을에서 걸어왔다. 뒤에서 이장이 뭐라고 말하는 것이 보였다. 하르방이 갈대밭을 향해 간 후에도 안자는 자꾸 마을 쪽을 본다. 토벌대들이 도끼를 들고 몰려와 집을 순식간에 허물어버릴 것 같았다.

구불구불한 그 길로 한 어멍이 걸어오는 것이 보였다. 지나가는 동네 어멍이라 여겨 안자는 슬며시 고개를 바다 쪽으로 돌렸다. 안자 곁을 지나갔던 어멍이 뒤돌아보았다. 그러다가 다시 뒤돌아 안자 쪽으로 왔다. 안자는 다시 한라산 쪽으로 고개를 돌렸다.

"어머니! 아니우꽈! 어머니! 진우어멍이우다."

안자는 놀라 어멍을 보았다. 며느리였다. 안자는 놀라 털썩 흙 위에 주저앉았다. 정희가 달려와 안자를 부둥켜안았다. 두 사람은 한데 엉겨 울었다. 한참 울고 난 후에 정희가 말했다.

"어머니, 죄송하우다. 진우아방과는 헤여졌수다."

"난 괜찮타 난 괜!"

먹고사는 게 뭔지. 남편과 아들 죽인 웬수 그늘로 들어가 그 짓 견디고 살아간 것은 먹고살아야 했기 때문이야. 선생질하던 니가 무엇이 아쉬워 그 짓을 견디며 살아간단 말이냐. 그 짓 하는 놈은 웬수여. 웬수. 내 아들이라 해도 웬수는 마찬가지여. 안자는 며느리를 안타까이 보며 속으로 중얼거렸다.

"어머니 생각 많이 했수다. 어머니와 아이들 땜에라도 어떻게든 살고자 했신데 날이 갈수록 아방이 더해 가난 어쩔 수 업서쑤다. 우리 어머니가 왜 이렇게 됐수과. 진우아방이 왜 그리 됐수과."

"난 괜."

안자는 여전히 괜찮다고 중얼거렸다.

"참으려고 했수다. 나 하나 참아 된다면 그러려고 했수다. 헌데 진우 봐서 어쩔 수 업서쑤다. 나중에 지 아방 닮아 그 짓 허면 어떠합니까. 그 짓은 대물림이우다. 아방 하는 짓 그대로 대물림이우다."

"난 괜…… 괜…… 괜찮타."

"어머니를 누가 영 만들어수꽈."

작아졌던 정희의 울음소리가 다시 커졌다.

웬 눈물이 그다지도 많은지. 사람마다 울음의 양이 한정되어 있어 한꺼번에 쏟아내버려 더 이상 울 일이 없어진다면 좋으련만, 눈물도 연습인가 보다. 우는 일은 어찌 아는지 많이 운 사람에게 더 자주 찾아온다. 우는 정희의 모습을 보고 그런 생각이 들자 안자의 눈앞이 다시 흐려졌다. 정희는 어느새 부엌으로 들어가 밥을 했다.

점심을 먹고 난 안자는 정희와 돌무더기에 앉아 갈 볕을 쏘였다. 갈밭에서 걸어 나오는 하르방의 모습이 보이는 듯했는데 온데간데없다. 하르방은 어떠한 사람들과도 만나지 않는다. 가끔 육지에서 온 듯한 사람들이 어른거리면 그날은 하루 종일 밖 출입도 하지 않는다.

"지내시기 어떠허우꽈?"

"난 괜찮타."

"어머니 부탁이 있어 왔수다."

"무사 일?"

"어머니 가시면 제사는 저를 주고 갑서."

"경 해도 되크냐?"

"네. 어머니."

"허믄 경 핸."

"고맙수다게. 어머니!"

"이젠 한시름 놨져."

"진우아방과는 경 됐어도 어머니와는 며느리로 남고 싶수다."

안자는 이곳으로 오기 전까지 아들 며느리와 함께 살았다. 그렇지만 밥은 뒤꼍에서 혼자 해 먹었다. 그것은 수족을 움직일 때까지 스스로 밥을 해결하려는 이곳 섬사람들의 오래된 관습이었다. 간혹 육지 것들은 효심이 부족해 생긴 오랑캐의 습성이라 흉보기도 하지만 이곳 노인들은 대부분 그렇게 살았다. 여기 섬사람들은 살아생전에는 서로 무관심해 보이지만 죽고 나면 그 관계가 더욱 돈독해져 일 년을 제사를 모시기 위해 산 것처럼 온갖 제수를 장만해 정성껏 제사를 올렸다. 그러니 자연 한 집에서 여러 제사를 모시기가 어려워 형제들이 제사를 나누어 가졌다.

안자는 사태 때 죽은 남편과 큰아들의 제사만을 지내왔다. 정월 제사는 큰집 큰아들이, 추석 차례는 큰집 둘째 아들이, 그리고 영감은 죽을 때 둘째 집 큰아들에게 자신의 제사를 물려주고 갔다. 자신의 제사를 물려줄 사람을 정하는 것 또한 죽기 전에 해야 할 가장 큰 일이다. 이제는 안자도 안심하고 눈을 감을 수 있었다.

정희가 가고 나서 한참 후에야 하르방이 들어왔다. 하르방은 누가 왔다 갔는지 묻지 않았다.

날이 갈수록 철새 떼들이 기승을 부리며 몰려왔다. 이제 한라산은 하얀 모자를 쓰고 누워 있다. 목화 솜 같은 눈송이가 하늘 가득 몰려 내려와 그대로 녹아버렸다.

하르방이 부지런히 나무하러 다닌 덕분에 부엌에 나무가 가득 쌓였다. 이장에게 부탁을 해 사 온 쌀이 독에 모가지까지 차 있다. 바람이 없는 날이면 여전히 조개를 잡아다 국물을 내고 밭에서 푸성귀를 뽑아 된장에 무쳐 먹었다.

좀처럼 마을 밖을 나가지 않던 하르방이 요즘 부쩍 밖 출입이 잦아졌다. 하르방이 마을 밖으로 나가면 안자는 종일 돌무더기에 앉아 동구밖 길을 살폈다. 그러다가 하르방이 돌아오는 것이 보여야만 빨래를 하고 밭에 나갔다. 왠지 하르방이 돌아오지 않을 것만 같아서였다.

비바람이 집채라도 들어 올릴 기세로 불었다. 그 많던 새들이 한 마리도 보이지 않았다. 바다가 허옇게 일어났다. 양동이로 쏟아붓는 것처럼 많은 겨울비가 내렸다. 어느새 하르방이 방을 따뜻하게 덥혀놓았다. 대낮인데도 방 안은 우물 속같이 어두웠다.

"할멈, 이 집은 헐리지 않아. 내가 알아. 그러니 걱정하지 않아도 돼."

순간 번개가 방 안을 대낮처럼 밝히고 사라졌다. 잠시 후 천둥 소리가 하늘이 무너져 내려앉을 듯이 요란하게 들렸다. 잠시 보였다가 어둠속에 묻힌 하르방의 모습이 어느 때보다 편안해 보였다. 안자는 하르방의 모습에서 죽음의 냄새가 맡아졌다.

안자는 하르방에게 다가가 등을 어루만졌다. 등뼈는 앙상한 나무 가지에 가죽을 씌워놓은 듯 불거져 나와 있었다. 목덜미도 얼굴의 광대뼈도 마찬가지다. 안자는 가만히 하르방의 등에다 얼굴을 댔다. 하르방이 등을 돌리고 손으로 그물처럼 늘어져 흔적만 남아 있는 안자의 가슴을 조심스럽게 헤집었다. 안자의 가슴 깊은 곳에 어떤 샘 같은 것이 흘렀다. 눈자위가 아파왔다. 안자가 코를 한 번 훌쩍이자 하르방의 손이 안자의 눈가를 어루만졌다. 흥건히 물기가 묻어났다. 안자에게 여태까지 한 번도 느껴보지 못한 아주 새로운 감정이 물결처럼 밀려왔다. 일흔도 넘긴 나이에 이처럼 새로운 감정을 맛볼 수 있다는 것이 안자는 놀라웠다. 안자는 하르방의 손길에 취해 잠이 들었다.

선흘(善屹)곶

달빛이 창문을 통해 방 안에 들어왔다. 할망의 얼굴이 달빛을 받아 희미하게 드러났다. 할망의 얼굴은 움직일 때마다 거친 주름이 물결치듯 일렁이며 번져나갔다. 누가 보아도 온갖 풍상을 다 겪은 얼굴임을 알 수 있지만 그 모습이 노인에게는 아주 친근했다. 노인은 편안하게 잠든 할망의 얼굴을 한참 보았다. 아주 오랫동안 맛보지 못했던 행복감이 밀려왔다.

지금처럼 편안하게 살아보았던 적이 있었던가 하고 노인은 스스로에게 물었다. 어린 시절이 아지랑이처럼 아른거렸지만 그때는 자신의 의지와 상관이 없었던 때였다.

철이 들고부터 편안한 행복이라고는 모르고 산 세월이었다. 살아 있어도 살아 있다고 할 수 없는 불안한 생활이었다. 노인에게 지금 이곳에서의 시간은 덤이었다. 노인은 이곳으로 올 때 두렵고 한 많은 세상과 이미 작별을 고했다. 어서 빨리 세상과 하직하고 싶었다. 그때 우연찮게 이 집에 살고 있는 할망을 만나 눌러 산 것이 일 년이 넘었다. 이 집에서는 빠른 속도로 달려오던 죽음조차 아주 천천히 왔다. 할망과 함께 있으면 죽음도 평화롭게 하는 힘이 느껴진다. 노인은 잠든 할망의 눈자위를 다시 한번 만졌다. 아직까지 물기가 마르지 않고 묻어 있었다. 죽음과 맞서 싸우던 지난 세월이 지금 이 시간으로 인해 보상을 받는 것 같았다. 노인에게 이제 무섭고 참혹한 죽음들이 친근하게 느껴졌다.

지난 오십 년의 세월은 노인에게 분명 무서운 형벌이었다. 그렇지 않고서야 두 눈을 뜨고 핏줄들이 하나하나 죽어가는 것을 지켜봐야 했겠는가.

쉰다섯의 한창 나이에 아버지에게 내려진 간암 선고는 막 결혼을 해 신혼살림을 차린 젊은 날의 노인에게 청천벽력 같은 일이었다. 아버지를 살리기 위해 사방으로 뛰어다녀봤지만 집안 가세만 찌들어갈 뿐 아버지 배의 복수는 빠지지 않았다. 복수로 인해 아버지의 배는 아기를 밴 산모처럼 부풀어 오르고 온몸이 불에 그슬린 것처럼 시커멓게 변해 아버지는 죽었다.

노인은 아버지의 죽음이 주위의 흔한 죽음들처럼 그만한 명을 타고 나 살다 간 것으로 여겼다. 오십도 안 된 어머니가 여러 남자들을 거치며 집안에 수치로 남을 때도 어머니의 타고난 열이 많아 그런 것이려니 했다. 맏형이 아버지와 같은 나이에 간암으로 죽기 전까지는 아버지와 어머니의 운명이 남은 육 남매와 상관이 있을 거라고 생각하지 않았다.

아버지가 병을 얻었던 그 나이에 형 역시 간암 선고를 받았다. 형은 육 개월을 앓다가 꼭 아버지와 같은 모습으로 죽었다. 누님은 육십에 역시 간암으로 죽었다. 의사는 언젠가 가족이 똑같은 환경에 놓여 있을 때 만들어진 조건에 의해 발생한 병이라고 설명했다. 그러면 동생이 마흔일곱에 교통사고로 죽은 것은 어떻게 설명해야 할까.

노인은 속죄하고 싶었다. 속죄의 방법은 어떻게 해야 하는지 몰랐다. 제주에 내려와 그가 근무하던 지역을 지나다가 이곳에 살며 남은 생은 이들을 위해 속죄하며 살려고 땅과 집을 샀다.

노인은 아버지와 형의 병이 빨리빨리 진행되는 것을 지켜보았다. 노인은 자기가 무서운 형벌을 받고 있음을 알았다. 그리고 생각하지 않으려고 애써 외면한 그 광경이 머릿속에 점점 더 뚜렷하게 각인이 되어왔다.

그것은 굴 안에 웅크리고 앉아 이유 없이 죽어간 일가족의 모습이었다. 노인으로 인해 죽어간 그들이 평생 노인을 괴롭혔다. 아버지가 돌아가셨을 때부터 그 광경이 떠올랐지만 애써 부정하던 것을 동생이 죽었을 때야 선선히 시인했다. 내가 저지른 죄를 내 핏줄이 그리고 내가 받고 있었다.

스물두 살의 젊은 날의 노인은 경비대 소속으로 함덕초등학교에 주둔해 있었다. 눈앞에 해수욕장이 그림처럼 펼쳐져 있어 경비대의 소임을 실행하기 전에는 마음이 설레던 곳이었다. 오른쪽으로 바다가 감싸고 있는 서우봉에서 마을을 바라보면 짙푸른 바다가 하얀 모래사장과 어울려 한 폭의 그림 같았다. 그 바닷가에 사는 선한 사람들의 모습이 세상과는 동떨어져 더없이 평화로워 보였다.

그토록 아름다운 풍광에서 젊은 날의 노인은 알 수 없는 커다란 비극이 다가옴을 피부로 느끼고 있었다. 육지에서는 여순사건이 진압되었다는 소식이 들려왔다. 지휘관은 이 섬도 이제 평정되어야 한다고 다그쳤다. 그러던 와중에 중문과 안덕지서가 산사람(무장대)에게 습격을 받았다는 소식이 들려왔다. 무장대가 중문지서를 습격하고 경찰 가족을 살해했다는 소식은 노인이 속한 경비대대를 자극하기에 충분했다. 노인이 머물고 있는 조천면은 좌익 무장대에게 여러 번 공격을 받은 적이 있는 지역이었다. 무장대가 또 침입하여 이번에도 면사무소에 불을 질렀다.

조천면은 항일정신이 뛰어난 인물들이 많기로 소문이 나 있던 마을이었다. 일제 때 우두머리는 조천이라는 말이 나올 정도로 3·1 만세운동과 독립투사들의 본거지였다. 항일운동의 전통은 해방 후에도 이어져 인민위원회나 남로당의 주요 인물들이 이곳에서 많이 배출되었다. 따라서 4·3이 있기 전부터 조천은 당국의 집중적인 주목을 받았던 곳이다.

그러던 중 무장대가 다시 조천리를 습격해 가옥 30채를 불태웠다. 새벽에 공격해 온 무장대는 우익 인사의 집을 찾아다니며 경찰 가족들을 참혹하게 살해했다. 경비대는 곧바로 추격전에 나섰다. 그렇지만 이미 그들은 물러간 후였다. 대흘리와 와흘리까지 올라간 군인들은 이성을 잃고 집집마다 다니며 남녀노소 할 것 없이 눈에 띄는 대로 주민들을 살해하고 마을을 불 질러버렸다. 11월 중순 때쯤 되었을 것이다.

그들의 끈질긴 저항에 자극을 받은 대대장은 조금만이라도 무장대를 지원하거나 그런 의심이 가는 사람들은 무조건 사살하라는 명을 내렸다. 그리고 주민들을 학교 운동장에 모이게 했다. 대대장은 웅성거리고 모여 있는 주민들 앞으로 잡혀온 동네 좌익 청년들을 끌어오게 했다. 그리고 연단에 올라가 폭도들과 연락을 하거나 식량을 제공하는 자는 어떻게 되는지를 보여주겠다는 긴 연설을 했다. 입산한 무장대가 이렇듯 버티고 있는 것은 도와주는 사람들이 있기 때문이라고 고래고래 소리쳤다.

사태가 심상치 않자 동네 유지들이 나서며 이 청년들의 신원을 보증할 테니 죽이지는 말아달라고 애원했다. 그러나 대대장은 이들까지 함께 처형할 것을 명했다. 그들은 모두 함덕의 모래사장으로 끌려가 처형당했다.

"해안선에서 5킬로 이외의 지점에 통행금지를 명한다. 이를 어길 경우에는 이유여하를 불문하고 총살에 처할 것임을 밝힌다."

초토화 작전의 지시가 내려졌다. 당국의 명령에 의해 중산간 지방의 주민들은 해안마을로 소개(적의 공습이나 화재 따위에 의한 손해를 적게 하기 위하여 집중되어 있는 사람이나 시설 따위를 분산시킴)하여 내려왔다. 사태가 험악해지자 젊은 남자들은 산으로 들어가고 일부는 동굴이나 베케(돌무더기) 속에 숨어 피난 생활에 들어갔다. 소개된 사람들은 대부분 노약자들이었다. 경비대는 소개한 마을을 다니며 불을 지르고 남아 있던 사람들을 남녀노소 불문하고 무조건 살해했다.

젊은 날의 노인은 조천면 중산간 지역의 작전에 들어갔다. 중산간 마을 선흘리에 도착하니 주민들이 모두 피신해 마을은 텅 비어 있었다. 눈앞은 바다같이 넓은 동백나무 숲이 펼쳐진 선흘곶이었다. 수십만 평의 동백나무 숲은 방향을 가늠키 어려울 정도로 우거져 있었다. 거친 돌멩이들 사이로 자라난 동백나무들이 붉은 꽃봉오리를 처연히 터트리고 있었다. 선흘곶 아래는 자연굴이 여기저기 산재해 있어 은신처로 적당했다. 소개하지 않은 젊은이들은 그곳으로 숨어들고 경비대는 그곳을 수색하는 숨바꼭질 같은 죽음의 유희가 시작되었다.

경비대가 제일 먼저 찾아낸 굴은 도틀굴이었다. 텅 빈 마을에 한 늙은이를 찾아내고 마을 사람들이 숨어 있는 곳을 가르쳐주지 않으면 죽이겠다고 위협하자 노인은 어쩔 수 없이 도틀굴로 데려갔다. 누룹나무가 굴의 입구를 막고 있어서 사람이 지나가면서 찾아도 찾을 수 없을 만큼 교묘한 곳이었다. 군인들은 수류탄을 터뜨리고 총을 쏘아대면서 굴 내부로 들어와 숨어 있던 사람들을 사살했다. 그날 열다섯 명이 죽었다. 소대장은 그 중 한 청년을 일부러 총살시키지 않고 살려두었다.

이튿날 경비대는 청년을 다그쳐 또 다른 굴의 소재를 물었다. 대답하지 않고 버티는 청년을 취조원이 달래기 시작했다.

"사람들 숨은 곳을 대라는 소리가 아니잖아. 니가 알고 있는 굴을 가르쳐달란 소리지. 넌 이곳 사람이라 어디에 어떤 굴이 있는 줄 알잖아. 그 속에 누가 있는지 없는지 그건 몰라. 가르쳐주면 너는 살려줄 거야. 약속할게."

청년을 다그치고 얼러 간 곳은 목시물굴이었다. 이 굴은 입구가 두 개였으며 길이가 150미터나 되는 넓은 굴이었다. 입구로 들어가면 좁아졌다가 다시 넓어져 큰 공간을 만드는 제주의 전형적인 용암동굴이었다. 특히 한쪽으로 들어가서 다른 쪽으로 나갈 수 있었기 때문에 다른 굴과는 달리 도망갈 길이라도 있다는 생각에서 이 동굴에는 노약자를 포함한 많은 사람들이 숨어 있었다. 경비대는 양쪽을 포위하고 모두 굴 입구에 모이게 했다. 그중 아기 업은 여자들을 골라냈다. 누군가가 일곱 살쯤 되어 보이는 아기를 업는 광경이 목격되었지만 못 본 척했다. 그리고 작전에 쓸 만한 청년 몇을 살려두었다.

남은 사람들은 굴 입구에서 일부는 총살시켰다. 누가 먼저랄 것도 없이 총을 쏘는데 총알이 박히자 사람들이 퍽퍽 하고 쓰러졌다. 총소리가 날 때마다 살아남은 자의 울부짖음과 비명 소리와 죽어가는 사람들의 신음 소리가 목시물 동굴 안에서 메아리가 되어 귀청이 터지도록 쩌렁쩌렁 울렸다.

나머지 사람들을 반못 근처로 끌고 가 학살하고 휘발유를 뿌려 불태웠다.

다음 날 역시 전날 살해에서 제외된 청년을 앞장세웠다. 눈앞에서 총살당하는 모습을 목격한 청년은 이미 삶을 포기한 모습이었다. 청년은 순순히 웃밤오름 근처의 뱅뱅디굴을 가르쳤다. 뱅뱅디굴 안에도 어김없이 주민들이 숨어 있다가 총살을 당했다.

젊은 날의 노인은 이 모든 것을 경비대에 소속이 되어 수행했다. 한 사람이라도 더 잡아내는 것이 애국이었고 나라를 위한 충성심이었다. 무장대의 점령지에 들어가 상관의 명령에 의해 합법적으로 자행된 행위였다.

그 사건도 사건이려니와 정작 노인을 오십 년이 지난 지금까지 괴롭히는 사건은 그 이후에 일어났다. 임무를 수행하고 돌아오는 길이었다. 돌무더기를 수북이 쌓아놓은 곳이 눈에 띄었다. 돌이 많은 땅을 일궈 밭을 만들 때 밭에 굴러다니는 돌을 쌓아놓은 곳이었다. 이곳 사람들은 그것을 베케라고 불렀다. 그 옆을 지나는데 인기척을 들었다. 젊은 날의 노인은 본능적으로 발을 멈추었다. 많은 주민들을 살해한 뒤끝이라 군인들 대부분은 거의 이성을 잃고 있었다.

"왜 그래."

김 병장이 물었다.

"무슨 기척이… 났어."

젊은 날의 노인은 말했다.

김 병장은 돌무더기를 유심히 보다가 구멍 난 그 사이에 총구멍을 집어넣었다. 그리고 순식간에 방아쇠를 잡아 당겼다. 콩 볶는 소리가 한참 동안 울렸다. 대원들이 달려들어 돌무더기를 허물었다. 피비린내가 확 끼쳤다. 거기에는 시체 다섯이 엉겨 있었다. 아직 꿈틀거리고 있는 사람이 보였다. 김 병장은 다시 총부리를 겨누었다. 그때 피투성이가 된 남자가 벌떡 일어나 소리쳤다.

"무사 총을 쏨수꽈! 난 죄 어쑤다! 어쑤다!"

김 병장의 총대에서 다시 총알이 튀어 나갔다.

남자는 그 자리에 다시 쓰러졌다. 이제는 움직이지 않았다. 다섯 구의 시체에서 나온 피가 땅을 붉게 물들였다.

아버지가 간암 선고를 받았을 때 제일 먼저 떠오른 것은 죄가 없다고 외치는 남자의 모습이었다. 아버지 역시 그 남자의 모습처럼 내가 무슨 죄를 지었냐고 울부짖었다. 형에게 간암 선고가 내려졌을 때도 형은 그렇게 울부짖었다. 누님 역시 그렇게 울부짖다가 죽어갔다. 동생은 말 한마디 하지 못하고 차바퀴에 깔려 즉사했다. 형제들 중 하나 남은 노인은 맨 마지막으로 간암 선고를 받았다. 의사는 노인에게 삼 개월 선고를 했다. 노인은 형이나 누이처럼 울부짖지 않았다. 나이 탓도 있겠지만 모든 것을 순순히 받아들이기로 했다.

노인은 이 모든 것이 자신에게 내려진 형벌이라고 생각했다. 더 이상 살고 싶은 생각이 들지 않았다. 병원을 나와 죽을 곳을 찾았다. 노인은 평생 도망치려고 애쓰던 그 기억의 땅으로 무엇인가에 끌리듯이 내려왔다.

갈옷

무밭 같던 곳이 배추밭 같던 곳이 어느 날 약속이나 한 듯 일제히 유채가 타올랐다. 유도화 나무 밑에 솟아난 수선화도 은은한 향을 내뿜고 피어났다. 우영밭에 풋감나무를 보며 안자는 이번 감이 열리면 갈옷을 만들어야겠다고 생각했다.

바람이 일 때마다 유채는 꽃물결을 이루고 그 위로 햇살이 부서져 내렸다. 그 너머로 쪽빛 바다가 펼쳐져 있었다. 안자는 눈앞에 펼쳐진 광경이 너무 아름다워 몸서리쳤다. 섬에서 나고 자라 늘 보던 풍경이었지만 이렇게 느껴본 적은 없었다. 안자는 돌담 위에 넋을 놓고 앉아 있다가 하르방이 누워 있는 방으로 들어갔다.

"할멈 이름이 뭐야?"

뼈만 앙상히 남은 하르방이 안자를 보며 물었다.

"안… 자우다."

"안자? 편안할 안자를 쓰나?"

"맞수다. 우리 아방이 험한 세상 어떡허든 편히 살라 해서 지어준 이름이우다."

"안자라. 안자라. 할멈은 이름과는 정반대로 살았네."

"아니우다. 시방 영 편하우다. 영 편해본 적 없수다게."

"미안해, 내 잘해주지 못하고 이렇게 누워서…."

"하르방 괜찮수다. 난 좋수다. 괜… 괜찮수다."

안자는 괜찮다는 말을 연발했다. 하르방은 뼈만 앙상한 채 누워 있길 여러 달째였다. 어느 날 덜커덕 하고 누운 하르방은 일어날 줄 몰랐다. 하르방은 예상하고 있었던 것처럼 아무렇지도 않은 얼굴이었다. 미음을 쑤어 먹이고 샘에서 물을 떠다가 낯을 씻겨주는 생활이 계속되었다.

저렇게 눕기 전 어느 날 하루 하르방은 바다에도 나가지 않고 종일 종이에다 글을 썼다. 자기가 죽거든 연락할 곳이며 남은 사람들에게 할 말이 적혀 있다고 했다. 그리고 이장에게 다녀오기도 했다.

좀처럼 말을 하지 않던 하르방은 자리에 누운 뒤에 이것저것 아쉬운 듯 얘기하기 시작했다.

"오래 사는 거야. 지난봄엔 삼 개월이라 했거든. 지금 다시 봄이니 일 년을 더 산 거야. 할멈과 산 날들은 내게 덤이야. 이렇게 누워 사는 날도 덤이고…."

누워 있는 하르방이 안자에게는 거동하고 다니던 때보다 더욱 친밀히 다가왔다. 안자는 샘에서 떠 온 물로 하르방의 얼굴을 씻기며 물었다.

"나야 팔자가 사나워서 영 저영 떠돌다가 이까지 왔주마는 하르방은 왜 이곳에 왔는지 모르쿠다."

"할멈은 아직까지 모르겠소?"

"모르쿠다."

"내 집이니까 왔지."

"어떤 게 하르방 집이우꽈?"

"우리가 살고 있는 집도 내 것이고 할멈이 짓는 당근밭도 저 갈대밭도 다 내 땅이야. 아들이 별장을 짓고 싶어 하는 것을 못 하게 했지."

"거짓이우다. 육지 사람 것이라고 해신디….."

"나 육지에서 왔어."

"기우꽈? 경 헌디 육지 사람이 왜 여긴 왔수꽈?"

"왜? 허허 왜? 죽으려다가 내 땅 내 집 한 번 보고 나서 죽으려고 왔는데 글쎄 내 집을 찾지 못하겠더라고. 온 동네를 헤매고 다니다가 찾긴 했는데 누가 내 집에 살고 있는 게 아니겠어. 마당에 서 있다가 그냥 쓰러졌어. 할멈이 나를 방으로 들였는지 모르겠지만 눈을 뜨니 할멈이 죽을 먹이더군. 그렇게 기력을 찾았어. 난 이렇게 살다가 죽을 줄은 몰랐어.

여긴 왜 왔냐고? 속죄하려고. 나 때문에 고통받은 사람들에게 조금이라도 보상을 하고 싶었거든. 할멈 고마워."

하르방은 한참을 말없이 천장을 응시하다가 말하기 시작한다.

"이상해. 언제부턴가 내가 사는 거 같지가 않았어. 누군가의 조종에 의해 살아가는 것 같았어. 죄를 다 받기 전에는 못 죽을 거 같은 생각이 들더군."

"무슨 죄 지은 게 있수꽈?"

"있지. 있어. 그때는 나도 명령에 의해 저지른 일이라 몰랐어. 살아갈수록 그게 죄인 줄 알았어. 이젠 갚을 방법이 없어."

젊은 날 하르방이 이 집과 갈대밭을 사 들인 것은 속죄하기 위해서였다. 방법은 알지 못했으나 후에 이 근처에 내려와 살면서 찾아보고자 했다. 그러다가 병이 들어 삼 개월 선고를 받고 이곳에 내려왔다. 삼 개월이 지나 지금은 일 년 넘게 그 어느 때보다도 행복하게 살고 있다.

안자는 하르방의 얼굴에 죽음이 들락거리는 것을 보았다. 안자 역시 이젠 죽음 따위가 두렵지 않았다. 오십 년 전 이유도 모르게 피투성이가 되어 죽은 남편과 큰아들을 중산간 지대에 묻고 돌아오면서 아이와 살아갈 날이 두려워 울었지 죽음이 두려웠던 것은 아니었다.

이장이 담 밖에서 넘겨보다가 내려놓은 정랑을 넘어 들어왔다. 늘 안자를 봐도 맹송맹송하던 그가 언제부턴가 활짝 웃으며 고개가 땅에 닿도록 인사를 했다. 안자는 그런 이장이 영 못마땅하고 거북스럽다. 그는 서슴지 않고 방으로 들어갔다. 잠시 후 나온 이장이 말했다.

"하르방 기력이 많이 떨어졌수다."

"이번 감물 맥일 때까지 살 거 같수과?"

"모르쿠다. 병들었으니 자식들 곁으로 가라 해도 저치록 막무가내니 알다가도 모르쿠다."

"하르방 하는 대로 내버려둡서."

안자가 발끈하며 말했다.

"아무튼 육지서 어떤 연유로 내려왔는지 모르쿠다."

"살펴갑서."

"할망은 좋겠수다."

"무사마씨?"

"아무튼 좋겠수다. 저 갈대밭도 당근밭도 이 집도 다…."

이장은 무언가 말하고 싶어 견딜 수 없다는 표정으로 보다가 돌아갔다. 이렇게 눕기 전 하르방은 자신의 묘를 저 갈대밭에 써달라고 이장에게 부탁했다고 했다. 지금 이장은 그것을 의논하고 가는 것이 틀림없었다.

다닥다닥 달려 있던 감이 날이 더워감에 따라 짙푸르게 굵어갔다. 안자는 뜨겁게 내리 쪼이는 햇볕 속을 뚫고 나가 풋감을 땄다. 손에 닿은 곳부터 함지박에 따 담았다. 높은 곳은 장대를 가져다 내리쳤다. 감 서넛이 마지못해 떨어졌다. 별안간 안자의 눈앞이 불덩이를 보고 있는 듯 환해지고 아찔해졌다. 안자는 그 자리에 쓰러졌다. 하르방의 병이 심상치 않아 며칠째 밤을 샌 것이 현기증으로 왔다.

젊은 날엔 이런 일은 일 축에도 들지 않았다. 밤을 새워 귤을 크기대로 선별해 상자에 담으면 날이 밝았다. 그러면 아침을 해 먹고 다시 귤밭으로 나가 귤을 땄다. 감귤 철에는 그렇게 한 달을 살아도 끄떡없던 안자였다.

잠시 후 정신이 돌아오자 다시 장대로 감나무를 두들겼다. 단단히 붙어있던 감나무 꼭대기에 햇볕이 내리 꽂혔다. 안자는 다시 힘껏 감나무를 내려쳤다.

떨어진 감들을 주워 모아 하나하나 감꼭지를 따 함지박에 넣었다. 함지박에 감 떨어지는 소리가 유난히 크게 들렸다. 안자는 꼭지 따던 손을 멈추고 방 쪽을 쳐다보았다. 별안간 이상한 생각이 들어 그대로 안으로 달려 들어갔다. 어두움 속에 누운 하르방이 눈을 희미하게 뜨고 안자를 쳐다봤다. 안자는 하르방의 손을 잡아보았다. 하르방의 손끝에서 작은 힘이 느껴졌다. 손끝이 푸르스름하게 변했다. 안자는 밖으로 나와 감꼭지를 땄다. 마음이 바빠 손을 부지런히 움직였다.

　방망이로 감을 하나하나 찧기 시작했다. 풋감은 하얀 진을 내며 톡톡 깨져 으스러졌다. 막 생기기 시작한 감씨가 흔적 없이 으깨졌다. 다시 현기증이 나며 세상이 하나의 커다란 빛 덩이로 보였다. 안자는 잠시 찧던 손을 멈추고 숨을 골랐다. 빛 덩이가 서서히 없어졌다.

　잘게 으깨진 감 알갱이들이 끈끈하게 엉겼다. 안자는 삼베 천을 함지박에 넣고 박박 치댔다. 으깨진 감물이 옷감 속으로 스미고 작은 알갱이들이 삼베 천에 팥고물처럼 달라붙었다. 안자는 더욱 힘들여 삼베 천을 치댔다. 삼베 속속까지 물이 배었을 때 안자는 삼베를 들어 올려 햇볕에 탁탁 털었다. 빛 속에 부서진 감 알갱이가 먼지처럼 떨어졌다. 안자는 천을 펴 돌담 위에 널었다. 그 위로 땡볕이 쏟아졌다.

　안자는 저승 가는 하르방에게 갈옷 한 벌 해 입히고 싶었다. 갈옷은 안자의 어머니가 저세상에 가는 아버지에게 물들여 입혔던 옷이었다. 살아생전에 하지 못했던 호강을 저승에서라도 누려보라고 입혔다. 안자가 하르방에게 갈옷을 만들어 입히는 이유는 어머니와 달랐다. 편안하게 살았던 날들을 조금이라도 보답하기 위해서였다.

　새벽녘 안자는 물 허벅을 끼고 샘으로 향했다. 허벅에 물을 떠 담으며 하르방이 갈옷 만들 때까지만이라도 살아 있어야 한다고 중얼거렸다. 붉은 햇살이 깃든 물을 허벅에 담았다.

　안자가 숟갈로 물을 떠 입가에 흘려주자 하르방은 겨우 삼켰다. 안자는 찬물에 적신 수건으로 하르방의 온몸을 닦았다. 등에는 땀띠가 나 진물이 흘렀다. 밖은 뜨겁지만 안은 아직 견딜 만했다.

　안자는 다시 바짝 마른 삼베를 걷어 왔다. 입에 물을 잔뜩 머금고 푸하고 내뿜었다. 빳빳하던 천이 다시 눅눅해졌다. 천을 주름이 없도록 반듯하게 펴서 베갯잇만 하게 개서 발밑에 놓고 꾹꾹 밟았다. 다듬어진 베를 다시 햇볕 속에 널었다.

여러 날 여러 번 햇볕에 바랜 삼베 천은 처음은 노을빛이던 것이 빨면 빨수록 점점 갈빛으로 사위어 들었다. 안자는 화려하지도 그렇다고 칙칙하지도 않은 그 갈빛이 좋았다.

하루아침에 더워진 날은 수그러들 줄 몰랐다. 방 안까지 푹푹 찌는 듯 했다. 그럴수록 안자는 더욱 자주 찬물을 길어다가 하르방의 몸을 닦아주며 갈옷을 만들었다. 그러나 아무리 곱게 시침질을 하려고 해도 기력이 없어 떨리는 손으로 듬성듬성 옷을 꿰맸다. 하르방의 옷이 다 만들어지자 이번에는 자신의 옷을 만들기 시작했다.

불볕 같은 더위는 맹위를 떨치며 하루하루 더해갔다. 샘에 나가 물을 길어온 안자는 하르방의 입가에 찬물을 흘려 넣었다. 물이 입 밖으로 주르르 흘렀다. 하르방은 더 이상 물을 삼키지 않고 숨도 쉬지 않았다. 입이 벌어진 상태로 두 눈을 약간 뜬 상태였다. 안자는 하르방의 두 눈을 가만히 감겨주었다. 하르방의 얼굴은 금방 편안해졌다.

안자는 빳빳해진 하르방의 몸을 들어올려 입고 있던 옷을 벗겼다. 고사목처럼 앙상하게 마른 하르방의 몸이 드러났다. 안자는 물수건으로 하르방의 몸을 깨끗이 닦고 나서 갈옷 저고리를 하르방에게 입혔다. 빳빳하게 풀기가 든 갈옷은 하르방이 살아 있는 것처럼 느끼게 했다.

"하르방! 잘도 곱지양? 타오르는 노을빛이 이보다 고울까마시. 이 섬에서 감물 맥이는 거 할망 따라올 사람 업서. 경 허고 말해봅서! 하르방! 칭찬 한 번 해봅서. 하르방! 해봅서."

안자는 중얼거리며 하르방의 바지를 벗겼다. 아랫도리가 어린아이의 그것처럼 말갛게 드러났다. 안자는 발가락 끝에서부터 오금이며 사타구니까지 깨끗이 닦았다. 쾨쾨한 냄새가 뿜어져 나왔다. 바지까지 차려입은 하르방은 금방이라도 빙그레 웃으며 벌떡 일어날 것만 같았다.

이제 샘에 나가 물을 길어 오는 일도 없어졌다. 안자는 차분한 마음으로 치마를 만들었다. 치마에 끈을 붙이는 일이 생각처럼 되지 않았다. 옷이 만들어질수록 손이 떨려오고 정신은 혼미해졌다. 어디에 이토록 많은 파리들이 숨어 있었는지 파리 떼는 극성을 피우고 몰려들었다. 세상에 있는 파리란 파리는 다 몰려든 것 같았다. 안자의 손 여기저기에도 검버섯처럼 파리들이 달라붙었다.

옷이 다 만들어지자 긴장했던 안자의 정신이 다시 혼미해졌다. 그렇지만 이대로 하르방 곁으로 갈 수는 없었다. 안자는 천근 같은 육신을 끌고 샘으로 향했다. 넘어지고 정신이 혼미해지며 들락거렸다. 안자는 얼음같이 차가운 물에 몸을 씻었다. 언덕을 기어 겨우 집으로 돌아온 안자는 흙투성이가 된 옷을 벗고 갈옷으로 갈아입었다. 옷 촉감이 서늘하게 느껴졌다. 긴긴 여름 해가 그때서야 한라산 꼭대기로 넘어갔다.

안자는 하르방 곁에 누웠다. 언젠가처럼 하르방을 가만가만 더듬었다. 하르방은 붉은 갈옷 속에서 환하게 웃고 있었다. 안자도 활짝 웃었다. 손끝에 힘이 빠져나갔다. 밥 먹은 날이 언제였던가. 갈옷 만들기 시작하고부터 아무것도 먹지 못했다. 이만큼 견뎠다는 것이 안자는 신기했다. 아주 오래전에 먹었던 마지막 밥알의 힘까지 다 빠져나가는 것을 느꼈다.

밖은 어두움이었다. 방문 밖으로 멀리 오징어 배만이 휘황한 빛을 뿜고 있었다. 안자는 눈을 감았다. 아득하고 편했다. 천국이 따로 없었다. 하르방 곁이 바로 천국이었다.

하르방이 갈대가 되어 서 있었다. 안자는 그 곁에 섰다. 그 위로 부신 햇살이 출렁거렸다. 안자의 얼굴에 보인 희미한 미소는 더 이상 움직이지 않았다.

노을

방학 동안 여름답지 않게 선선하던 날씨가 계속되더니, 개학이 시작되자마자 기다렸다는 듯이 더위가 기염을 토해냈다. 습한 데다가 기온이 35도를 넘고 있어 가만히 있어도 짜증이 났다. 폭염으로 더 이상 수업을 진행할 수가 없자 정희는 학년 부장 선생님과 의논하여 아이들을 데리고 바다로 나갔다. 오 분쯤 걸으니 바다가 나왔다. 바닷가에 도착하자마자 아이들은 바다로 뛰어들었다. 정희는 물속에서 천진난만하게 헤엄을 치고 물장구를 치는 아이들을 바라보았다. 아이들은 바다에 대해 조금의 거리낌도 없는 듯했다.

정희는 바닷가에 살아도 수영을 못했다. 어릴 때도 바다로 나가 해수욕을 할 때마다 아이들을 겁먹게 하는 이야기들이 떠돌았다. 물귀신이 끌어 잡아당긴다는 구체적인 사례들이 떠돌아다녔다. 어떤 물귀신은 머리를 풀어헤치고 있었다. 어떤 물귀신은 모가지가 없다는 것이다. 그래서인지 아이들이 물에 빠져 죽는 일이 흔했다. 초등학교 4학년 때인가 떠돌아다니는 소문들을 증명이라도 하듯이 바닷가 모래사장 속에

파묻힌 해골 더미가 발견되었다. 해골 중에는 어린아이 것으로 보이는 것부터 노인의 것으로 보이는 것까지 모여 있었다. 그 사건이 신문에 크게 보도되었다. 암암리에 조사단이 결성되어 사건을 재조사하였지만 무고한 민간인의 희생이라고 발표하지 않았다.

그 후로는 바다는 언제나 정희에게 근접하기 두려운 존재였다. 그 당시에는 물귀신이 정말 존재하는 줄 알고 있었지만 지금 생각해보면 대부분의 아이들이 수영 미숙으로 익사했을 것이란 걸 짐작할 수 있었다.

학교도 두렵기는 바다와 마찬가지였다. 학교 구석구석에 흉한 소문들이 떠돌아다녔다. 변소에 시체가 가득했다느니, 뒷동산 방공호 속에 시체를 묻었다느니 창고 안에 사람들을 가두고 총을 쐈다느니 모두 버려진 시체에 대한 소문들이었다. 실제로 정희가 다닌 학교에는 군이 머무르며 갖가지 고문을 다 했던 곳이다. 운동장에서 주민들이 보는 앞에서 총살을 시키기도 하고 심한 고문으로 죽은 사람들이 속출했다는 생존자들의 증언이 잇따랐다.

어릴 때 만장굴로 소풍을 갔을 때 일이다. 그 넓은 동굴 안에 시체들이 그득했다는 소문이 아이들 입을 통해 번져나갔다. 정희는 만장굴이 학살 현장이란 말은 들어보지를 못했다. 아무리 아니라고 해도 아이들은 굴 안에 들어가기를 꺼려 했다. 관광객들은 굴의 웅장함과 신비스러움에 감탄하지만 이곳 제주인들에게 굴은 다른 굴과 마찬가지로 학살의 현장으로밖에 여겨지지 않았다. 정희는 관광객들이 화려한 옷을 입고 아무 생각 없이 관광지를 드나드는 모습을 보면 부럽기도 하고 까닭 없는 증오심이 드는 것은 어쩔 수가 없었다.

나이가 드니 느는 것은 노파심이었다. 정희는 아이들을 쫓아다니며 깊은 데는 들어가지 말고 쉬었다 해라 하고 잔소리들을 늘어놓았다. 그때 정희의 주머니에 있는 핸드폰이 울렸다. 교무부장이 낮은 목소리로 놀라지 말고 침착하게 들으라고 말하며 뜸을 들였다.

"말씀해보세요, 부장님!"

"저 고 선생마씨…. 시어머니가… 돌아가셨다고 핸."

"네? 어… 어머니마시?"

"고 선생 전남편이 지금 막 경찰에게 연락을 받았다며 연락했수다게."

"어디…라고 핸?"

"하도리라 헙니다."

"감사합니다, 부장님!"

정희는 가슴이 팔딱팔딱 뛰었다. 결국 어머니께서 그 한 많은 생을 마감하셨구나. 정희는 서둘러 아이들을 바다에서 나오게 했다. 아이들은 투정하며 몰려나왔다. 정희는 반장에게 아이들을 통솔하여 교실로 들어가 집으로 보낼 것을 지시하고 옆 반 선생에게도 부탁을 했다. 평소 친하게 지내는 옆 반 선생님은 아무 걱정 하지 말고 가보라며 연민의 눈빛으로 보았다. 이혼한 전남편 어머니의 부음 소식이 정희에게 묻어두었던 상처를 들춰내줄 것이라는 생각에서였다.

정희는 급히 택시를 집어타고 하도리로 가달라고 말했다. 작년 겨울 방학 때 어머니를 찾아다니다가 당근밭에 있는 어머니를 발견했다. 어머니는 정희가 보았던 그 어느 때보다 편안하고 안정된 얼굴이었다. 방 안을 살펴보았을 때 동거인의 흔적도 볼 수 있었다. 정희는 한눈에 그곳에서 어머니의 현재 삶이 어느 때보다도 행복해 보였다. 정희는 이장을 찾아가 만일의 경우를 대비해 전화번호를 남겨놓았다. 그렇지만 정희는 법적으로 아무런 관계도 아닌 자신의 전화번호를 남기지 못했다. 전남편인 종호의 전화번호만 적어놓았다.

종호의 소식은 가끔 정희의 귀에 들려왔다. 병원이 늘 문전성시를 이뤄 복도까지 사람들이 죽 늘어서서 기다린다는 소식에서부터 의사협회 회장으로 선출되었다는 소식, 4·3진상조사단의 고문을 맡았다는 소식까지 좁은 이 바닥에서 그는 점점 유명인사가 되어갔다. 누군가는 그가 곽지해수욕장 부근에 그림처럼 아름다운 별장을 마련했다는 이야기도 전하고 누구는 서귀포에 귤밭을 산 것을 전했다. 전하는 이들은 은근히 지금이라도 다시 재결합하길 바라는 투로 끝맺음을 했다. 그들은 종호가 만나는 여자들을 간간이 알려주기도 했지만 그의 결혼 소식은 알려주지 못했다.

김녕을 지나는데 앰뷸런스가 요란한 소리를 내며 빠르게 정희가 탄 택시를 앞질러 갔다. 세화를 지날 때는 경찰차가 그렇게 요란을 떨며 지나갔다. 택시 운전사는 무슨 일이 났나 하며 혼자 중얼거렸다.

해안도로로 빠지기 위해 좌회전 깜빡이를 켜고 서 있는데 멀리 앰뷸런스와 경찰차가 해안도로로 사라지는 것이 보였다. 정희가 빨리 가줄 것을 주문하자 기사는 신호를 무시하고 슬쩍 좌회전을 했다.

집 근처는 앰뷸런스와 경찰차가 주차되어 있었다. 동네 주민들은 구경이라도 난 듯 북적대고 있었다. 집에 가까이 가자 악취가 진동했다. 그들 속에 전남편 종호의 모습도 보았다. 그는 감나무에 머리를 찧으며 울부짖고 있었다. 그가 이미 이성을 잃고 있는 데 반해 정희는 냉정함을 잃지 않고 마당에 들어섰다.

이미 경찰은 줄로 쳐놓아 현장 접근을 막아놓았다. 파리들이 들끓었다. 정희는 경찰에게 며느리임을 밝히고 어머니의 마지막 모습을 보고 싶다고 했다. 경찰은 정희의 접근을 내버려두었다.

정희는 쳐놓은 줄 안으로 들어가 방문을 열었다. 지독한 냄새가 찌르듯이 콧속으로 밀고 들어왔다. 정희는 두 눈을 똑바로 뜨고 방 안을 들여다보았다. 사람의 모습은 이미 형체도 없이 부패해 있어 갈옷 두 벌만이 포개져 놓여 있었다. 갈옷이 포개져 있는 모습으로 보아 위쪽에 있는 사람이 밑에 누운 사람을 감싸안은 모습이었다. 시체에서 나온 물이 방 안에 흥건히 괴어 있었다. 갈옷 위에서건 방 안에서건 구더기들이 허옇게 바글거렸다. 파리들이 기승을 부리며 날았다. 정희의 머릿속이 하얗게 비며 어찔해졌다. 휘청거리며 쓰러지려다 벽을 잡고 겨우 서 있는 정희를 누군가가 부축했다. 정희는 그때서야 땅에 주저앉아 어머니를 부르며 울부짖었다. 종호가 여전히 감나무 밑에서 울고 있는 모습이 눈에 들어왔다. 정희는 마음을 수습하여 돌담가로 가 앉았다. 멍하니 앉아 있는 정희의 귓가에 한 노인의 목소리가 들렸다.

"한 열흘쯤 됐수다레. 파리들이 들끓고 이상한 냄새가 계속해서 나긴 났주게. 꼭 사태 때 시체 썩는 그 냄새 같았수다. 이상해서 냄새를 쫓아와 보니 여기주게. 한 열흘이라 했신대 훨씬 더 오래되었는지도 모르쿠다."

이때 경찰이 종호에게 다가가는 것이 보였다.

"아드님 되십니까?"

"네."

"어찌된 연유인지 아십니까?"

"어머니가 행방불명이 된 게 일 년 하구 네 그래요, 그러니까 일 년

허구 반년은 더 지났을 겁니다. 사방으로 수소문해도 어머니를 찾을 수 없었죠. 전 지금도 계속 어머니를 찾고 있었어요. 그런데 느닷없이 이곳 이장이란 분이 전화를 했습니다. 그래서 달려온 것이구요. 이장이 어떻게 제 전화번호를 알았는지 모르겠습니다."

경찰이 이장에게로 가 무어라고 이야기 나누는 것이 보였다. 이장은 한참 무엇인가 설명하더니 돌담가에 앉아 있는 정희를 발견하고 손짓으로 가르쳤다. 경찰이 정희에게로 다가왔다.

"며느리 되십니까?"

"네."

"지난겨울에 이곳 이장을 만나셨습니까?"

"네. 어머니는 일 년쯤 전에 행방불명되셨습니다. 그런 어머니를 내내 찾았지요. 어느 날 이곳에서 밭에서 일하시는 어머니를 찾았어요. 행방불명이 되시기 전에 어머니는 정신이 들락거리셨는데 그때 본 어머니는 정신이 온전했습니다. 그리고 아주 편안하고 행복해 보였습니다. 그래서 이장님을 찾아가 무슨 일이 있으면 연락을 달라고 전남편 전화번호를 적어놨지요."

"전남편요?"

"네. 저희는 지난해 이혼을 했습니다."

경찰은 종호와 정희를 번갈아 쳐다보았다.

감식반원들조차 방 안에 들어가지 못하고 밖에 서서 쳐다보고 있었다.

"반장님! 시체는 썩어 문드러졌지만 나란히 누워 있는 것으로 보아 밑에 있는 사람이 먼저 죽고 위에 있는 사람이 시체를 감싸안고 죽은 형

상입니다. 같이 살다가 한 사람이 죽으니까 따라서 죽은 것 같습니다. 노인들이고 이해관계가 없으니 타살이라 보기는 힘들고 자연사로 처리해도 무방하겠습니다."

이때 차 한 대가 와서 서더니 한 남자가 내렸다. 남자는 경찰에게 다가왔다.

"고인이 된 윤만식 씨 변호삽니다. 윤만식 씨는 병원에서 삼 개월 시한부 선고를 받고 이곳에 내려왔습니다. 여기서 노인을 만나 일 년을 더 사셨어요. 제게 틈틈이 유언을 남기셨습니다. 이게 유언장입니다."

남자는 가방을 열어 서류를 꺼내 경찰에게 보여주었다. 유언장은 노인이 직접 작성했다고 변호사는 말했다.

'나 윤만식의 소유로 된 제주도의 땅과 집을 고안자 할머니와 4·3으로 인해 상처받은 사람들을 위해 써다오. 그리고 내가 죽으면 토끼섬 앞에 있는 갈대밭에 묻어다오.'

진혼제

"고 선생이 빠지면 어떻게 허영? 이 일은 고 선생이 만드신 일인마시 고 선생이 불참하면 의미가 없수다."

교감이 정희가 회식에 참석하지 못하는 섭섭함을 내내 말했다.

그도 그럴 것이 이번 글짓기 대회에서 상을 휩쓴 것은 정희가 여름방학 내내 땀을 흘리며 글짓기 반을 운영해온 덕분이었다. 최우수상과 우수상이 정희의 학교로 넘어오고 가작도 여러 명이 받았다. 입선한 학부

모들이 마련한 자리라서 꼭 참석해야 한다고 교감이 누누이 말했지만 정희는 그대로 집으로 돌아왔다. 한 달 전부터 어떤 회식이나 모임에 일체 참석하지 않았다.

어머니가 가신 지 일 년이 되어왔다. 정희는 거의 일 년 내내 검은 스커트에 검은 니트를 걸치고 다녔다 누가 보아도 나이보다 훨씬 더 들어 보이는 차림이었지만 정희는 화려한 빛깔의 옷을 입고 유흥 장소에 가는 것을 삼가고 있었다. 누가 그렇게 하라고 가르친 것이 아니었다. 정희 스스로 삼가고 있었다. 정희는 마음속으로부터 어머니에 대한 사랑과 애달픔이 우러나와 스스로 행하고 있었다.

틈틈이 제수 음식을 장만하러 다녔다. 봄에 말려진 것이 으뜸으로 치는 옥돔은 큰 것으로 준비했다. 고사리 장마철에 틈틈이 뜯어다 말린 고사리도 불려놨다. 가을에 첫물을 딴 것을 장만하여 말린 표고버섯도 물에 담가놓았다.

제기를 미리 꺼내놓음을 잊지 않았다. 제상(祭床)과 교의(交椅) 탁자(卓子) 병풍 돗자리 향로(香爐) 모사(茅沙) 그릇과 제기 등을 꺼내어 행주질해야 될 것은 마른행주로 깨끗이 닦아놓았다.

소상은 상제들이 모두 상복을 입고 곡을 하며 장례 치르는 의식과 거의 똑같이 하는 큰일이었다. 어릴 때부터 제사 지내는 일을 보아온 정희에게 제사상 차리는 일은 다른 어떤 의식보다 익숙했다. 정희는 하루 전에 목욕을 하고 경건한 마음으로 음식을 장만했다. 학교에는 이미 3일 연가를 냈다. 학교 동료 여럿이 소상에 참여하기로 되어 있었다.

하루 전날, 평소 제삿집을 다니며 품앗이 해주던 친지들이 음식을 해오기도 하고 집으로 와서 음식을 만드는 것을 거들었다. 큰 잔치를 하는 것처럼 집 안이 북적댔다. 감주와 떡을 해 이고 온 친지들도 있었다.

소상 날이 되었다. 다행히 작년처럼 불볕더위가 아니고 여름답지 않은 시원한 날이 요며칠 계속되었다. 마당에 천막을 치고 음식상들을 여러 개 준비해놨다. 친척들이 와서 도와주었다. 가까이 지내던 이웃들이 아침부터 모여 정성껏 음식들을 장만했다. 이곳 제주 아낙네들은 제사 지내는 일이 다반사라 번거롭다고 귀찮아하지 않고 정성을 다해 음식을 장만했다.

제사상이 차려졌다. 왼편으로부터 대추 밤 곶감 배 순서로 늘어놓고 다음에 호두와 망과류, 다식과 약과를 괴어놓았다. 붉은색 과일은 동쪽으로부터 놓고 흰색 과일은 서쪽으로부터 놓았다. 신위(영정)를 모시고 앉은자리에서 우측을 동쪽, 좌측을 서쪽이라 불렀다. 그 뒤로 서쪽으로부터 포 나물 두부 침채 식혜를 놓았다. 그 앞으로 육탕 소탕 어탕을 놓고 그 앞으로 육전 육적 소적 채적 어적을 놓았다. 병풍 앞으로 메와 탕을 놓고 그 옆에 빈 제기를 놓았다. 마지막으로 병풍 한가운데 위패를 놓았다.

종호는 제주 차림을 하고 제상 앞에 섰다. 그 옆으로 이복형제들이 나란히 자리했다. 어머니에게는 종호 말고는 더 이상 자손이 없었지만 큰어머니와 둘째어머니 손까지 모두 참석한 자리였다.

어머니의 자손들이 방 안 가득 서서 경건한 마음으로 의식이 진행되기를 기다리고 있었다. 정희는 메와 탕을 제상에 가져다 놓고 나오며 방 안에 죽 늘어서 있는 일가친척들을 보았다.

혼란기 때 많은 남정네들이 희생이 되어 그 비극의 부산물로 어쩔 수 없이 만들어진 것이 일부다처제였다. 아낙 셋이 한 지아비를 섬기며 사는 것을 숙명으로 받아들이고 살았다. 한 울타리 안에서 생기는 시기와 질투가 없지는 않았으련만 대부분 보듬고 감싸며 한 집에서 별 탈 없이 살았다. 큰어머니라 내세우지 않고 셋째 댁이라 업신여기지 않았다. 한 아버지의 배다른 자식들도 큰어머니 작은어머니 부르며 허물없이 왕래하며 돕고 살았다.

의식이 진행되었다. 둘째 집 맏사위가 스스로 집사가 되기를 청했다. 제상 앞에 선 참석자들이 신위 앞에 선 다음 제주인 종호가 꿇어앉아 분향을 했다. 집사는 잔이 차지 않게 조금씩 술을 나누어 세 번 따른 다음 종호에게 건네주었다. 종호는 향불이 타고 있는 그 위에 잔을 돌려 옆에 놓은 후 일어나 재배했다. 돌아가신 분께서 오시어 음식 드시기를 청하는 이러한 행위를 강신이라고 하였다. 종호의 의식이 끝나자 일동이 일제히 신위에게 재배를 하는데 이를 참신이라 불렀다.

정희는 강신을 마치는 종호의 모습을 보았다. 의젓하며 더할 나위 없이 점잖은 제주였다.

어머니가 돌아가신 다음 가끔 종호는 정희를 찾았다. 정희는 남편이 아닌 친구로 종호를 만났다. 종호도 그것이 편한 듯했다. 한 집에서 몸을 맞대고 살아갈 때는 폭력을 쓰던 종호가 정감 있고 따뜻한 신사로 변해갔다.

종호는 대부분 어린 시절 보고 들은 것들을 정신과 의사에게 상담 받듯이 차분히 정희에게 이야기했다. 어머니가 세 번째 부인으로 들어가 뼈가 문드러지도록 일하는 모습이라든가, 매 맞고 학대당하는 모습, 어머니가 성적 학대를 당하는 장면을 우연히 목격했을 때의 충격, 큰집 둘째 집 형제들과의 보이지 않는 알력이라든가, 그럴수록 굴하지 않았던 공부에 대한 집념, 의사가 되지 않을 수 없었던 당위성 같은 것들을 이야기했다. 이전에 한 번도 들어보지 못했던 그런 이야기들은 벽처럼 단단하고 무섭게만 느껴지던 종호가 작고 보잘것없는 상처투성이의 인간으로 느껴졌다. 그런 종호에게 함께 살 때 느끼지 못했던 연민이 새삼스럽게 솟아났다.

종호는 어머니께서 정희에게 제사를 물려주고 가셨다는 사실을 알고부터 그들의 재결합이 가신 분의 유지라고 생각했다. 어렵게 한 이혼이라 재결합이 쉽지 않겠지만 자신을 감싸고 있던 위선의 덩어리를 벗어버리고 진실의 모습을 보여주면 가능하지 않을까 기대하고 있었다. 사실 종호는 사람이 사람을 어떻게 사랑해야 하는지 그 방법을 몰랐다. 주위 사람들 살아가는 모습처럼 그렇게 살아가는 것인 줄 알았다. 의붓 아버지가 살아가는 것처럼 또 어머니가 살아가는 것처럼 그렇게 살아가는 것인 줄 알았다.

종호는 4·3진상조사단의 고문으로 있었다. 영감님이 어머니께 남기고 간 땅은 4·3 재단에 귀속시키기로 했다. 그것이 가신 분이 젊은 날 저지른 죄에 대한 속죄라고 생각했다.

제사가 끝나고 종호가 속해 있는 단체에서 준비한 행사가 있었다. 제사에 온 사람들이 빙 둘러앉아 있는 한가운데서 민중 무용가의 진혼 춤이 시작되었다. 가신 님의 영혼을 위로하기 위해 추는 진혼제였다. 북소리가 둥둥 울렸다.

갈옷 입은 여자가 북과 장고 소리에 맞춰 천천히 움직였다. 자연과 어우러진 평화롭고 자연스러운 몸짓의 춤은 시작되었다. 새처럼 나는 시늉도 하고 파도처럼 일렁거리는 몸짓도 하고 땅을 뒹굴며 천진스럽게 놀기도 했다. 별안간 북소리가 불규칙하고 불안하게 바뀌었다. 춤꾼의 동작도 빠르게 움직였다. 무언가에 연신 쫓기며 숨을 곳을 찾아 헤매는 춤꾼의 행위는 점점 빠르고 불안해지는 북소리에 의해 가속이 붙었다. 북소리가 극도로 빠르게 울리자 춤꾼의 동작은 점점 과격하게 변해간다. 숨을 쉴 수조차 없이 몰아붙이던 춤꾼은 격렬하게 몸을 비틀다가 그만 그 자리에 쓰러진다. 가끔 꿈틀거림이 있을 뿐 한동안 정적이 이어진다. 이때 양복 입은 남자 춤꾼 하나가 경계하듯 두리번거리며 나타난다. 그는 누운 춤꾼 곁에서 조심스럽게 춤을 추며 여자를 맴돈다. 남자가 탐색이 끝났는지 여자를 땅에서 일으킨다. 두 사람의 조용조용한 춤이 시작된다. 잔잔하던 몸동작들은 점점 우아하고 아름답게 변한다. 서로를 감싸안고 추는 두 사람의 사랑의 춤은 격정적이면서도 뜨겁고 그러면서 넉넉하게 변한다. 두 사람의 황홀한 마지막 춤은 시나브르 동작이 느려지며 남자가 자리에 쓰러진다. 여자 춤꾼혼자 슬프면서도 격정적인 마지막 춤은 시작된다. 마침내 동작이 느려지고 여자는 천천히 남자가 쓰러진 그 위에 포개진다. 북소리가 점점 점점… 작아진다.

질경이

머릿속에서 돌멩이가 와글거리며 굴러다녔다. 아내는 이것저것 정신을 잃을 정도로 마구 술을 마신 다음 날 아침, 잠에서 깨어날 때 이 기분을 입덧할 때와 같다고 말했다. 정말이지 입덧할 때 기분이 그렇단 말이야 하고 물었던 적이 있다. 여자들이 왜 군대에 안 나가는지 알아? 그 고통을 열 달 동안 참고 견뎌야 해서야. 나는 셋을 낳았으니 30개월을 견딘 거지. 정말 그렇다면 나는 아내를 아니 출산을 한 여자들을 존경할 것이다. 아니 이미 존경하고 있다.

　콩나물을 넣고 끓인 시원한 황태 해장국 한 그릇 마시고 싶다. 하지만 여기는 파리다. 커피 한 잔과 딱딱한 바게트 몇 조각으로 아침을 때울 것이 뻔하다. 바게트 뜯어먹을 생각을 하니 속이 더 미식거리는 것 같아 자리에서 일어나기가 싫었다.

　파리에 머문 지 2년이 넘어가지만 어제처럼 필름이 끊기도록 마신 적은 없었다. 그럴 기회가 없을뿐더러 생겼다 하더라도 왕수다를 쏟아내며 두세 시간 와인을 홀짝거리며 마시면 그만이었다.

대학 동창 민환이 파리에 왔다고 연락을 했다. 우리는 불금인 어제 만나기로 약속했다. 단단히 벼르고 별렀던 술자리였다. 예약한 한식집에서 소주를 곁들여 저녁을 먹었다. 다음에는 얼마 전에 생긴 어묵 집으로 옮겨 술을 마셨다. 그 다음에는 모처럼 한국에서 나온 친구니 시간이 늦더라도 양해를 바란다고 미리 말하고 한국인이 운영하는 술집에 들어가 마구 마셨다. 그리고는 생각이 나지 않았다. 집까지 걸어왔던 것 같다. 파리는 서울로 치면 강남 3구만 한 면적이다. 가운데로 센 강이 흐르고 그 주변으로 1구부터 20구까지 나누어져 형성된 도시다. 거대한 도시 서울에 살다가 와보니 거기가 거기라 지하철 타는 것보다 걷는 것이 더 빠를 때도 있었다. 술이 잔뜩 취해서 15구에 있는 내 집을 용케 찾아왔다.

민환은 파리 여행 때마다 나를 불러냈다. 그는 싼 술집을 돌아다니며 술 마시는 나의 이 서민 근성을 은근히 즐기는 것 같았다. 그는 다이애나 왕세자빈이 연인과 마지막으로 묵었던 최고급 리츠 호텔 스위트룸에 머물렀다. 스위트룸 하루 숙박비가 얼마냐고 물었더니 녀석은 가르쳐주지 않았다. 그렇게 열흘을 머물렀는데 바로 스위스로 갈 것이라고 말했다.

민환은 태어났을 때부터 지금까지 줄곧 부자다. 고위관직에 있었다는 할아버지는 갓난쟁이였던 그에게 빌딩을 증여해주었다. 거액의 증여세를 물긴 했지만 나중에 증여하는 것보다는 낫다는 것이 이재에 밝은 할아버지의 계산이었다. 그는 할아버지에 관해서는 철저히 함구했다.

민환은 천재 소리를 들을 정도로 공부를 잘했다. 나는 종일 공부만 생각하고 공부만 했지만 그는 대강대강 공부해도 나보다 학점이 더 잘 나왔다. 쌍꺼풀 진 큰 눈과 큰 키는 멀리서도 눈에 확 띄었다. 게다가 최고급 명품만 두르고 다니니 그는 어디서나 빛이 났다. 젠장 이럴 수가! 세상은 어찌 이다지도 공평하지 않단 말이야. 나는 민환 앞에서 때때로 절망했다.

하지만 민환은 아직까지 미혼이다. 큰 개 여러 마리와 함께 할아버지가 물려주신 세검정 저택에 살았다. 살림해주는 가정부와 개의 사육까지 돌보는 정원사를 고용하고 있다. 그는 두 번이나 자살을 시도했었다. 그때부터 그의 곁에는 반드시 보디가드가 따라다닌다. 자살 이유를 물으니 한 번은 부끄러워서였고 한 번은 사는 것이 재미가 없어서라고 말했다. 태어났으니까 사는 것이지 재미로 세상을 사니? 하며 곁에 있다면 두들겨 패주고 싶다.

아내는 휴직이 끝나 먼저 서울로 돌아갔다. 다른 회사는 자비 유학이란 명분으로 휴직을 연장해주었지만 아내는 육아 휴직한 기간이 있어 휴직 심사에서 탈락했다. 아내가 셋째 육아 휴직을 끝내고 복직했을 때 회사는 모두가 싫어하는, 일 많고 생색나지 않는 자리 하나 비워놓고, 그래도 우리 회사니까 이 정도 대우해주는 거야. 육아휴직을 세 번이나 한 직장 맘을 받아주는 회사가 있는 줄 알아? 하는 투로 발령을 냈다. 어쩌다가 고만고만한 아이들을 셋이나 낳은 아내는 아침 일찍 출근해 저녁 늦게까지 일을 했다. 마치 너 이래도 회사 그만 안 둘래? 하는 투였다. 그 시간 집에는 엄마를 기다리다 지친 세 아이로 인해 아수라장이 되었다. 장모님과 장인은 젊은 날조차 해보지 않은 주말부부가 되었고, 장모님은 어깨 통증으로 팔을 올리지도 못했다. 아이들은 때 맞춰

밥을 먹을 수 있었지만 어른들, 즉 장모와 장인과 나와 아내는 단 한 번도 편안히 앉아 밥을 먹은 적이 없었다. 회사의 배려가 조금이라도 있었으면 그 숨 막힐 것 같은 생활은 하지 않았을 것이다.

아내 회사에는 결혼 안 한 노처녀에, 결혼을 했어도 아이를 낳지 않은 딩크족이 드글드글했다. 아내처럼 아이를 셋이나 낳아 그때마다 휴직을 한 직원은 드물었다. 아니 없었다. 아내로 인해 업무량이 늘어 피해를 본다고 노처녀나 애를 안 낳은 딩크족이 불만을 터트렸다. 그들을 이해 못 하는 것은 아니다. 하지만 휴직 기간 중에 동료한테 피해가 가지 않도록 회사 차원의 대책이 있어야 했다.

난 불만을 토로하는 그들에게 말하고 싶다. 너네도 애를 셋이나 낳아봐. 하나는 날로 먹는 거야. 둘은 두 배로 힘든 줄 아니? 셋은 세 배로? 아니야 육아는 기하급수적이야. 더하기가 아니고 곱하기야. 시간도 돈도 힘도 기하급수적으로 들어가. 애를 많이 낳으면 혜택을 준다고? 그 혜택이란 게 말이야 별거 아니야. 다둥이는 주차비를 할인해주고 전기세 아주 조금 할인해주는 것뿐이다.

아이를 많이 낳았다고 배려라고는 눈곱만큼도 없으니 안 낳지. 애를 셋 낳은 부모는 인간이 아니야. 그저 애를 키워 종족을 보존해야 하는 동물일 뿐이야. 자고 먹고 그 모든 것을 단 한 번도 제대로 할 수 없어.

하지만 말이야. 또 다른 보상이 있긴 해. 힘이 기하급수적으로 드는 것처럼 기쁨도 그래. 한 아이 한 아이 얼마나 예쁜 줄 몰라. 그러니 셋도 낳고 넷도 낳지. 나는 아직도 사회의 배려가 조금이라도 있으면 더 낳고 싶다. 내 씨에서 발아한 또 다른 모양과 개성을 가진 아이가 꼬물거리는 것은 상상만 해도 즐겁다.

내가 하루에 몇십만 명씩 코로나 확진자가 나오고 오백여 명씩 죽어나가 아무도 지원하지 않는 유럽 지사로 왜 지원해 온 줄 알아? 그놈의 영어 공부 시키려고 온 거야. 한 놈도 아니고 세 놈 각자 영어 공부 시킬 자신이 없어 목숨 걸고 온 거야. 그거 안 시키면 어쩌냐고? 너도나도 다 시키는데 안 시키니 우리 애들만 도태되는 거 같아. 낳아놨으면 남들하고 비슷하게는 키워야 할 게 아니냐. 한 해는 아내의 안식년 휴가를 쓰고, 한 해는 초등학교 들어가면 받을 수 있는 휴가 받고, 한 해를 더 받아야 하는데 그거 안 해주더라고. 회사에서 그 정도 배려도 없어. 그렇다고 한창 공부하는 세 아이들을 데리고 한국에 들어갈 수는 없지 않아? 아내는 회사를 때려치고 경단녀가 되고자 했지만 난 혼자 벌어 저 아이들을 키워낼 자신이 없었어. 할 수 없이 아내가 한국에 들어가고 대신 장모가 들어왔어. 낯설고 물선 먼 나라까지 와서 출장 육아를 해야 하는 장모는 또 무슨 죄인가. 손주 셋을 본 죄밖에 없지 않은가.

요즘 한국은 해마다 출산율이 신기록을 세우며 하향행진하고 있다고 유럽 신문에서까지 떠들어대고 있다. 아이 많이 낳는 정책을 세우라면 경험자인 나는 자신이 있다. 셋째를 낳으면 엄청난 세제와 육아 지원과 보조금 혜택을 주는 것이다. 경제적으로 여유가 있으면 도우미 손을 빌릴 수 있다. 프랑스는 세 아이를 줄줄이 데리고 다니는 풍경을 흔히 본다. 이곳에서 첫아이를 낳으면 혜택이 거의 없다. 둘째 낳으면 조금 있고, 셋째를 낳으면 일단 출산 휴가부터 다르다. 출산 지원금도 차등이다. 첫아이 지원금은 아예 없지만 세 아이 네 아이 낳으면 낳을수록 지원금과 복지 혜택이 늘어난다. 다둥이 카드는 지하철뿐 아니라 그 비싼 철도 요금도 셋째는 30프로인데 넷째는 40프로로 감면을 받는다. 자주

가는 박물관 미술관 레저 교육기관 등등 다둥이 카드 하나만 있으면 혜택을 받는다. 애 안 낳는 것은 세계적인 추세인지 프랑스에서는 외국인까지 다둥이 카드를 발급해주고 있다. 마치 억울해? 그럼 너도 셋을 낳아봐 하고 약 올리는 것 같았다.

한국은 그놈의 투표권이 문제다. 표를 의식해서 두 자녀도 다둥이라고 이름을 붙여 혜택을 준다. 둘도 안 낳으려고 하여 나온 고육책이긴 하다. 나는 출산율 증가의 핵심은 다자녀 가정이라 생각한다. 어차피 가임 여성은 한정되어 있다. 한 자녀 가정이 한 아이씩 더 낳으면 출산율이 올라간다는 소리다. 출산율 반등에 성공한 나라들은 모두 이 제도를 쓰고 있다. 한국은 출산율을 높이기 위해 돈은 뿌려대지만 출산율 그래프는 해마다 하향 곡선을 그리고 있다.

불과 몇십 년 전만 해도 전설적인 얘기가 있었다. 잘 기른 딸 하나 열 아들 부럽지 않다, 라든가 아들 딸 구별 말고 하나만 낳아 잘 키우자, 란 구호를 가슴에 달고 다녔다. 하나는 애국자고 둘은 그냥 아무 말 없다가 셋을 낳으면 그건 원시인이라고 비하했다. 심지어는 셋을 낳으면 의료보험 혜택도 안 주었다. 원시인 취급을 받으면서도 그때는 아이를 꾸역꾸역 낳았다.

어머니는 반포 주공 아파트가 재건축이 되어 몇십억씩 한다는 그곳을 지날 때면 백 번도 더 들었을 이야기를 지금도 한다.

"저 아파트가 재건축되기 전에는 오 층짜리 주공아파트였어. 그 주공아파트 분양할 때 0순위가 의사가 발급한 불임수술 한 증명서였지. 엄마 친구들은 다 불임수술을 받고 저 아파트를 분양받았어. 되기만 하면 분양가만큼의 프리미엄이 붙었다니까. 난 꼭 아들이 있어야 한다는 느이 할아버지 때문에 불임수술을 못 했어. 지금도 저 아파트를 보면 원통해."

나는 작은누나를 낳고 십 년 만에 얻은 마흔둥이다. 십 년 동안 여자라는 이유로 세상 빛을 보지 못하고 중도 하차한 누이가 될 뻔했던 생명들이 여럿 있었다는 말이다. 지금도 시멘트 덩어리인 초고층 아파트 곁을 지날 때면 나를 낳기 위해 빛조차 못 보고 없어진 생명들이 기억 나 가슴이 아파온다. 그러한 시절을 불과 얼마 전에 통과한 우리나라는 저출산의 심각성을 인지하지 못하고 있다가 요즘에야 발등에 불이 붙은 듯 호들갑을 떨며 출산 장려정책을 쓴다. 하지만 그건 하루아침에 이루어지는 것이 아니다.

나는 일 년 후에 특파원 임기를 마치고 귀국한다. 회사 사정이 좋지 않아 요즘 많은 직원들이 명예퇴직을 당하고 있다. 나라고 예외는 아니다. 한없이 밥을 먹어대는 저 아이들을 데리고 명예퇴직을 당할지도 모른다고 생각하니 잠이 오지 않는다. 설마 애가 셋인데 명퇴시키겠어? 하고 자위하지만 셋으로 인해 그간 당한 불이익이 많았던 나는 근심이 앞선다.

아내가 귀국하고 칠십 대의 장모가 14시간 하늘을 날아 애들 도시락 싸주기 위해 이곳으로 왔다. 쥐구멍이라도 있으면 숨고 싶은 심정인데 매사에 긍정적인 장모는 사위가 미안해할까 봐 용케도 좋은 것들만 찾아냈다. 그 비싼 소고기가 한국의 삼분의 이 가격이고 감자 당근 양파 등 농산품들은 흙 하나 묻지 않았을 뿐 아니라 싸고 품질 또한 한국 것보다 좋다. 또 과일은 어떤가. 한국은 과일값이 비싸다고 아우성쳐대지만 오렌지 사과 포도 다 한국보다 맛있고 저렴하다. 외국어라고는 영어조차 못 하는 장모지만 싼 식품을 용케도 잘 찾아냈다. 밀가루는 찰기가 있고 값도 정말 싸네. 장모는 감탄에 감탄을 거듭했다. 한국의 물가도 만만치 않다고 했다.

침대에 누워 스마트폰을 뒤적이다가 보니 정오가 넘어가고 있다. 아무것도 넣지 않은 뱃속에서는 반란이라도 일으키듯이 배고프다고 아우성을 쳐댔다. 냉수라도 한잔 마실까 싶어 자리에서 일어났다. 장모가 꿀물이라도 타다 줄까 했던 것은 헛된 기대였다. 아이들도 오가는 기척이 없다. 어딜 갔나 해서 부엌으로 들어가 보니 장모와 아이들이 식탁에 둘러앉아 무엇인가 하며 도란도란 이야기를 나누고 있다. 아이들은 해해거리며 무언가를 열심히 만들고 있다. 가까이 가서 들여다보니 밀가루 반죽을 가운데 놓고 세 아이들이 둘러앉아 있다.

"할머니가 너네들만 할 때는 맨날 이렇게 방망이로 밀어서 칼국수를 해 먹었어."

장모는 방망이가 아닌 와인 병으로 밀반죽을 밀고 있다.

"그때 할머니네 식구들은 몇 명인 줄 아니? 열다섯 명이었어. 할머니 할아버지 삼촌 고모 엄마 아버지 그리고 할머니 형제자매들…"

"와! 재밌었겠다!"

애들은 믿어지지 않는다는 듯이 장모를 쳐다보았다.

"그 많은 식구들이 맨날 이렇게 밀어서 칼국수를 해 먹었어."

"할머니네는 칼국수를 좋아하나 봐. 나도 좋아하는데 맨날 해 먹었다니 좋았겠다."

"좋아서가 아니고 쌀이 없어서야."

쌀이 없으면 빵을 사다 먹으면 되지. 스파게티 해 먹으면 되지. 외식

하지. 아이들은 제각각 쌀이 없을 때의 묘수를 생각해냈다.

"할머니 어렸을 때는 세계 각국에서 보내주는 구호물자로 살았던 적이 있어."

"지금 우리나라가 다른 나라 도와주잖아요."

"우리가 모두 열심히 일하고 공부해서 오늘날 우리나라가 된 거야. 세계 꼴찌에서 다섯 번째 안에 들던 나라가 지금은 10위 안에 드는 경제 대국이 된 거지."

아! 저 얘기. 나는 장모님과 아이들의 대화를 들으며 어릴 때부터 지겹게 듣던 꼰대 시대 얘기를 하는구나, 이젠 자식들이 지겨워하니까 손주들에게 대물림하는구나. 삼백 불 시대의 이야기를 삼만 불 시대의 아이들에게 해주며 지겹게도 재탕해먹는구나. 아니 나이가 들어가니 더 자주 하는구나. 이젠 저 얘기를 좀 안 들을 수 없나?

머리끝까지 짜증이 올라오는 것을 참으며 식탁을 들여다보았다. 거기에는 아이들이 붉은색과 초록색 밀반죽으로 만들어놓은 자동차 꽃별 잠자리… 온갖 것들이 즐비하게 놓여 있었다. 장모는 밀어 놓은 붉은 밀반죽에다 밀가루를 훌훌 뿌리더니 돌돌 말아 도마 위에다 놓고 썰기 시작했다. 밀반죽 위로 칼이 지나갈 때마다 장미꽃 송이가 하나씩 뚝뚝 떨어졌다. 돌돌 말린 그것은 영락없는 장미다. 장모가 손을 멈추고 장미 송이들을 들어 흔들었다. 그랬더니 손가락 사이로 빨간 칼국수들이 쟁반 위에 쏟아졌다. 장모는 노란 칼국수 옆에 붉은 칼국수를 놓았다.

"밀반죽이 빨갛고 파랗고 노랗네요."

나도 모르게 터져 나왔다.

"빨간 것은 당근을 갈아 넣은 거고 파란 것은 시금치를 넣은 거야. 노란 것은 강황 가루를 좀 넣었지, 배고프지?"

장모는 칼국수를 썰다가 말고 일어나 인덕션 위에 우리 집에서 가장 큰 냄비를 올렸다. 그리고 멸치를 한 줌 덜어 넣더니 우려내기 시작했다.

장모는 파리에 올 때 23킬로 무게의 가방과 20리터짜리 기내용 캐리어와 이것저것 마구 집어놓을 수 있는 백을 어깨에 메고 왔다. 그날 출입구 입구에서 아무리 기다려도 장모가 나오지 않더니 다급히 안으로 들어와달라는 전화가 왔다. 공항 직원에게 양해를 구하고 뛰어 들어갔다. 장모는 가방 속에 든 물건이란 물건은 다 펼쳐놓고 말도 통하지 않는 사람들 앞에서 쩔쩔매고 있었다. 공항 직원이 봉지에 든 300그램 정도 되는 가루를 문제 삼았다. 아마도 마약 가루라고 생각했는가 보다. 무엇이냐고 장모에게 물었더니 도토리묵 가루라고 말했다. 도토리묵은 딸이 좋아하는 음식이었다. 그 곁에 멸치, 다시마, 김, 된장, 고추장, 고춧가루, 내가 좋아하는 믹스 커피까지 검색대 위에서 수줍어하는 촌 여자처럼 놓여 있었다. 칠십이 넘은 장모가 초행길인 파리에 저걸 다 들고 왔단 말인가. 안쓰럽다기보다 짜증이 확 났다. 아 쪽팔려. 이곳 코스트코에 가면 다 살 수 있는 물건들을 장모는 가방에 담아온 것이다. 내 표정이 좋지 않아 보였는지 시골에서 직접 농사지은 거라 가져왔지 하고 말했다. 지금 시작이니 언제까지 이 촌스러움을 견뎌야 할까 겁이 났다.

구수한 멸치 육수 냄새가 나자 아침도 안 먹은 뱃속에서 식욕이란 놈이 꿈틀대면서 어서 들어오라고 요동을 쳤다. 장모는 끓는 멸치다시 육수에 감자와 당근을 썰어 넣고 더 끓이다가 칼국수를 털어 넣었다. 서

양에 왔으니 파 대신 서양 파를 써야 해 하며 양파를 듬뿍 썰어 넣었다. 칼국수가 팔팔 끓자 나뭇잎이, 꽃이, 별이 냄비 위에 둥둥 떠 다녔다. 장모는 커다란 냉면 대접에 한국에서 공수한 조선간장으로 간을 한 칼국수를 가득 퍼 담았다. 네 그릇을 가득 퍼내니 바닥에 국물이 조금 남았다. 나와 애들은 장모에게 먹어보란 소리도 하지 않고 그릇 안에 있는 삼색 손칼국수를 들이마시기 시작했다. 막내는 자기가 만든 거라고 누나의 나뭇잎을 빼앗아 갔다. 한바탕 소동이 일어났다. 꽃은 내 거야. 딸애는 내 그릇에 있는 꽃 송이를 가져갔다. 김치를 곁들이니 칼국수 맛이 배가 되었다. 부대끼던 속이 칼국수 국물이 들어가자 신기하게 가라앉았다. 뱃속이 따뜻해지면서 포만감이 밀려왔다.

가을이면 장모는 텃밭에서 무농약으로 키운 배추로 김장을 담가 가지고 와 김치 냉장고를 채워놨다. 난 거짓말 보태지 않고 그것들을 입에 대지 않았다. 식탁 앞에 앉아 아무리 먹어보라고 종용을 해도 먹지 않았다. 뿐만 아니라 한창 맛있게 익었을 때 송송 썰어 넣고 빚은 만두도 먹지 않았다. 어릴 때부터 그랬다. 엄마는 내가 김치 한 조각 먹으면 상으로 게임을 한 번 하게 해주었다.

신기하게도 파리에 떨어진 순간부터 그것들은 내게 다른 고급스러운 음식 냄새보다도 더 좋았다. 내 몸 안에 어딘가에 김치 좋아하는 한국인의 유전자가 숨어 있었는지 김치 냄새는 식욕을 돋구어주었다. 김치는 국물조차 버리지 않았다. 지금 식탁 위에는 빈 냉면 대접과 빈 김치보시기가 마치 설거지 해놓은 듯 깨끗하게 놓여 있었다.

장모의 것은 국물만 조금 남았을 뿐 애초부터 없었다. 장모는 냉동실에 넣어둔 바게트를 꺼내 토스트기에 굽기 시작했다. 내가 민망해하자 한국에 돌아가면 바게트가 제일 먹고 싶을 거야. 실컷 먹어둬야지 하고 말했다.

"파리에다 칼국수 집을 내면 대박 나겠어요."

둘째가 칼국수 대접을 들어 국물을 들이마시고는 만족스럽다는 듯이 웃으며 말했다.

보고 듣는 것이 무섭다고 나는 김밥을 먹다가도 떡볶이를 먹다가도, 아내가 끓여주는 해장국을 먹다가도, 무의식적으로 파리에 이런 집을 내면 대박 나겠네, 하고 말했었다. 지금 둘째 녀석은 그런 내 말을 흉내 내고 있다. 생각하지도 않았던 칼국수 집이 하나 더 추가되었다.

점심을 먹고 애들을 데리고 축구장에 가기로 했다. 파리에 있는 동안 조금이라도 짬이 나면 미술관을 돌아다녔다. 파리는 곳곳에 미술관이 있다. 기차역도 오렌지 온실도 대저택도 결국 미술관으로 변했다. 아이들은 질색하지만 미술관에 가면 내가 돈을 벌고 있는 것 같았다. 다른 날 같으면 미술관을 갈 터인데 숙취가 덜 깨어 몸이 찌뿌둥하니 근처에 있는 스포츠 센터에 있는 축구구장에 가서 한바탕 뛰기로 했다. 설거지를 마친 장모도 어슬렁거리며 따라 나왔다. 아이들은 영어조차 모르는 할머니가 시장을 봐다가 자신들의 밥 해주는 것을 신기해했다. 아이들이 할머니의 양손을 하나씩 잡고 한 녀석은 뒤따라가면서 파리 이야기를 나눈다.

파리에서 장모는 열심히 한식으로 도시락을 싸준다. 유럽에서는 볼 수 없는 보온 도시락을 공수해서 국과 밥과 반찬 두 가지와 옥수수차를 끓여 넣어준다. 외국 아이들은 보온통 속에 든 뜨거운 국과 따끈따끈한 밥이 신기한지 점심시간이면 몰려와 김밥 멸치볶음 미역국 김치 불고기 등 이것저것 먹어보고 관심을 가진다. 친구들이 가장 좋아하는 것은 김밥이다. 김밥 싸는 날은 나누어 먹으라고 장모는 몇 줄 더 싸준다.

"친구들이 할머니가 싸준 한식이 너무 맛있대요. 특히 김치요."

막내가 말한다.

"김치 싸주면 애들이 냄새난다고 뭐라 안 해?"

"안 그래요. 좀 달라고 하여 주면 맛있다고 더 달래요. 프랑스에서 김치 짱 유명해요."

"예전에는 김치 냄새 난다고 한국 사람들 싫어했었는데 세상이 달라졌구나."

"김치도 유명하지만 더 유명한 게 있어요. 뭔지 아세요?"

"글쎄다."

"라면요. 프랑스 애들 매콤한 한국 라면 다 좋아해요."

"진짜?"

"네, 근데 라면보다 더 유명한 게 또 있어요."

이번에는 요즘 아이돌에게 빠져 있는 큰아이다.

"아이돌?"

장모가 용케 맞춘다.

"맞아요. k팝 가수요."

k팝 가수들이 온다니까 오만 명이 들어가는 럭비 운동장에 전 유럽에서 청소년들이 가득 몰려왔다. 우리 돈으로 오육십만 원씩 하는 티켓이 순식간에 동이 났다. 아이돌 가수가 묵은 최고급 리츠 호텔 앞에 있는 방돔 광장에 청소년들이 가득 몰려와서 가수들의 이름을 부르며 열광했다. 큰 아이도 거기에 갔었다.

"방탄이 왔었어?"

"아니요, 요즘은 방탄보다 유명한 가수들 많아요."

큰아이가 말했다.

"아이돌보다 더 유명한 것이 또 있어요."

이번에는 축구 좋아하는 둘째가 끼어들었다.

"뭔데?"

"축구선수 이강인."

"축구는 손흥민인데 이강인?"

"손흥민은 영국구단이라 프랑스 애들은 잘 몰라요. 파리 생제르맹에 있는 이강인의 인기 정말 좋아요."

"근데 이강인이 누구냐?"

"슛돌이 모르세요?"

"슛돌이는 알지. 티브이에 나와서 공을 넣는 걸 봤었지."

"슛돌이가 이강인으로 자라 지금 파리 생제르맹에 입단했어요."

둘째는 이강인을 모르는 장모에게 열심히 설명하고 있다.

나는 얼마 전 샹젤리제 거리를 갔다가 깜짝 놀랐다. 스포츠용품점에 이강인 티셔츠가 제일 앞에 걸려 있었다. 그 다음에 음바페(Mbappe) 티셔츠가 걸려 있었다. 이강인 티셔츠 판매량이 음바페 것을 능가했다는 믿기지 않은 일이 일어났다. 이강인으로 인하여 수입이 빠르게 늘어나자 흥분한 구단은 이벤트를 준비했다. 일요일 하루를 한글의 날로 정하고 구단의 모든 선수들이 등 뒤에 자기 이름이 한글로 표기된 티셔츠를 입고 뛰는 행사다. 음바페(Mbappe)가 한글로 음바페라고 쓴 티셔츠를 입고 운동장을 누빌 거라고는 상상도 못했다.

내가 유럽특파원으로 발령이 나자 둘째는 프랑스에서 축구를 마음껏 할 수 있다고 좋아서 어쩔 줄 몰라 했다. 마침 메시가 파리 생제르맹에 입단했다고 파리 축구 팬들이 흥분하고 있었다. 둘째는 어쩜 메시가 뛰는 것을 볼 수 있을 거라는 기대에 찼다. 그러나 금방 이적하는 바람에 결국은 메시가 뛰는 것을 보지 못했다.

둘째는 한국에서 초등학교에 입학하고 바로 축구교실에 들어갔다. 그때부터 모든 생활이 축구 위주로 돌아갔다. 그 또래 남자애들이 그러하듯이 축구 홀릭이었다. 파리 발령을 받아 모두가 다 새로운 생활을 두려워하고 있는데 둘째 혼자 싱글벙글 표정 관리를 못 했다. 파리로 와 이삿짐이 도착하지 않아 에어비앤비에서 빌린 숙소에서 쪽잠을 자고 있을 때 둘째는 프랑스 말 한 마디도 못하는 아내를 다그쳐 축구 클럽에 등록했다. 프랑스는 한국에서 서너 달쯤 되는 비용으로 일 년 내내 축구를 마음껏 할 수 있었다. 축구하고 싶은 아이들에게 정부에서 모든 비용을 보조해주었다. 그야말로 축구의 나라다. 둘째는 껌값으로 그 좋아하는 축구를 마음껏 할 수 있었다.

클럽에 들어갔더니 키가 크고 힘이 좋은 축구의 신 같은 흑인 아이들이 모여 있었다. 주눅이라고는 절대 모르던 둘째는 축구장에만 가면 몸이 얼어붙어 움직여지지 않았다. 반년이 지나니까 서서히 몸이 풀리고 지금은 최고의 등급 반에 들어가 주전으로 뛰고 있다.

'어제 즐거웠어. 난 스위스로 가고 있어.'

축구장에서 어슬렁거리고 있는데 민환이 카톡을 보냈다.

'스위스에서 뭘 할 거야?'

'뭘 하긴. 스키 타야지.'

우라질 놈 같으니라고. 스키라고. 나는 스키에 대한 트라우마가 있다. 스키를 좋아하는 우리 가족은 파리에 이주했을 때부터 알프스로 스키를 타러 가기 위해 착착 계획을 세웠다. 길만 나서면 세계적인 관광지가 수두룩하지만 스위스 스키 여행을 가기 위해 자제했다. 방학을 했어도 근처 공원과 파리 거리를 걸어 다니기만 했다. 걷다가 끼니때가 되면 마트에서 시장을 봐다가 집으로 돌아와 밥을 해 먹었다. 외식이라고는 거의 하지 않았다. 가고 싶은 곳 안 가고 먹고 싶은 거 안 먹으면서 스키 타러 갈 비용을 저축했다. 휴가도 아이들 겨울 단기 방학에 맞춰서 일주일 받았다. 우리 가족은 일주일 예정으로 숙소를 예약하고 대금을 지불했다. 재수 없는 사람은 뒤로 자빠져도 코가 깨진다고 떠나기 바로 전날 신나게 여행 준비를 하고 있는데 마치 기다리고 있었다는 듯이 우크라이나 전쟁이 터졌다. 1년을 벼르고 별렀던 여행이었고, 비용을 다 냈던 터라 그래도 떠나려고 했다. 그때 회사에서 호출이 왔다. 전쟁터에 들어가 취재를 하라는 것이다. 나는 종군기자가 되어 폴란드 국경으로 몰려온 피난민들을 취재하고 폭격으로 무너진 도시를 돌아다니며 전쟁의 참상을 취재했다. 호텔에서 체크아웃을 하고 나온 다음 날 내가 묵었던 호텔이 폭격으로 무너졌다. 전쟁만큼이나 참혹한 코로나 19 시대가 종식되자 전쟁이란 또 다른 복병, 우크라이나 전쟁을 만났던 것이다. 가끔 내가 살아 있다는 것이 꿈같았다.

젠장! 욕이 절로 나왔다. 비싸다고 소문난 스위스 최고급 숙소에 머물며 최고급 음식을 먹으며 스키 탈 그를 생각하니 부아가 났다. 1년 동안 아끼고 아껴 마련한 여행 비용을 위약금으로 거의 날린 것을 생각하면 지금도 분해서 잠이 안 왔다.

민환을 생각하면 부자 나라 프랑스 국민이 생각난다. 이곳 국민들은 태어나면서부터 부자였다. 기름지고 넓은 들이 끝도 없이 펼쳐져 있는 축복 받은 땅에서 태어났다. 우리처럼 산을 일구어 개간할 필요가 없었다. 기름지고 평평한 땅에 씨를 떨구기만 해도 잘 자랐다. 겨울에도 작물들이 얼어 죽을 만큼 춥지 않아 들판이 푸르렀다. 들판에 비닐하우스가 즐비한 우리와 달리 그들은 그런 시설을 설치할 필요가 없었다. 또 그들은 조상들이 만들어놓은, 또는 침략해 약탈해온 것들을 전시해놓고 돈을 받고 구경시켰다. 유명 화가들이 기부한 그림들이 미술관에 넘쳐나고 그림들을 보기 위해 전 세계 사람들이 파리로 몰려왔다. 조상을 잘 둔 덕분에 땅 짚고 헤엄치듯이 관광 수입을 올렸다.

이 나라 사람들은 부잣집 외동아들처럼 조그만 일이라도 일어나면 나라에 투정하고 응석을 부렸다. 공부가 하고 싶으면 국가에서 무료로 얼마든지 가르쳐줄 테니 대학에 진학하라 해도 그다지 공부하고 싶어 하지 않은지 대학은 붐비지 않았다. 물가가 조금만 올라도 농산품이 조금만 안 팔려도 빵 값이 조금만 올라도 그들은 길로 뛰어나와 시위를 했다. 그러면 나라는 그들을 어르고 다독여주며 그들 요구를 들어주려고 애썼다.

이곳 사람들이 한국에 대해 제일 이해할 수 없는 것은 이태원 참사다. 집 안에서의 일은 부모가 책임을 져야 하지만 집 밖에서의 일은 나라가 책임을 져야 한다는 것이 이곳 사람들의 사고방식이다. 거의 이백이나 되는 젊은이들이 거리에서 죽었는데도 쉬쉬하며 책임자가 누군지 아직도 규명하지 못하는 것을 이곳 사람들은 죽다 깨어나도 이해 못하고 있다. 우리나라 어떤 위정자는 자기들이 거기 갔으니까 죽었지 안

갔으면 안 죽었을 것 아니냐는 망발을 내뱉기도 했다.

나는 토종 한국사람 유전자를 가졌다. 밥 먹고 자는 시간만 빼고 일을 했다. 심지어 윗사람에게 대강해도 된다는 충고까지 받은 적이 있다. 그 결과 나는 일 열심히 한다고 소문이 났고 지금까지는 승진도 빨랐다. 하지만 너무 빠른 승진으로 인해 제일 먼저 명예퇴직을 당할지 모른다는 불안감에 사로잡혀 있다.

내 아이들에게는 이유 없이 죽어갈지 모르니 위험은 스스로 막아야 한다고, 그런 곳은 가지 말아야 한다고 가르치고, 딸까지 태권도 학원을 보냈다. 상사가 급류에 뛰어들라고 하면 윗사람 말에 거역하지 말라고, 나라가 아무리 해준 것이 없어도 위급할 때는 온몸으로 뛰어들어 나라를 구해야 한다고 가르쳤다. 방법이 없으면 장롱 속에 있는 금붙이라도 들고 나오고, 금붙이가 없으면 고려거란전쟁에서처럼 목숨이라도 내놔야 한다고 가르쳤다. 그것이 애국심이라고, 그것이 뼛속 깊이 흘러 내려온 우리 민족의 유전자라고, 이렇게 지켜온 내 나라라고 가르쳤다. 프랑스 사람들처럼 침략의 역사가 아니고 우리는 국사 교과서에서 서글픈 방어의 역사만을 지겹도록 배웠다.

한국에 돌아가 살 자신이 없었다. 임기가 다 되어 한국으로 발령이 나자 사표를 내고 퇴직금으로 루브르 박물관 근처에 김밥 집을 차린 직원이 생각났다. 어차피 한국으로 돌아가도 두 다리 뻗고 편히 누울 집 한 칸이 없다. 파리의 집값은 오히려 강남보다 저렴하다. 파리 변두리 지방에 집을 하나 렌트해 살면서 시내에다 삼색 칼국수 집을 하나 내면 어떨까 생각했다. 싸고 질 좋은 밀가루가 넘쳐나는 이곳에서 구수하게 멸치 육수를 내서 그 국물 위에 꽃과 나비와 나무가 둥둥 떠다니는 칼국수를 끓이고 그 위에 달걀지단과 호박 볶은 것을 얹고 김가루를 뿌려 판다면 대박이 날 것 같았다. 예술을 좋아하는 이곳 사람들에게 음식이 곧 예술임을 보여준다면 어떨까. 세금만 내면 노후는 나라가 책임져주고 학비는 외국인에게까지 모두 무료로 가르쳐주니 월세 내고 세금 내고 먹고살면 되지 않을까. 그럼 저 아이들의 자식들은 부자 나라에 태어나 응석을 부리며 투정이나 하며 살 수 있지 않을까. 명예퇴직을 당할 걱정도 없고 집값 올라 거부로 사는 사람들 꼴도 보기 싫고 태어날 때부터 부자로 태어나 사는 것이 재미없다고 투정하는 꼴 같지 않은 사람들을 보지 않아도 되니 말이다. 또 매일 쌈질이나 해대는 정치판도 보기 싫다.

장모는 애들 축구하는 동안 옷을 넣었던 비닐봉지를 들고 다니며 풀 속에서 무언가를 따고 있다. 풀잎이다.

"그건 왜 따세요?"

"질경이야. 이거 데쳐서 볶아 먹으면 맛있어. 여기 오니 나물이 먹고 싶네."

장모는 봉지를 열어 보여준다. 어느새 땄는지 봉지 안에 푸른 잎들이 가득하다.

"논두렁에 밟히며 자라야지 실하고 탐스러운데 이렇게 풀섶에서 자라니 삐쭉허니 키만 크고 매가리가 하나도 없네. 어째 질경이조차도 이곳 사람들 닮았어."

"장모님! 독초도 있는데 아무거나 뜯어 먹다가 무슨 일이 나면 어떻게 해요."

나는 이곳 사람들이 보면 뭐라고 할까 그게 걱정이 되었다. 소나 말이나 먹는 것을 이렇게 뜯어 먹나 싶어 얼마나 흉을 볼까. 장모는 어느새 봉지 가득 뜯었다. 나는 누가 보지 않을까 주위를 둘러보았다. 아 쪽팔려. 계속해서 쪽팔린다.

"질경이인데 무슨 독초. 몸에도 좋아 약으로도 쓰여. 거 뭐냐, 전화기가 뭐든 다 가르쳐주잖아. 물어봐. 몸에 좋은 거라고 나올 거야. 한약재로도 쓰인다니까."

칠십 대 시골할머니도 검색이란 건 아는지 스마트폰 움직이는 시늉을 해 보였다.

장모의 말대로 검색을 해보았다. 노폐물 제거, 기력 충전, 간 기능 강화, 염증 수치 감소, 신장 기능 강화, 성인병 예방에 노화 방지, 체중 조절… 효능은 끝이 없었다. 이거야 만병통치 약 아닌가. 질경이만 먹으면 기운이 쑥쑥 나고 몸이 금방 좋아질 것만 같았다.

나는 풀밭에 엎드려 풀잎 하나를 땄다. 이파리 끝에 힘줄 같은 희고 가는 줄이 딸려 나왔다.

"이것이 질경이예요?"

"맞아. 많지?"

쪽팔리건 말건 나도 모르게 엎드려 질경이 이파리를 땄다. 자세히 보니 주위가 온통 질경이다. 마흔 후반을 향해 달리고 있는 나의 몸은 혈당 치수가 올라가고 체중도 늘어 관리해달라고 보챈다.

한 손으로는 계속해서 검색을 해본다. 질경이는 길바닥이나 길가에서 늘 밟히면서 자란다. 좋은 환경은 경쟁이 심하기 때문에 그 경쟁을 피하기 위해 밟히는 길로 밀려나와 자리를 잡은 셈이다. 잎이 넓지만 잎맥이 질겨 밟혀도 상처받지 않고 살아남는다. 속명은 플란타고(Plantago)라고 하는데 이 말은 밟힘이라는 라틴어다. 그렇게 살다가 보니 소달구지가 다니는 길은 질경이가 가장 잘 사는 서식지가 되었다. 질경이를 따면서 검색해 알아낸 정보다.

모든 생명이 있는 것은 좋은 환경에서 태어나 자라기를 열망한다. 경쟁이 심해 길바닥으로 밀려서 살아남은 이 질경이는 어쩜 우리 민족을 닮았다. 동방의 작은 모퉁이에 강대국에 둘러싸여 태어나 평생 남의 땅 침략 한 번 해보지 못하고 밟히면 더 강하게 살아남는 내 민족을 생각하니 왜 이렇게 눈물겨운지. 해외에 나오면 모두가 애국자가 된다고 하더니 멀리 떨어져서 보니 내 나라가 더욱더 절절히 다가왔다. 파리에 남아 한식집을 해볼까 하는 것은 일단 물 건너갔다. 나는 파리의 15지구에 있는 스포츠클럽 초지에서 이 나라 사람들을 닮은 크고 여린 질경이 이파리를 따면서 파리에 칼국수 집을 낼 생각도 접었다.

장모는 질경이 이파리를 데쳐서 올리브유를 두르고 프라이팬에 볶았다. 조선간장 냄새가 났다. 식탁에는 미역국이 올라오고 명란젓과 질경이볶음이 접시에 담겨 있다. 푸르고 빛나던 질경이 이파리가 식탁에 올라오니 젖은 예비군 군복 빛으로 후줄근하다. 빛이 이러니 맛은 볼 것도 없지 하는 생각에 아예 젓가락이 가지 않았다. 장모가 권하지 않았으면 입에 대보지도 않았을 것이다. 몇 번의 권고 끝에 마지 못해 질경이 나물을 입에 넣었다. 이건 무슨 맛이란 말인가. 맛이 있는 것도 아니고 그렇다고 맛이 없는 것도 아니다. 새콤달콤한 것도 아니고 아삭한 것도 아니다. 한마디로 말하자면 후줄그레한 맛이다. 맛이 후줄그레하다고 하면 상상하기 힘들겠지만 달리 표현할 말이 없다. 그런데 이상하게 자꾸 젓가락이 나간다.

"맛있지?"

장모가 말했다.

"네, 하지만 무슨 맛인지는 모르겠어요."

"고향의 맛이야. 이 맛이…."

고향의 맛, 그렇다 고향의 맛, 광범위하게 말하면 짭조름한 조선간장이 들어간 고국의 맛이다. 나와 아이들과 장모는 초지에서 뜯은 만병통치약 같다는 질경이나물을 볶아 흡족히 저녁을 먹었다. 한 번 먹었을 뿐인데 몸이 건강해지는 느낌이었다.

저녁에 아내에게서 페이스 톡이 왔다. 아이들이 달라붙어서 쓸데없는 얘기들을 나누고 나서 더 이상 할 말이 없을 때야 내게 전화기를 넘겼다.

아내는 수화기를 받자마자 내뱉듯이 말했다.

"있잖아. 다자녀에게 아파트 우선 분양권을 준대. 대출도 많이 해주고. 이참에 우리 넷째 낳아 분양권도 받고 대출도 싸게 받아 집을 장만해볼까? 다자녀는 대학 등록금도 다 무료로 해준대. 무엇보다 아빠도 육아휴직을 한 달이나 준대. 월급을 받으면서 한 달을 놀게 해준다는 거야. 구미가 당기지 않아?"

이번 총선에서 어느 이름도 생소한 당에서 내뱉은 말을 아내는 거기다가 살까지 붙여 앵무새처럼 되뇌고 있다. 아내의 장밋빛 청사진은 한이 없었다. 선거용이라 선거 끝나면 파기될 공약일지도 모르는데 아내는 진짜인 것처럼 들떠서 말한다. 아빠에게도 한 달 육아휴가를 의무적으로 준다면 한 달 동안 그 지긋지긋한 회사에 안 가도 된다는 말인가. 게다가 원한다면 아빠도 육아휴직을 낼 수도 있다고 했다. 그 말이 낡

싯밥처럼 목에 걸려 빠지지 않았다. 다산이 애국의 상징이라는데 까짓 거. 셋도 낳았는데 넷은 못 낳을라고. 이참에 우리 엄마가 쉰둥이인 나를 낳은 것처럼 나도 늦둥이 낳아 애국자도 되고 저리로 대출받아 집 장만하면 어떨까. 만일 그러면 칠십이 넘은 장모가 뭐라고 할까. 또 아내는 술을 마구 퍼마신 다음 날 아침 같은 상태를 열 달이나 견딜 수 있을까. 과연 실현 가능한 꿈인가. 내 집 마련을 할 수 있다면 영혼이라도 팔 수 있는데 애를 하나 더 낳아 해결된다면 고려해볼 만하지 않는가. 실현 가능한 일인가 궁리하고 있는데 나를 닮은 유전자가 또 다른 나의 모습으로 어디선가 꼬물대는 것이 상상이 되어 슬며시 미소를 띠었다.

이때 카톡이 왔다. 민환이다.

'뭐 하니?'

'그냥 있어. 어디야?'

'체르마트'

이 녀석이 종일 장모님 비위 맞추면서 애들과 씨름 하며 황금 같은 휴일을 보낸 내게 염장을 지르려고 작정을 했다. 체르마트가 어딘가. 알프스 4,000미터의 마테호른을 둘러싸고 있는 유럽 최고의 경관을 자랑하는 스키장이 아닌가. 빙하가 있어 일 년 내내 스키를 탈 수 있는, 물가가 비싸기로 유명한 지역 아닌가. 하필이면 내가 피나는 절약을 한 돈으로 가고자 했다가 우크라이나 전쟁으로 펑크를 낸 그 지역이다. 유럽에 왔다가 스위스 스키장 한 번 못 가보고 귀국하게 될지도 모른다는 생각을 하니 속이 부글부글 끓었다. 하지만 그 뒤에 온 민환의 카톡 하나가 들끓던 염장에 찬 물을 끼얹었다.

'아! 재미없어. 사는 게 왜 이다지 재미없냐. 죽어버릴까.'

녀석의 카톡을 읽으며 그래 죽어라. 이게 몇 번째냐. 그게 소원이라면 차라리 그래. 나도 모르게 소리를 질렀다. 부글거리는 속을 달래고 자리에 누웠는데 자꾸 민환의 문자가 걸렸다. 일어나 녀석의 페이스 톡을 눌렀다. 디릉디릉. 녀석은 받지 않았다. 디릉디릉. 계속해서 했지만 받지 않았다. 순간 가슴이 먹먹해졌다. 벌써 내 앞에서 저 소리를 몇 번이나 했단 말인가. 진짜로 녀석이? 하지만 내가 아는 녀석은 뭔가 실행할 만큼 강한 녀석이 아니다. 살아오면서 자기 스스로 결정한 것이 전혀 없는 녀석이다. 늘 동행자가 따라다니는 녀석이니 동행자가 알아서 하겠지. 애써 위안을 하며 스마트폰을 닫고 잠자리에 누웠지만 어린애 투정 같은 녀석의 문자가 어느덧 목소리로 변해 계속해서 잠자리까지 따라와 앵앵거렸다. 사는 것이 왜 이다지도 재미가 없단 말인가. 죽어버릴까?

나는 자리에서 벌떡 일어나 다시 페이스 톡을 눌렀다. 역시 계속해서 받지 않는다. 어떻게 해야 하지? 신고를 해? 체르마트 지역의 경찰서를 검색하고 있는 내 손은 떨리고 있었다.

꿈속의
고향

여자는 쉬지 않고 잔소리를 퍼부었다. 언제는 밥 먹은 접시를 싱크대에 가져다 놓지 않는다고 잔소리를 하더니 접시를 들고 싱크대를 향해 가는 광식에게 뒤뚱거리는 거 보기 싫으니 그냥 놓으라고 했다. 광식은 싱크대를 향해 가다가 잠시 어떻게 해야 하나 망설였다. 자신이 서 있는 위치가 싱크대보다 식탁에 더 가까웠다. 광식은 돌아와 접시를 식탁에 놓았다. 여자는 더 심하게 잔소리를 퍼부었다. 융통성이라곤 눈곱만큼도 없는 사람이라며 싱크대를 향해 가던 중이면 그냥 가져다 놓지 가지고 돌아왔다고 혀를 차며 한심스러워했다. 광식은 금방이라도 올라가려는 오른손을 왼손으로 꼭 움켜잡았다. 참아야지. 참아야 한다, 하고 속으로 뇌까렸다.

광식은 자신의 방으로 들어와 음악을 틀었다. 드보르자크 '꿈속의 고향'. 교향곡 9번 〈신세계로부터〉의 2악장에 나오는 선율이다. 그 선율을 들으니 화가 났던 마음이 진정이 되었다. 어쩜 타국에서 광식을 견디게 해준 것은 '꿈속의 고향'인지 모른다. 젊은 날 광식은 고향을 줄기차게 떠나고 싶었다. 형처럼 서울 가서 공부하고 싶고, 친구처럼 취직해서 도회로 가고 싶었다. 하지만 형이 떠난 시골에서 광식은 혼자 된 어머니를 도와 농사일을 해야만 했다. 한 번도 떠나지 못한 고향집을 도망치듯 온 곳이 이 독일 땅이었다. 우연히 광부 모집한다는 홍보지를 보고 지원을 했다. 자격 심사가 까다로워 인터뷰가 있던 날 광식은 손과 얼굴에 석탄을 문질러 험하게 만든 후 진짜 영월 탄광에서 광부 일을 했다고 심사하는 사람에게 말했다. 농사를 짓느라 거칠어진 손과 석탄을 칠해 광부처럼 꾸민 얼굴을 보고 심사위원들은 그대로 통과시켰다. 광부 심사를 통과해 독일에 와서 죽을 고생을 하며 석탄을 캤다. 수십 년이 지나며 생활이 안정되자 그토록 떠나고 싶었던 고향이 그리웠다. 그때 드보르자크의 교향곡 〈신세계로부터〉 9번 2악장 중에서 꿈꾸는 듯한 노래와 선율을 들었다. going home. 광식에게 신세계 교향곡은 곧 고향이었다. 공연이 있으면 거기가 어디든 무작정 달려갔다. 음악회에 가는 것은 신세계 교향곡을 들으러 가는 것이 유일했다.

밖에서는 아직도 잔소리가 끝나지 않은 여자의 악 쓰는 소리가 들렸다. 광식은 음악 볼륨을 높였다. 저 잔소리꾼 여자는 세 번째 아내였다. 여든이 넘은 광식은 이런 아내일지라도 헤어지면 자리를 메꾸어줄 네 번째 여자는 없다는 것을 알고 있었다. 그렇다고 머나먼 타국 독일 땅에서 혼자 산다는 것은 한 번도 생각해보지 않았다.

첫 번째 아내는 파독 간호사였다. 똑똑하고 어여쁜 꽤 괜찮은 여자였다. 동생들 공부시키기 위해 온 간호사였다. 서독에서 한국 간호사는 부지런하고 헌신적이라고 소문이 나서 체류 기간이 끝나도 살 수 있는 체류권을 주었다. 반면 파독 광부들은 약정 기간이 끝나면 한국으로 돌아가야 했다. 광부들은 체류권을 가진 간호사와 결혼하려고 혈안이 되었고, 광식은 간호사와 결혼하는 데 성공했다. 계약 기간이 끝나자 광식은 간호사인 아내를 도와 살림을 하며 대학을 다녔다. 고국에서는 등록금이 없어 대학을 포기했었는데 남의 나라에서는 등록금 없이도 공부를 가르쳐주었다. 광식은 이국인까지 학비를 내지 않고 공부를 가르쳐주는 나라가 있다는 사실이 놀라웠고 그런 독일에 빠져들었다.

아내의 근무시간은 간호사 일이 그렇듯이 불규칙했다. 어떤 때는 주간에 근무를 했고, 어떤 때는 야간에, 어떤 때는 종일 근무를 하고, 어떤 때는 이틀이고 삼 일이고 집에 들어오지 않고 근무를 했다. 병원에는 취침이 가능한 공간이 늘 있다고 했다.

광식은 아내의 근무시간이 불규칙한 것만 빼고는 행복했다. 아내가 임신을 했다. 광식은 날개를 달고 하늘을 훨훨 날아갈 듯이 행복에 겨워 어쩌지 못했다. 드디어 이 낯선 땅에 정착하는구나. 그 순간 아내가 말했다.

"이혼해."

"뭐… 뭐라고? 당신 뭐라고 했어?"

"이혼하자고. 어차피 당신이 결혼한 것은 사랑이 있어서보다 체류권을 얻기 위한 것이었잖아. 체류권도 얻고 대학을 나와 취직도 했으니 당신 목적은 달성했잖아."

"왜 그래. 난 당신을 사랑해."

"난 당신을 사랑하지 않아. 난 사랑하는 사람이 있다고."

"뭐? 뭐라고?… 뭐 하는 사람이야?"

"의사."

"독일인이야?"

"응."

"그럼 뱃속의 아이 아빠가?"

"응."

여기가 어딘가. 독일이다. 광식은 독일 사람들이 사랑에 있어서는 쿨하다는 것을 알았고 그게 좋아 보였다. 남편을 사랑하지 않고 다른 사람을 사랑한다는데, 그것도 독일인 의사인데 설득하고 말고가 없었다.

당시 지구상에 어디에 있는지도 모르는 나라의 한국인을 독일 사람들은 인간으로 취급을 하지 않았다. 정식으로 간호대를 나온 간호사에게 간호 일조차 시키지 않았다. 노인병원이나 호스피스 병동에만 근무하게 했다. 그러다가 한국 간호사들이 한국에서 정식 간호대를 나오고 숙련된 간호 일을 한다는 것을 알고부터 대접이 약간 달라졌지만 여전히 그들에게 한국인은 미개한 나라의 백성이다. 그런 독일인이, 게다가 의사가, 또 남편이 있는 한국 여자를 사랑한다는 건 신문에 날 일이었다.

광식은 아내를 축하해주어야 할 판이었다. 사실 결혼을 했다지만 아내는 늘 바빴고 광식이 역시 독일 말을 배우며 대학 공부한다는 것이 여간 힘들지 않았다. 그렇게 몇 년 정신없이 바쁘게 살았을 때 아내는 이혼을 요구했다. 정이 들고 말고 할 시간적인 여유도 없었다. 어떤 때는 아내 얼굴이 잘 생각나지 않았다. 아내는 광식을 독일에 체류하게 해주었다. 사랑이 있건 없건 목적을 달성했으니 아내 뜻대로 쿨 하게 보내주었다. 독일에 살면 한국 남자도 쿨 해야 했다.

광식은 싫다는 여자 붙들 생각이 없었다. 머리 좋기가 두 번째라면 서러울 광식은 독일의 명문대 전자과를 우수한 성적으로 졸업하고 한국 여자들이 그토록 갖고 싶어 하는 전자제품을 펑펑 쏟아내는 회사에 다니고 있었다. 아내는 자기 복을 자기가 차버린 것이 틀림없었다. 광식은 얼마든지 어여쁘고 젊은 여자를 골라서 재혼할 자신이 있었다. 자기 복 차버리고 가는 여자를 조금의 미련도 없이 보내주었다. 광식은 아내를 보내며 자신이 독일 땅에 살고 있어 머릿속까지 독일 사람이 된 듯해서 뿌듯했다. 그래 난 독일에 살고 있으니 독일 사람이야, 하고 중얼거렸다.

하지만 전쟁이 막 끝난 가난하고 미개한 나라에서 온 광부 출신의 사람과 결혼하겠다는 독일 여자는 없었다. 광식은 한국의 중매쟁이에게 중매를 부탁했다. 광식이 다니는 회사는 한국 여자들 입에 회자되어 누구나 다 알았다. 광식의 회사 제품은 한국의 부유층 몇몇 사람만 쓸 정도로 비쌌지만 뭘 좀 아는 사람들은 청소기나 세탁기 식기세척기를 갖고 싶어 안달을 했다. 중매가 여기저기서 들어왔다. 당시 한국에서는 결혼 외에는 외국에 나갈 방법이 거의 없었다.

중매쟁이는 우편으로 여러 여자의 사진을 동봉해 보냈다. 광식은 보다가 멈추었다. 이상형인 여자가 나타났다. 꼭 계란 모양의 얼굴에 외꺼풀진 눈이 전형적인 한국 여인의 모습이었다.

아가씨의 주소를 받아 편지를 주고받았다. 광식은 독일이란 나라가 얼마나 발달한 선진국인가를 주로 썼다. 취직해 다니는 회사에서 받는 월급과 당시 한국의 대기업의 급여를 비교해 보내주었다. 9배나 많이 받았다. 아가씨는 꽤 적극적이었다. 한식조리사 자격증을 따고 미용사기술도 땄다.

두 번째 아내를 만나니 의사와 바람나 이혼하고 떠난 첫 번째 아내가 그렇게 고마울 수가 없었다. 두 번째 아내는 첫 번째 아내보다 더 젊고 예뻤고, 더 똑똑했고, 재주가 더 많은 조신하고 순종적인 한국 여자였다. 아내는 요리면 요리, 운동이면 운동, 춤이면 춤, 노래면 노래, 뜨개질, 집안 인테리어 못하는 것이 없었다. 잠자리에서도 조신하면서도 뜨거웠다. 그리고 무엇보다 잔소리를 하지 않고 착했다. 광식이 하라고 하면 불평불만 하지 않고 즐겁게 그 일을 해냈다. 성격도 좋아 한인 사회에서 인기도 좋았다. 아내와 함께 골프를 치러 가 멋진 티샷을 그린에 올리는 모습을 보면 반하지 않을 사람이 없을 것이다.

아내의 인기는 날로 좋아졌고 한인들 사회에서 광식이 아내는 늘 화제에 올라오곤 했다. 그런 여자가 광식의 두 번째 아내가 되었다니 그는 처복은 많은 남자임에 틀림없었다.

첫 번째 아내와 살 때는 살림하는 남자였지만 두 번째 아내와 살 때는 꽤 많은 연봉을 받는 유능한 직장인이었다. 광식은 직장에서 승승장구했고 세상 물정도 알 만한 나이가 되었다. 광식은 아내를 신줏단지 모시듯이 모셨다. 아내가 가고 싶다는 곳, 갖고 싶다는 것은 그것이 무엇이든지 다 해주었다. 마침 다니던 세계적인 굴지의 전자회사를 그만두고 한인식당을 열었다. 독일에 한인들이 많아지기 시작해 식당은 언제나 만원이었다. 손님들은 한인들뿐 아니라 독일 사람들도 많았다. 아내가 복덩이임에 틀림없었다. 아내의 한식 자격증 덕분인지 식당은 불덩이처럼 일어났다.

어느 해 아내의 생일날 광식은 특별히 주문 제작한 메르세데스 벤츠를 아내에게 선물을 했다. 독일 사람들도 웬만한 부유층에서나 가질 수 있는 자동차였다. 그 자동차를 타고 스카프를 휘날리며 운전을 하는 아내의 모습에 광식뿐 아니라 모든 한인들이 반했다. 심지어는 독일 사람들까지도….

한인의 날 페스티벌이 열렸다. 한인들은 가무를 좋아해 잔치 마지막은 언제나 노래자랑 시간이 있다. 광식은 가끔 가라오케에서 아내가 심수봉의 노래를 심수봉보다 더 간드러지게 부르는 것을 들었다. 당신 나가 봐, 하고 아내를 부추겼다. 아내는 계면쩍어 하며 빼다가 일어나 나가서 마이크를 붙들었다. 비가 오면 생각나는 그 사람… 그 노래는 독일로 오기 전에 한창 유행하던 광식이가 좋아하는 노래였다. 한인들이 일어나 앵콜 앵콜 소리쳤다. 아내는 〈백만송이 장미〉를 몸을 미세하게 움직이며 불렀다. 미세한 움직임이 왜 그리 섹시해 보이는지 한인들이 일어나 박수를 치며 열광했다.

그날 아내를 향해 열광하는 사람들을 보고 광식의 눈에 불꽃이 일었다. 그러고 보니 아내가 멋진 드라이브 샷을 날릴 때도, 승용차를 타고 드라이브 나가는 아내를 볼 때도 광식이 눈에서는 불꽃이 튀었다. 첫번째 아내인지 두 번째 아내인지 자꾸 헷갈리기 시작했다. 아내가 눈에 안 띄면 어떤 놈을 만나 희희낙락하는 것처럼 생각이 되어 불안했다. 아내가 느닷없이 이혼해, 하고 말할 것 같았다.

광식은 아내가 다른 놈하고 섹스하는 망상에 시달렸다. 설마 했지만 한 번 그렇게 생각하자 어느 때부터인지 그것은 전혀 의심하지 않는 사실이 되었다. 아내를 집 밖에 나가지 못하게 했다. 꼭 나갈 일이 있으면 광식이 와서 데리고 나갔다. 식당 근처로 이사하여 종일 아내와 붙어살았다. 모르는 주위 사람들은 광식이 부부의 더할 나위 없는 금슬을 부러워했다. 한식당은 여전히 사람들로 만원이었고, 광식은 한식당을 지배인 여자에게 맡겨놓고 아내의 주위를 돌며 감시하기 시작했다.

아내는 순한 양처럼 나가지 말라면 나가지 않고 집에서 뜨개질이나 하며 시간을 보냈다. 답답해하지도 않았다. 광식은 온 신경을 아내에게 쏟으며 눈에 불을 켜고 감시했다. 아내는 여전히 집에서 화초를 가꾸고 뜨개질했다. 어떨 때는 아내가 천사가 아닐까 생각했다.

그렇게 시간이 흘렀다. 아내는 골프를 치고 한인 잔치 마당에 참석하고 가끔 한인들과 어울려 웃고 떠들었다. 물론 언제나 광식과 함께였다. 아내는 광식에 대한 어떠한 불만도 말하지 않고 자신의 역할에 충실했다.

광식이 종일 아내의 곁에서 서성거리며 아내를 감시할 수 있었던 것은 종업원으로 고용한 지배인 한인 여자의 덕분이었다. 여자는 얼굴이 크고 광대뼈가 나온 전형적인 몽골 여자의 모습이었다. 사람들은 그녀를 몽골 여자라고 불렀다. 아무리 예쁘게 보려고 해도 예쁜 구석이라고는 손톱만큼도 없는 여자였지만 자기가 맡은 일은 충실히 했다. 장롱 깊숙이 넣어놔도 빛이 나는 보석 같은 아내와는 달리 곱게 단장하고 길바닥에 앉아 있어도 아무도 쳐다보지 않을 여자였다.

광식의 통제에도 불구하고 아내는 별 문제를 일으키지 않고 마흔을 지나 오십이 되었다. 아내의 생일날 한인들이 광식의 집에 모여 떠들썩하게 파티를 했다. 독일에서는 50번째 생일에 꽤 의미를 두었다. 파티가 끝나고 하객들이 다 돌아가고 나서 광식은 적당히 오른 술기운을 즐겼다.

이만하면 성공한 인생이었다. 사는 것이 어찌 이다지 쉬운가. 어렵다는 독일 말 배우는 것은 쉬웠다. 대학 공부는 더 쉬웠다. 취직은 더더욱 쉬웠다. 사업이라고 벌인 한식당은 더더욱 쉬웠다. 광식은 스스로 성공한 자신의 인생에 만족했다.

어느 날 광식이 없이 외출하지 않던 아내의 차가 보이지 않았다. 아내를 찾아 여기저기 돌아다니다가 보니 아내가 차를 몰고 골목으로 들어오고 있었다. 광식이 달려가 차에서 내리는 아내에게 물었다.

"당신 어디 갔다가 오는 거야?"

아내의 품에는 강아지 한 마리가 안겨 있었다.

"웬 강아지야? 나 개새끼 싫어하는 거 알잖아. 난 어릴 때 개새끼한테 물린 적이 있어서 싫어해. 당장 갖다가 버려!"

그러나 아내는 개를 가져다 버리는 대신 유기견을 또 데리고 들어왔다. 광식이 화를 내면 낼수록 아내는 개를 데리고 들어왔다.

아내는 개를 입양하기 위해서 시의 까다로운 테스트를 통과해야 했다. 입양한 개가 죽을 때까지 가족으로서의 책임을 다할 수 있는지, 비가 오나 눈이 오나 산책을 시킬 수 있는지, 식비 병원비 보험료 일년에 한 번 내는 세금을 낼 수 있는지, 심사숙고하고 나서야 개의 고유번호를 받을 수 있었다. 개를 입양하려면 그렇게 받은 고유번호를 입력하고 보험에 가입하고 세금을 내고 시에서 보낸 문제를 공부해 운전면허를 따듯이 시험을 봐야 비로소 개를 데리고 올 수 있었다. 아내는 입양할 때마다 까다로운 절차를 거쳤다. 두 마리가 세 마리가 되고 네 마리 다섯 마리가 되었다. 집 안은 온통 개판이 되었다.

아내의 개 사랑은 눈 뜨고 볼 수가 없었다. 물고 빨고 애인도 그런 애인이 없었다. 양털 방석을 사다가 깔아주고 햇볕이 제일 잘 드는 방을 개들에게 내주었다.

아내는 오후 두 시면 어김없이 개 산책을 시키기 위해 외출했다. 산책시키기 위해 나가는 아내의 모습은 들떠 있었다. 혹시 동네에 애인을 숨겨둔 것이 아닌가 몰래 뒤를 밟아보았지만 아내는 아주 먼 길을 돌아 산책을 시키고 돌아왔다. 돌아와서는 일일이 갈고리가 딸린 빗으로 털을 빗기고 하나하나 마사지를 해주었다.

아내는 서점에 가서 개에 관한 책이란 책은 다 사들였다. 온통 독일어로 된 그 책들을 아내는 사전을 찾아가며 읽었다. 아내는 광식에게도 함께 산책을 나가자고 권했다. 아내가 하는 꼴도 보기 싫은데 거기에 동참을 하라고 했다. 어림없는 일이다.

아내는 바람난 여자처럼 개에 빠져 개를 돌보는 일 외에 아무것도 하지 않고 살았다. 광식의 눈에서 불이 났다. 차라리 남자에게 빠지면 이보다 덜 했을까 싶었다. 자식이 없는 아내에게 개들은 가족이였다.

광식은 아이가 없었다. 첫 번째 아내는 의사의 아기를 가졌다. 재혼한 아내 사이에 아이가 생기지 않았다. 아내는 병원에 가보자고 졸랐다. 불임의 원인이 어디에 있는지 알아보고 시험관 아기라도 갖자고 말했다. 광식은 혹시 자기에게 이상이 있지 않을까 싶어 겁이 났다. 아이가 없어 함께 고민하던 친구가 검사를 받고 시험관 시술을 하여 성공적으로 아기 낳았다. 금발의 어여쁜 독일 간호사 아가씨가 얼마나 황홀하게 만져주는지 저절로 정액이 나온다니까. 들어가기만 하면 돼. 검사를 받아보라는 친구의 꼬드김에, 금발의 독일 간호사에게 호기심이 있었던 것은 아니지만 광식도 아기가 갖고 싶어 검사를 받으러 갔다. 간호사는 유리병 하나를 내밀고 정자를 빼 오라고 하는 것이 전부였다. 결과는 역시 우려했던 대로 광식에게 이상이 있었다. 희소정자증. 아주 가끔 임신이 되는 경우도 있긴 있단다. 희소한 정자를 빼내 아내의 몸속에 집어넣고 임신이 되길 기다리기를 다섯 번이나 한 끝에 포기했다. 점점 나이가 들어가니 아예 아기를 포기했다. 그런데 지금 아내는 개에 빠져 있다.

왜 하필이면 그날 비가 왔을까. 비 때문이었음이 틀림없었다. 시커먼 하늘이 지평선과 맞닿아 어디가 하늘인지 어디가 땅인지 구분이 되지 않았다. 그저 주룩주룩 비가 내렸다. 그런 날은 우울함이 배가 되었다. 고향에서는 비가 와도 이처럼 어둡고 칙칙하지 않았다. 독일에서는 어디가 땅인지 어디가 하늘인지 모르게 온통 사방이 어두침침한 공간뿐이다. 광식은 타국에 오래 살았어도 아직까지 적응되지 않는 날은 비 오는 날이다.

절대 개를 포기하지 않겠다는 아내와 말다툼을 하고 빗속을 뚫고 식당으로 나갔다. 지배인 여자가 장사를 끝내고 가게를 정리하고 있었다. 광식은 여자가 일을 마무리하게끔 기다리고 섰다가 가게 문을 닫고 함께 술을 마셨다. 음악을 틀었다. 드보르자크 신세계 교향곡이었다.

술이 서너 잔 들어가자 여자가 말했다.

"난요, 이 땅에 간호사로 건너와 만난 사람이 하필이면 독일인 환자였어요. 환자 부모와 주위 사람들이 어찌나 잘해주는지 멋도 모르고 결혼했어요. 몸이 좋지 않은 남편은 결혼 10년 만에 죽었어요. 그래도 내가 정성껏 간호해서 그만큼 산 것이라고 시댁에서는 좋아했어요. 남편은 귀한 집 외아들이었어요. 난요, 그런 집에 들어가 아들 딸 하나씩 낳앗어요. 내 임무는 다한 셈이지요.

몇 년 전에 아파트에 혼자 살던 시어머니도 돌아가셨어요. 그래서 아파트를 상속받았지요. 내가 간호사 생활하며 애들 다 출가시키고 지금은 그 아파트에서 혼자 살아요. 난요, 독일로 오기 전에 한국에서 남자를 한 번도 사귀어보지 못했어요. 그러니까 죽은 독일 남편이 처음이자마지막이지요. 그래서 한국 남자가 내겐 신비로워요. 한국 남자와 살아보는 게 마지막 소망이어요. 누구든 몸만 아파트로 들어와 살면 돼요. 집 있겠다, 사십 년 간호사 하며 낸 연금 있겠다, 누구든 그냥 들어와 행복하게 살기만 하면 돼요. 내가요, 한국인 식당에 아르바이트 나오는것은 돈이 없어서가 아니에요. 무료하기도 했지만 진짜 목적은 한국 남자 만나게 되지 않을까 해서예요.”

술 몇 잔 들어가자 여자가 횡설수설하며 말했다. 그 모습이 무척 유혹적이었다.

“내가 집을 나오면 나와 함께 살겠소?”

그 분위기에서 그 말이 나오지 않을 수가 없었다. 개과 사랑에 빠진여자와 개판이 된 집에서 다투고 싸우는 데 완전히 지쳐 있었다. 여기가 어딘가. 사랑에 있어서 쿨한 독일이다. 아내가 개와 사랑에 빠졌으면 쿨하게 헤어져주자고 마음먹었다.

옷가지를 챙겨 넣은 가방을 들고 나오자 산책시킬 준비를 하던 아내가 어디 가냐고 물었다.

광식은 가방을 든 채 아내에게 말했다.

“말해. 저 개새끼들을 내보낼 거면 안 나갈게. 나야 저 개새끼들이야.”

"난 하나만 택할 순 없어요. 당신은 남편이고 저 개들은 내 자식인데 어떻게 하나를 택해요."

"마지막이야, 다시 묻겠어. 나야 저 개들이야."

"꼭 택해야 해요?"

"택해, 어서."

"개요."

아내는 눈 하나 깜짝 하지 않고 말을 택했다. 어쩌다가 개만도 못한 남편이 되었단 말인가. 광식은 한탄을 하며 그대로 집을 나왔다. 그날 집을 나와 여자의 아파트로 들어갔다.

두 번째 아내와 재산을 분할할 때도 아내는 고분고분했다. 더 달라는 말도 없이 주는 대로 받았다. 그때 광식은 은행 예금과 채권 같은 동산이 꽤 있었고 한국에 부동산도 많이 있었다.

한국이 IMF 구제 금융에 들어갔을 때 동생이 전화를 했다.

"형 우리 집 뒤에 형하고 뛰어놀던 동산 있지. 영철이네 거. 오월이면 하얀 철쭉이 가득 피는 뒷동산 말이야. 영철이가 건물을 지어서 파는 사업을 하거든. 큰 건물을 지었는데 분양이 안 된 상태에서 IMF를 맞았지 뭐야. 그래서 급히 그 뒷동산을 내놨는데 요즘 누가 땅을 사. 은행 금리가 그리 높은데. 땅이 아까워 형한테 연락을 한 거야."

그 땅은 고개를 들면 멀지 않은 곳에 평창강이 흐르는, 양지바른 곳에 자리한 야트막한 남향 땅이다. 광식은 '꿈속의 고향'이란 신세계 교향곡을 들으면 언제나 그곳이 생각났다.

"이 독일 땅에서도 난 그곳에서 뛰어놀던 때를 늘 꿈꾸곤 해, 언젠가는 한국으로 돌아가 그곳에 집을 짓고 살고 싶었어, 얼마가 되든지 사.

그런데 나는 외국에 살아서 땅을 살 수 없는데 어쩌지?"

"뭔 수가 있겠지."

"그래 사라. 돈은 얼마가 되든지 간에 무조건 사라."

독일 한인들 사이에서 한국에 나가면 함께 모여 살자는 이야기들이 솔솔 나올 때였다.

광식은 여자의 집이 있으니 집은 아내에게 주고 남은 채권과 한국의 부동산만을 챙겼다. 광식은 그것만 해도 충분히 만족했다. 서로 불만 없이 무난히 합의를 했다.

집도 연금도 있는 세 번째 아내는 식당 일에도 성실하고 광식에게도 잘했다. 박색이건 미인이건 몇 달만 살면 똑같아진다는 것을 광식은 세 번째 여자와 살면서 알았다. 광식은 개에 빠진 두 번째 아내에게도 감사하려고 했다. 한식당을 정리하고 광식이 집에 들어앉기 전까지는….

가게를 접고 여자와 세계 일주를 떠나기로 했다. 떠나기 며칠 전에 고향 친구로부터 온 전화를 받았다. 동생이 죽었는데 왜 한국에 안 나왔냐는 것이다. 누가 죽어? 동생이… 걔가 왜 죽어?

죽었다는 것이다. 동생이. 동생 명의를 빌려 평창에 뒷동산을 사놓았는데 그 동생이 죽었다는 것이다. 죽은 건 죽었다고 쳐. 근데 왜 나한테는 연락을 안했지? 둘도 없이 친한 동생이 죽었는데. 그런 생각을 하는 순간 가슴이 턱 막히는 것 같았다.

바로 프랑크푸르트로 가서 한국행 비행기를 탔다. 서울 강릉 간 KTX가 생겼다. 서울역에서 평창까지 기차를 타니 순식간에 닿았다. 하필이면 바로 광식이 땅 옆에 평창역이 생겼다. 역 근처에는 독일만큼 아름다운 전원주택들이 즐비했다. 부동산 사무실을 찾아갔다. 세월이 많이 흘렀다지만 살 때보다 열 배가 오른 땅은 이미 다른 사람 명의로 되어 있었고 동생네 가족은 흔적도 없이 사라졌다. 광식이 알 수 없는 것은 물에 빠져 죽었다는 동생의 사인이다. 동생뿐 아니라 광식이도 평창강 가에서 배운 수영 실력이 출중했다. 연락해준 친구의 말이 술 먹고 강에 들어갔다가 참변을 당했다는 것이다. 그렇게 건강한 동생이 물에 빠져 심장마비로 죽었다니 믿어지지 않았다.

여자의 잔소리가 심해지기 시작한 것은 그때부터였다. 바보 천치 같은 남자란 말을 입에 달고 달았다. 바보건 아니건 간에 독일 땅에 앉아서 강원도 산골짝에서 일어나는 일을 알 턱이 있나. 작정을 하고 팔고 잠적한 동생네 식구들을 어떻게 찾아낼 수 있단 말인가.

광식은 동생과 결혼한 여자, 즉 계수를 결혼할 때 한국에 들어가 한 번 봤다. 눈을 다소곳이 내리깔고 있어 여자가 호랑이인지 사슴인지 전혀 알 수 없었다. 동생 부부는 그다지 금슬이 좋아 보이지 않았다. 동생 부부를 독일로 여러 번 초청을 했었는데 그들은 한 번도 오지 않았다.

광식은 변호사를 찾아갔다. 동생 명의를 빌려 땅을 사고는 빌려준 것이 감사해 어떠한 장치도 해놓지 않았다. 늦둥이 동생은 광식이보다 열 살이나 어렸다. 광식이 찾아온 이유를 설명했다. 부동산은 실명제라 명의 신탁은, 게다가 아무런 장치도 없는 명의 신탁은 인정이 되지 않습니다. 그 많은 돈을 주고 산 땅을 어떤 장치도 해놓지 않았다는 것은 그냥 주겠다는 말과 다름없어요. 변호사는 말했다. 광식이 할 수 있는 일이라고는 독일로 돌아오는 수밖에 없었다.

잔소리를 시작하면 여자의 얼굴 광대뼈는 더 툭 튀어나왔다. 얼굴 전체가 광대뼈 두 개로 코를 중심으로 완벽한 대칭을 이루었다. 두꺼운 입술은 쉴 새 없이 움직였다. 한 번 움직인 입술은 영원히 멈추지 않을 듯했다. 저 입술을 바늘로 꿰매고 싶다. 꿰매도 잔소리가 술술 나올까.

내가 자선사업가야? 마누라한테 쫓겨난 남자를 받아 공으로 먹여주고 재워주고 한단 말이야. 당신 의처증이란 소문 파다해. 하지만 평창에 땅도 있고 내가 아르바이트 하며 보니 독일 채권도 꽤 되더라고. 평창 땅이 호재가 있어 꽤 올랐다는 소리도 들었어. 그것들 때문에 의처증이란 걸 알고 같이 살았어. 설마 이 인물에 바람이 났다고 의심하겠어, 여자는 할 말, 안 할 말 구분하지 못하는 것 같았다. 광식은 여자가 평창의 땅 때문에 자신과 살았다는 것을 알았다.

생각이 거기에 미치자 혹시 동생이 죽은 것도 그 땅 때문인 것이 아닌가 하는 의심이 들었다. 고향 친구에게 전화를 했으나 연락이 되지 않았다. 고향으로 달려가려고 했지만 의사는 얼마 전에 부정맥과 심장 협심증으로 비행기 탑승을 금지한다는 선고를 광식에게 했다.

의심은 꼬리에 꼬리를 물고 일어났다. 무엇보다 젊고 건강한 동생이 물에 빠져 죽었다는 것이 가장 큰 의문이었다. 고향에는 부모 형제뿐 아니라 아는 사람들도 하나둘 없어졌다. 떠난 지 50년 가까이 되어간다. 그간 너무 멀어 한국을 등한시했다. 생각해보면 자식도 없는 광식에게 그 땅이 그렇게 필요한 것은 아니었다. 냉가슴 앓던 광식이 할 수 있는 것은 그 땅을 잊어버리는 것밖에 없었다.

하지만 정식으로 결혼한 것도 아닌 여자는 그 땅을 못 잊어 했다. 매사에 땅땅했다. 여자는 환자 남편과의 사이에 독일인인지 한국인인지 모르겠는 자식이 둘이나 있었다. 가끔 아파트에 오곤 했다.

광식은 여자의 잔소리를 피해 겉옷을 걸치고 밖으로 나왔다. 딱히 갈

곳도 없었다. 오늘 따라 두 번째 아내가 몹시 생각이 났다.

비록 몸은 떠났지만 광식은 두 번째 아내가 어디에서 어찌 살고 있는지 알고 있었다. 정식으로 이혼한 상태가 아니니 서로 연락처는 알고 지냈다. 전화번호 하나만 있으면 손바닥을 들여다보듯 볼 수 있는 요즘 세상이다. 첫 번째 아내는 전화번호조차 남기지 않고 독일 의사와 독일이란 사회로 깊숙이 잠적하여 소식을 알 수는 없지만 두 번째 아내는 뻔한 한인 사회에서 알려고 하면 얼마든지 알 수 있었다. 두 번째 아내는 젊은 독일인 남자와 살고 있었다. 얼마 전에 지인이 알려준 아내의 집 주소를 구글에서 검색해보았다. 기차를 타고 시골역에서 30분 걸어가면 갈 수 있었다.

기차를 탔다. 두 번째 아내가 살고 있다는 동네 역에서 내려 천천히 옛날 아내의 집을 향해 걸었다. 만나면 딱히 할 얘기도 없었지만 만나고 싶었다. 구글 앱으로 두 번째 아내의 집을 찍었다. 걸어가면서 광식은 자신의 인생이 어디서부터 꼬이기 시작했는지 곰곰이 생각해보았다. 생각해보면 두 번째 아내는 장점이 꽤 많은 여자였다. 그때가 제일 행복했다. 그놈의 개 때문에 아내와 헤어진 것인가. 광식은 자신의 행동이 너무나 한심했다. 개에게 질투를 느끼다니.

구글 앱에 찍힌 두 번째 아내의 집이 보였다. 광식은 근처 벤치에 앉았다. 시골 구석까지 친절하게 벤치가 놓여 있었다. 얼마 안 있으면 아내는 산책 시키기 위해 나올 것이다. 얼마를 기다렸을까. 문이 열리고 독일인 남자가 나왔다. 그 뒤를 아내가 따라 나왔다. 그들은 승용차에 올랐다. 그 옆으로 검은 개 한 마리가 따라 나와 아내와 함께 승용차에 올랐다. 벤츠 승용차가 광식의 앞을 지났다. 옛날 아내가 힐끗 광식을 보는 것 같았다. 하지만 차는 멈추지 않고 달렸다.

이거야말로 완전히 닭 쫓던 개 지붕 쳐다보는 격이었다. 광식은 일어나 아내가 살고 있는 집을 천천히 돌아보았다. 아내는 카멜레온같이 색까지 변해가며 어떠한 환경에도 적응하니 잘 살고 있겠지. 광식은 왔던 기차역으로 다시 천천히 걸었다.

한국에 가고 싶었다. 아는 사람이 거의 사라져버렸을지라도 한국에 가고 싶었다. 평창 강가에서 멱을 감고 그곳에 머물다가 거기다가 뼈를 묻고 싶었다. 그럴 때마다 광식은 포털사이트에 들어가 뉴스를 클릭해서 하나하나 보았다. 한국이 그리울 때면 포털사이트를 통해 한국의 소식을 들었다.

"사내 보험사기 특별조사팀에서 이은해의 보험금 청구 상황을 의심하고 추가 조사를 위해 보험금 지급을 미뤘다. 이 씨에게 살인뿐만 아니라 보험사기 방지 특별법 위반 미수 등의 혐의도 적용되었다."

이은해는 1심에서 무기징역을 선고받고도 남편 보험금을 요구한 황당한 사건이었다. 이은해의 형량은 무기징역에다 보험금 사기로 1년이 추가되어 있었다.

광식은 그 사건에 대한 기사를 모두 다 검색해보았다. 수영을 하지 못하는 남편을 계곡에서 강제로 다이빙하게 만들어 숨지게 했고, 또한 사망사고가 일어나기 1달 전에는 용인 낚시터에서 일부러 물에 빠뜨리고, 양양의 어떤 펜션에서는 복어 독을 먹여 살해하려다 미수에 그쳤었다. 결국 그 여자는 남편을 죽이고 보험금을 타내려다 덜미를 잡혀 무기징역에다 보험금 사기까지 해당되어 일 년을 형량을 더 받고 서울구치소에 복역 중이다.

광식은 동생의 죽음에 대해서도 의심을 갖기 시작했다. 물에 빠져 죽은 것이 똑같았다. 동생에게는 거액의 땅이, 그 여자에게는 거액의 보험금이 걸려 있는 것이 다를 뿐이었다. 혹시 동생이 결국 평창 땅 때문에 제 명에 죽지 못하고 살해당한 것이지 않을까 생각하다가 언제부터인가 그것이 사실이라 믿었다. 그러자 세상이 무서워졌다.

여자는 두터운 입술을 조금도 쉬지 않고 잔소리를 해댔다. 주머니 속에 넣어둔 시골 간이역 기차표를 여자가 보았다. 졸지에 광식은 옛날여자 못 잊어 찾아간 못난 남자가 되어 있었다. 가뜩이나 잔소리가 심한데 작정을 하니 봇물처럼 쏟아져 나왔다. 저 여자가 아파트도 있고 연금도 있으니 가방 하나 들고 자신의 집으로 들어오라고 유혹하던 여자란 말인가!

여자의 얼굴이 결혼식장에서 한 번 봐 얼굴도 생각나지 않는 계수의 얼굴처럼 보였다. 바쁘게 살아 얼굴도 잘 생각이 나지 않는 첫 번째 아내가 두 번째 아내의 얼굴로 생각났던 것처럼, 한 번 본 계수와 여자의 얼굴과 구분이 되지 않았다. 아니 여자는 뉴스에서조차 한 번도 보지 못한 이은해라는 남편 살인범과도 같은 얼굴이었다. 계수와 여자와 남편 살해범 이은해와 세 여자가 광식을 향해 깔깔대며 웃고 있다.

광식은 확신했다. 동생은 실수로 물에 빠져 죽은 것이 아니고 계수로부터 이은해 남편처럼 살해당한 것이 틀림없다. 동생이 죽었을 때 형한테 연락도 하지 않고 뒤늦게 알고 달려갔을 때는 땅을 팔아 잠적한 것을 보면 틀림없었다.

여자의 잔소리는 이제 막 시작이었다. 언제 멈추어질 줄 몰랐다.

"그만두지 못해!"

광식이 최대한 자제하며 소리쳤다.

"방구 뀐 놈이 성낸다고 이젠 옛날 여자까지 찾아다니네. 그래 만났어?"

"그만해."

"대답해봐. 만났어?"

"그만하라고!"

저 잔소리를 언제까지 참을 수 있겠는가 말이다. 광식은 오른손이 올라가는 것을 이번에는 왼손으로 붙들어 멈추게 하지 않았다. 오히려 양손으로 눈에 보이는 것들을 들어 닥치는 대로 던지기 시작했다. 화병을 텔레비전을 향해 던졌다. 퍽 소리를 내며 화면이 깨졌다. 여자가 놀라 소리쳤다. 이번에는 화분을 들어 내던졌다. 흙이 땅바닥에 흩어졌다.

며칠 전 한인 잔치가 열렸다. 광식은 아침에 일찍 일어나 몸단장을 했다. 오랜만에 한인들을 만나 회포를 풀고 더 늙으면 어떻게 살아야 할지 서로 의논해보려고 했다. 여자는 광식을 한인 잔치에 못 가게 했다. 그렇지 않아도 여자의 그늘 속에서 숨도 쉬지 못하고 산다는 소문이 돌고 있었다. 가고 싶었지만 광식은 여자의 비위를 상하게 할 수 없어 가지 않았다. 참기만 하며 살던 광식이었지만 마침내 폭발했다.

쌓여 있던 화를 터트리니 한여름 복중에 한줄기 바람이 가슴속을 지나는 것같이 시원했다. 하얗게 질린 여자의 얼굴에 광대뼈가 더욱 도드라졌다. 광식은 그간 참음을 보상이라도 하듯이 여자를 강하게 밀어 땅에 내동댕이쳤다. 여자의 머리가 꽝 하고 바닥에 부딪쳤다. 그간 여자에게 당한 수모를 생각하면 그래도 성이 풀리지 않았다. 부엌으로 달려가 여자가 애지중지하던 쌍둥이 칼을 꺼냈다. 칼은 독일인의 장인정신이 깃든 것처럼 아무리 써도 칼날이 무디어지지 않았다. 한식당을 운영할 때 이 칼로 갈빗살을 저며 양념을 해놓곤 했었지. 갈빗살을 뜯어내 마구 두들겨대면 살이 부드러워지곤 했지. 광식은 여자의 몸이건 자신의 몸이건 갈빗살 저미듯이 마구 두들겨대다가 이번에는 푹푹 찔렀다. 처음이 힘들지 한 번 시작하니 아무런 생각이 나지 않았다. 더 이상 찌를 기력이 없을 때 광식은 칼을 내던지고 바닥에 쓰러졌다. 가슴팍에서 흘러나온 뜨끈하고 끈적거리는 물이 누워 있는 광식의 얼굴에 닿았다. 옆에 누운 여자의 입에서 맨드라미처럼 붉은 꽃잎이 피어났다.

광식은 스르르 눈을 감았다. 마당에 채송화가 옹기종기 피어 있는 평창의 시골집이 보였다. 그곳을 떠날 때 반드시 돌아올 거라고 생각했다. 타국에서 꼭 그런 날이 있을 것이라고 굳게 믿으며 그 힘으로 살았다. 그러나 광식이 돌아가려고 마음먹었을 때는 돌아갈 곳이 없었다. 동생은 죽고 아는 사람들도 이미 다 죽었다. 그래도 돌아가려고 했다. 하지만 한국도 이미 발전해서 은행 예금을 찾고 채권을 다 팔아도 한국에 집 한 칸 마련할 수가 없었다. 그래서 여자에게 빌붙어 굴욕을 참고 견디며 살 수밖에 없었다.

다 끝났다. 꿈속의 고향으로 돌아가는 방법은 오직 하나 이 길뿐이다. 벌써 저기 고향이 보인다. 어머니가 치마폭에 옥수수를 감싸안고 출출할 때 먹으라고 건넨다. 광식이 입안에서 달디단 옥수수의 알이 터진다. 아련한 고향의 맛이다. 편하다. 진즉에 고향으로 갈 걸 그랬다.

언젠가 두 번째 아내와 프라하 몰타우 강변에 있는 예술의전당 루돌피눔에서 체코 필하모니 오케스트라 공연을 보러 갔었다. 신세계 교향곡 9번이 흘렀다. 1악장이 끝나고 2악장 '꿈속의 고향'의 아름다운 선율이 나오자 숨이 멈추는 것 같았다. 그 후 광식은 가라오케에 가면 십팔 번으로 '꿈속의 고향'을 불렀다. 중학교인지 고등학교인지 교과서에서 배운 그 '꿈속의 고향'을.

꿈속에 그려라 그리운 고향
옛 터전 그대로 향기도 높아.
지금은 사라진 친구들 모여
옥 같은 시냇물 개천을 넘어
반딧불 좋아서 즐거웠건만
꿈속에 그려라 그리운 고향.

광식의 입에서 나온 느린 선율이 점점점 작아졌다. 노랫소리와 함께 광식은 이미 그곳에 가 있었다. 꿈꾸기만 했던 그 고향에.

슈퍼문이 뜬 밤에
서래섬을 돌다

초고층 아파트 동과 동 사이에 달이 걸려 있다. 슈퍼문이라지만 휘황찬란한 도시의 불빛에 묻혀 초라하다. 달은 진희가 가는 곳은 어디건 졸졸 따라온다. 밤의 불빛과 희뿌연 달빛으로 어우러진 하늘은 봄날 미세먼지가 잔뜩 낀 대낮같이 훤하다.

진희는 불빛이 어지러이 난무하는 고층 아파트 숲을 걸어 서래섬을 향한다. 돌보는 아이의 집 사모님이 퇴근하여 저녁을 먹고 나면 그때서야 온전히 진희만의 시간이 된다. 고된 베이비시터 생활을 그래도 견디고 있는 것은 지금 이런 시간이 있기 때문이다. 벌어먹고 살려면 어떻게든 건강해야 해요. 그러려면 운동을 해야 해요. 일하는 도중에라도 짬짬이 시간을 내 운동을 하는 306호 파출부 말이다.

서래섬으로 들어서는 아치형 다리에 선다. 다리 밑으로 물살이 빠르게 흘러들어간다. 금방이라도 서래섬이 물에 잠길 기세다. 하지만 큰물이 났을 때 이외에는 섬이 물에 잠겼다는 소리를 들어보지 못했다. 그러니 언젠가는 이 물의 흐름은 멈출 것이다.

낚시꾼들이 앉아 낚시하던 공간은 이미 물에 잠겼다. 물이 점점 차오른다. 서래섬을 돌아 나오는데 불과 15분 정도 걸렸다. 걷는 것은 10분이었지만 벤치에 앉아 5분 쉬었으니 15분 경과했다. 다시 아치형 다리 위에서 물길을 내려다보니 그 사이 아까와는 반대방향으로 바뀌었다. 들던 물이 반대로 나가고 있다. 다리 위에 서서 아까와는 반대로 흐르는 물길을 한없이 내려다본다. 달도 차면 기운다. 들던 물길도 때가 되면 이렇게 길을 바꾼다.

세상 이치가 이렇거늘 이놈의 집값만은 내릴 줄을 모른다. 산이 높으면 골이 깊은 것처럼 이놈의 집값도 언젠가는 멈추겠지. 산도 올라갔으면 내려와야 하는 것처럼 이놈의 집값도 올랐으면 내려야 하지 않는가. 매스컴은 날마다 치솟는 집값을 보도한다. 그런 뉴스를 볼 때마다 진희의 가슴은 시커멓게 탄다. 눈과 귀를 막고 싶다.

❖

아이를 영어유치원 버스에 태우는 일은 언제나 많은 인내를 요구한다. 안 가겠다는 아이를 억지로 버스 안으로 밀어 넣는 일은 아이에게도 또 진희에게도 고역이다. 영어유치원비는 한 달에 170만 원 한다지만 여기에 교통비, 교재비, 식비, 방과 후 교육비까지 하면 얼추 300만 원 가까이 든다고 한다.

아이가 다니는 영어유치원은 한 반에 여덟 명이 정원이고 선생님이 원어민이다. 말하자면 소수 정예 영어유치원이다. 영어는 유치원 때 다

마스터 해놔야 한다는 것이 이 동네 엄마들의 생각이다. 믿을 수 없는 것은 그곳을 들어가기 위해 기다리는 아이가 지금도 여러 명 있다고 했다. 아이가 가기 싫어해도 한 번 들어가기 힘드니 어떻게든 보내야 한다고 아이 엄마는 말했다.

돈 지랄이에요. 여섯 살짜리가 뭘 안다고… 한 달 내내 새벽에 나와 일해도 영어유치원비만도 못 버니 참 드런 놈의 세상이네. 돌아오는 길에 놀이터에서 만난 세차 여자가 영어유치원 버스가 지나가는 것을 보며 말했다.

여자는 새벽 4시에 집을 나와 헤드랜턴을 머리에 두르고 차를 닦는다. 세차를 신청한 차가 몇 시에 나가는지 여자는 알고 있어야 했다. 여자는 일찍 나가는 순서대로 얼룩 하나 없이 차를 반지르르하게 닦아놓는다. 겨울에는 아파트 관리실에서 뜨거운 물을 사서 닦는다. 여자는 그 일을 십 년째 하고 있다. 새벽에 도시락을 싸가지고 나와 차를 닦다가 겨울에는 아파트 지하에서, 날이 따뜻할 때는 놀이터 벤치에 앉아 아침을 먹는다. 세차 여자의 모습은 찬바람을 마주하고 서 있는 겨울나무처럼 거칠고 앙상하다. 어찌 보면 진희 또래 같기도 하고 어찌 보면 더 든 것 같기도 하다. 아니 어떤 때는 진희보다 훨씬 나이가 덜 든 것 같기도 하다. 진희는 놀이터 벤치에 앉아 밥 먹고 있는 세차 여자 곁에 앉는다. 세차 일이 먹고살 만하냐고 묻는다. 단골만 잘 잡고 부지런만 하면 입에 풀칠은 한다고 여자는 쓸쓸히 웃으며 말했다.

야쿠르트 아줌마가 지난다. 다른 지역의 아줌마는 전동차에 물건 담긴 가방을 싣고 다니지만 아줌마는 여전히 예전의 손수레를 밀고 다닌다. 아줌마를 불러 야쿠르트 두 개를 사서 하나를 세차 여자에게 건넨다. 지난번 세차 여자가 준 답례다. 거스름돈을 받는데 야쿠르트 아줌마 핸드폰이 울린다. 아줌마는 수레를 곁에 두고 멀리 가 전화를 받는다. 전화 받는 아줌마의 얼굴이 험상궂게 변한다. 손까지 흔들며 뭐라고 한참 실랑이한다.

아줌마가 멋쩍게 웃으며 온다. 진희가 볼 때마다 아줌마는 전화를 받고 있다.

"애인한테 왔나? 왜 숨어서 받아요."

진희의 말에 아줌마는 질색하며 말한다.

"웬수 웬수… 이런 웬수가 없어요. 젊었을 때는 남편이 웬수더니 남편 죽고 없으니까 자식이 웬수예요."

진희는 차마 더 이상 묻지 못하고 야쿠르트 아줌마를 쳐다본다. 그녀는 견디지 못하겠다는 듯이 스스로 묻지도 않은 말을 잇는다.

"아들이 취준생이에요. 나이는 자꾸 먹어가는데 취직은 안 되고…학비 댈 땐 졸업하면… 이란 희망이라도 있었지요, 지금은 그런 것도 없어요. 그저 돈돈돈… 돈 먹는 하마예요."

야쿠르트 아줌마 역시 세차 여자처럼 새벽에 나와 집집마다 우유와 유제품을 배달한다. 엘리베이터를 이용하려면 출근 시간 전에 사용해야 한다. 어쩌다가 늦어 출근 시간에 이용하면 경비가 싫은 소리를 한다. 경비는 이곳 주민에게는 고개가 땅에 닿도록 굽실거리지만 주민들한테 붙어서 먹고 사는 우리 같은 사람들에게는 온갖 위세를 부리며 딱딱거린다. 그도 주민들의 치다꺼리를 해주며 살아가는 우리와 마찬가지의 신세지만 자기는 저들 세상에 속해 있는 듯 착각한다. 경비 눈치 보지 않기 위해 야쿠르트 아줌마는 새벽 4시에 집에서 나온다. 새벽에 배달하고 남은 물건을 건널목이나 사람이 많이 다니는 곳에 서서 저녁까지 팔고 있다. 하루 종일 길바닥에서 사니 서서 졸고 있는 것을 자주 본다. 더운 날에는 땡볕에 서서 팔고 추운 날은 바람 속에 서서 새벽에 배달하고 남은 것들을 판다. 비 오는 날은 보이지 않는다. 아마도 그런 날은 새벽에 배달만 하고 집으로 돌아가는 것 같았다.

104호 노인을 봐주는 요양보호사가 지나간다. 그녀의 차림은 언제나 단정하다.

"나도 한때는 산다 하고 살았어요. 남편 친구들이 와서 포커를 치면 십만 원짜리 수표가 왔다 갔다 했어요. 수표를 땅바닥에다 흘리고 가는 사람까지 있었다니까요.

시아버지 공장을 물려받았지요. 사장입네 하고 친구들과 골프에 도박에 몰려다니니 10년도 못 가더라고요. 공장이 부도나고 뒤로 빼돌린 돈으로 5년은 그럭저럭 살았어요. 곶감 빼먹듯이 있는 돈 까먹었어요. 한 번 벌려놓은 생활은 애 어른 모두 줄이지 못하더라고요. 돈이 다 떨어지자 빚을 내서라도 살던 방식대로 살았어요. 나중에는 그렇게 못 하니 짜증만 내더라고요. 결국 이혼했어요. 애들을 그런 인간에게 맡기지 못하겠어서 데리고 나왔어요. 애들하고 어떻게든 입에 풀칠은 해야 하여 구한 일자리가 이것이에요."

언젠가 요양보호사가 진희에게 하소연했다. 여자는 잘 살던 뒤끝이 있어서인지 10시 전후에 이곳을 지나는 사람 같아 보이지 않는다. 아무리 바쁘고 힘들어도 머리 드라이를 하고 화장을 하고 옷도 세련되게 입고 다녀 이곳 주민처럼 보인다. 그가 요양보호사란 것을 알기까지 6개월이나 걸렸다. 처음에는 그 집 딸인 줄 알았다.

조금 지나면 506호 베이비시터가 지날 것이다. 506호 아이 엄마는 밤에는 근처에 사는 친정엄마가 와서 돌봐주고 낮에는 베이비시터가 온다. 언젠가 그렇게 낮과 밤으로 돌봐주면 아기 엄마는 뭘 해요? 하고 친정엄마에게 물었다. 우리 앤 아무것도 할 줄 몰라요. 친정엄마는 아무것도 할 줄 모르는 아이 같은 어른을 만들어놓은 재력이 자랑스러운지 너무나 당당하다. 친정어머니와 베이비시터가 아이를 돌보는 시간에 아이 엄마는 뭘 하고 있을지 궁금하여 언젠가 베이비시터에게 물어봤다. 주로 자요, 그리고 얼굴 손질을 하더라고요. 베이비시터는 말했다. 하지만 얼굴 손질로 대부분의 시간을 보낸다는 아이 엄마의 피부는 보통 여자들보다 더 나을 것이 없다.

조금 있으면 306호 파출부도 지나갈 것이다. 306호 젊은 주인 여자도 506호 여자처럼 자기 몸 깎고 닦는 것만 할 뿐 살림이라고는 도무지 알지 못한다. 파출부가 저녁을 차려놓고 아침 준비도 다 해놓고 가면 간신히 그걸 꺼내 먹기는 하는가 보다. 진희는 그런 여자와 함께 사는 남편이 불쌍하다.

경비들은 수시로 화장실을 들락거리며 가끔 이들 무리 속에 끼어든다. 경비실 밖에서의 경비는 자신도 이곳 소속이란 것을 인정하듯 겸손하다가 경비실 안에 들어가면 위풍당당하게 세도를 부린다. 하지만 이제 곧 이들도 정리 대상이 될 것이다. 카드를 찍으면 문이 열리고 닫히니 카드가 경비 역할을 한다. 이미 경비를 잘라야 하지만 아직은 카드키에 익숙하지 않은 나이 든 주민의 요청으로 해고를 유예시켰다. 젊은 주민들이 경비를 내보내자는 의견을 내게 되면 경비마저 없어질 것이다.

이들은 10시 전후 진희가 아이 영어유치원 차를 태워주고 돌아오는 길에 만나는 사람들이다. 가끔 새로 온 계단 청소 아줌마도 본다. 청소 아줌마는 벙어리처럼 아예 말을 하지 않는다. 아마도 이런 일 처음 하는 여자 같다. 진희도 처음 이곳에 왔을 때는 창피해서 아무하고도 말을 하지 않았다. 하지만 지금은 그들과 수다로 스트레스를 푼다.

이 사람들은 자식에 눌리고 남편에 눌리고 친정이나 시댁에 눌리며 사는 괴물들이다. 눌리고 눌려도 그 많은 고통을 견디며 죽지 않고 사니 괴물이다.

진희는 뱀이 허물 벗듯이 벗어놓은 옷들을 거두어 세탁기 안에 넣는다. 어쩌다가 한 번 잠시 입었던 옷을 장 안에 넣었던 적이 있었다. 한번 입었던 옷은 장에 넣지 마세요. 그날 주인 여자가 말했다. 주인 여자의 몸은 회사에 있지만 눈은 집 곳곳에서 진희를 감시하고 있다. 어느 곳에 cctv가 설치되었는지 알 수 없다. 처음 cctv를 의식했을 때는 진희 몸이 움츠려지고 자유롭지 못하더니 익숙해지니 견딜 만하다. 이제는 주인의 지시대로 하고 있는 것을 그대로 보여주니 의심하지 않아서 오히려 편하다.

이 집에 베이비시터 겸 파출부로 입주해서 살기 시작하고부터 진희에게는 누군가가 내려다보고 있다는 강박관념이 생겼다. cctv로 완전범죄를 찾아내는 것을 보고부터는 길을 가다가뿐 아니라 화장실에서까지 누군가의 눈을 의식한다.

먹을 것이 냉장고에 또 베란다에 쌓여 있다. 이 집에 들어와 먹을 것이 잔뜩 쌓여 있는 것을 보면 입맛이 달아난다. 아이에게 뭘 좀 먹이려면 전쟁 치르듯 먹인다. 먹는 것조차 스스로 찾아 먹지 못하는 저 아이가 자라서 어떤 사람이 될지 궁금하다. 506호 아이 엄마처럼 아무것도 할 수 없는 사람으로 만들어놓을 것 같다.

전화가 온다. 진희가 전세 살고 있는 집의 주인이다. 그러고 보니 전세 계약한 지 2년이 돌아오고 있다. 하지만 기간이 좀 남아 있는데 벌써 전화를 한다. 배려라고는 눈곱만큼도 없는 집주인은 인사도 없이 대뜸 전세금을 삼천만 원 올려달라고 말했다. 입을 딱 벌리고 말을 못 하는 진희에게 집값 오른 것에 비하면 전세는 덜 오른 것이라고 말했다. 집주인은 집을 여러 채 가지고 법인으로 등록해놓고 임대 사업을 하는 사람이다. 집값이 오르고 전세값도 오르니 기세가 등등하다. 올린 전세금으로 또 어딘가에 집을 사서 갭 투자를 할 것이다. 딸 또래의 집주인한테 좀 깎아달라고 사정한다. 하지만 주인 여자의 목소리가 냉랭하여 먹힐 것 같지 않다. 가슴이 뛰고 전화기 든 손이 부들부들 떨렸다. 스마트폰으로 알아보니 맨 월세뿐이지 전세는 찾아보기가 힘들다. 아직은 기한이 여러 달 남았으니 두고 보자고 말했다.

집안 정리와 빨래까지 해놓고 밖으로 나왔다. 젠장! 꽃은 왜 저리 요란하게 피어 있는지. 아파트 둘레가 온통 꽃 천지다. 진희는 저 벚꽃길을 걸어 다니며 전셋집을 찾아다녔다. 전세 사는 집 갱신할 때가 돌아오고 있다고 꽃이 미리 알려준다. 시중은행 여러 곳을 순례하듯 돌아다녔다. 아무리 돌아다녀도 대출해주겠다는 은행은 없었다. 전세 대출은 이미 포화상태다. 이자만 냈을 뿐 원금은 갚지 못했다. 몇 달 안에 무슨 수가 나겠지. 진희는 자포자기 심정으로 은행 문을 나왔다.

아이 엄마로부터 전화가 왔다. 영어유치원에 있는 아이가 열이 난다고 연락이 왔으니 데리고 병원에 다녀오라는 지시를 내린다. 은행에서 나와 다른 은행 한번 더 들러보려다가 유치원으로 달려갔다. 아침에는 괜찮던 아이의 목에서 그렁그렁하는 소리가 났다. 요즘 신종 플루가 돈다더니 병원에는 아이들이 꽉 찼다. 특급호텔 로비처럼 꾸며놓은 대기실에는 아이들이 놀이터처럼 이리 뛰고 저리 뛰며 논다. 미모가 인기 연예인 급인 젊은 여의사가 몇 군데 청진기를 대보더니 숨소리가 나쁘다며 항생제를 써야 한다고 말했다. 수십억씩 나가는 아파트가 즐비한 반포 한복판에 호텔 로비 같은 대기실을 갖춘 병원을 운영하는 딸 또래의 의사가 괴물처럼 느껴졌다.

이곳은 괴물들이 사는 나라다. 진희가 일하는 아이의 집은 40년 된 시멘트 덩어리의 아파트다. 부동산에 붙여놓은 시세 판을 보니 30억이란 가격으로 나와 있다. 곧 허물고 재건축이 될 거라서 그렇다고 한다. 설마 하고 찾아보니 진짜로 실거래가가 26억 조금 못 미쳤다. 여섯 살 아이의 산후 도우미로 왔다가 눌러앉았으니 진희가 이 집에 온 지 5년하고 6개월이다. 그때는 9억 하던 집이었다. 진희는 오십 대 후반에 와 지금 환갑이 지났다. 그 사이 남의 집에 입주하여 아이를 돌보며 24시간 근무를 했어도 딸 시집보내느라 은행 부채가 배가 늘었다. 반면 저들은 그저 살기만 해도 돈을 억수로 벌었다. 맛집을 찾아 여행 다니고 그것이 싫증나면 해외여행 갔다가 오고 그것도 싫증나며 호캉스나 드라이브를 다니며 살기만 해도 수십억씩 버는 사람들이 괴물처럼 느껴졌다.

아이 엄마에게 전화를 했다.

"숨소리가 좋지 않다고 병원에서 항생제 처방을 해주었어요."

"항생제는 먹이지 마시고 콧물 기침약만 먹이세요. 퇴근하고 상태를 봐서 먹일게요."

아이 엄마는 좀처럼 항생제를 먹이지 않는다. 조금만 나쁘다 하면 진저리를 치며 하지 않는다. 사나흘이면 나을 감기가 일주일씩 간다. 주중에 진희가 아이 병을 낫게 해놓으면 주말에 놀러 가서 또 병을 얻어온다. 그들은 놀러 다니기 위해 직장을 다니며 돈을 버는 것 같다. 아니 놀러만 다녀도 저절로 자산이 늘어나니 못 놀러 다닐 이유가 없다.

반면 진희는 감기 기색만 있어도 얼른 항생제를 먹는다. 아이를 돌보는 몸은 감기가 오는 것조차 용납이 안 된다. 365일 한결같이 아프지 않아야 한다. 사람의 몸이라 아파 드러눕기도 하련만 베이비시터 일은 그러면 안 된다. 아프면 주인 몰래 병이 빨리 떨어지라고 강한 항생제가 든 약을 먹는다.

또 전화가 온다. 딸이다. 각박하여 서로 좋은 소리를 못 하니 전화조차 뜸한 딸이다.

"왜?"

진희는 대뜸 묻는다.

"오랜만에 전화했는데 왜가 뭐야 왜가."

딸도 곱게 나오지 않는다.

"무슨 일 있을 때만 전화하잖아. 무슨 일이야?"

"나 임신했어."

딸이 대뜸 말하고는 말이 없다.

"뭐라고? 임신?"

진희는 소리부터 질렀다. 좋아해야 하는데 고성부터 나왔다. 진희는 집주인 여자의 전화를 받고 한껏 예민해 있다.

"어떻게 기를 거야?"

"뭘 어떻게 키워. 엄마가 키워줘야지."

"나는 뭘 먹고 살아. 네가 용돈 줄 거야?"

"남들은 엄마가 다 키워준단 말이야."

저 말 속에는 엄마는 왜 맨날 그 모양으로 사느냐는 나무람이 들어있다.

"축하한다."

진희는 마지못해 나무라듯이 말한다.

결혼은 어느 정도 준비가 되어야 하는데 딸은 집을 탈출하듯이 결혼을 했다. 유유상종이라고 사는 것이 어쩜 저리 똑같을까 싶은 남자를 만나 사랑을 했다. 유전자가 무섭다고 진희 역시 가난한 남자와 결혼을 했다. 하지만 아파트의 문간방을 빌려 살면서도 세상이 두렵지 않았다. 큰아이 낳고 2년 만에 둘째를 낳았다. 하지만 딸은 첫아이 생긴 것을 유산시켰다. 원룸을 벗어나면 아이를 갖자고 약속했다고 했다. 둘째도 유산시켰다. 철저히 피임을 하는데도 자꾸 걸리네. 둘째 유산시키고 와 딸이 멋쩍어하며 말했다. 세 번째 임신한 이번에는 낳을 참인가 보다.

진희는 다산형이다. 손만 잡았는데도 아이가 생긴다는 말이 있듯이 신혼여행에서 첫아이가 들어섰다. 아이를 낳고 젖을 먹이니 1년 만에 생리가 나왔다. 3년 터울로 아이를 갖자고 계획을 세우고 피임을 했지만 바로 둘째가 들어섰다. 둘째 낳고 역시 1년 만에 생리가 나와 앞선 경험을 교훈 삼아 철저히 피임을 했지만 또 실패했다. 들어선 아이를 유산시키고 돌아와 피임을 열심히 했지만 또 아이가 생겨 유산시키며 진희가 불임수술을 했다. 딸도 영락없이 진희를 닮았다.

손주 볼 나이가 지나니 아이만 보면 그렇게 예쁠 수가 없다. 피붙이가 난 자신의 손주를 가슴에 폭 끌어안아보고 싶다. 때가 되면 너 나 할 것 없이 다 할 수 있는 평범한 소망조차 진희에게는 큰 욕심이다. 손주가 세상에 나오면 어떻게 되겠지. 자기 먹을 것은 가지고 태어난다는 옛말도 있지 않은가. 진희는 딸의 임신 사실을 애써 외면한다.

몇 날 며칠을 집주인과 전세금으로 인한 실랑이를 하느라 머릿속이 터질 것만 같다. 결혼 안 한 아들 때문에 경기도에 위치한 낡은 도시지만 어떻게든 지하철이 닿는 곳이어야 했다. 아들은 새벽에 나가 밤늦게나 집에 들어왔다.

퇴직 후 놀고 있는 남편을 달래 편의점을 했다. 낮 시간은 진희가 물건을 정리하며 가게를 보고 밤에는 남편이 보았다. 가끔 대학에 다니는 아이들도 봐주었다. 편의점이란 것은 그야말로 편의성을 위한 것이라 가족들이 고객에게 24시간 내내 서비스한다는 정신으로 성실히 운영했다. 가족들 인건비 따 먹으며 그런대로 알차게 운영이 되었다. 상가 재계약 갱신할 때가 되었다. 상가 건물주는 편의점을 자신이 직접 운영하겠다고 재계약을 거부했다. 초기 비용이 빠지고 막 수익이 나기 시작할 때였다. 결국은 인테리어 하느라 든 비용만 날리고 2년 만에 권리금도 못 받고 가게 문을 닫았다. 편의점 하느라 빌린 융자금도 채 갚지 못했을 때였다. 알고 보니 경쟁 브랜드에서 건물주에게 잘 되는 편의점이니 직접 해보라고 권유했다고 한다. 상가 주인은 진희가 터를 닦아놓은 곳에서 땅 짚고 헤엄치며 편의점을 운영했다.

집에 있는 남편은 할 일이 없었다. 하지만 어떻게든 시간을 보내야 했다. 그러려면 근처에 산이 있어야 했다. 오전에는 산에 갔다가 오고 오후에는 편의점 할 때 삐끗한 허리 침을 맞으러 한의원에 다니면 그럭

저녁 하루를 수월하게 보낼 수 있다. 남편은 나라에서 공식으로 인정해주는 노인이라 병원비가 저렴하여 일삼아 한의원을 순례한다. 경비라도 해볼까 구하러 다니지만 모든 것이 자동화된 요즘이라 경비 자리도 흔치 않다.

결국 집주인과는 삼천만 원 올려달라는 것을 오백을 깎아 이천오백만 원으로 타협을 보았다. 전세금 오백을 빼달라고 딸 같은 여자에게 사정을 하다 보니 내가 시궁창에 사는 괴물이 된 듯했다. 그나저나 이천오백은 어떻게 구할지 대책이 서지 않았다. 아직 시간이 남아 있어 계약서는 좀 더 있다가 쓰기로 했다. 시집간 딸은 자기들 사는 것도 빠듯하고 아들은 회사에 들어간 지 얼마 되지 않아 모아놓은 돈이 없을 것이다. 설사 있다고 하더라도 아침부터 밤늦게까지 애써 번 돈을 달라고 할 수가 없었다. 서른이 훌쩍 넘은 아들을 결혼 시키려면 한두 푼 드는 것이 아닌데 어쩔까 생각하니 머릿속이 아득했다. 가끔 만나는 아가씨가 있는 눈치였는데 어느 날 보면 깨져 있다. 하긴 융자를 잔뜩 끼고 전셋집을 얻어 살고, 시아버지 자리가 무직이고, 시어머니 자리는 베이비시터 나가는 집 아들에게 시집오겠다는 여자는 아마도 대한민국에 없을 듯하다. 총각 귀신으로 늙지 않을까 싶다.

지하철 입구에서 받은 종이쪽지를 보니 전국 지역 당일 원하는 금액을 대출해주겠단다. 신용조회는 하지 않는다고 쓰여 있다. 연 이자 11%~20% 연체금리는 20%다. 집주인에게 전화해서 올린 전세금은 월세로 해달라고 부탁했다가 거절당했다. 집주인은 또 어딘가에서 집을 계약하려고 하나 보다. 그놈의 돈을 어디서 구할까 머릿속이 복잡하다. 남편은 여전히 세상 근심걱정 없는 사람처럼 오전에는 산에 가고 오후에는 한의원을 순례한다. 아주 가끔 친구를 만나기도 하는가 보다.

"부동산 119인데요. 재계약하신다면서요? 계약서 쓰러 오세요."

진희가 사는 집을 소개해준 부동산 여자다.

"기간이 좀 남았는데 그때 할게요."

"전세란 게 없어서 미리 해야 해요. 대기자가 줄줄이 늘어서 있어요. 미리 계약하셔야 해요."

"네, 내가 입주한 날짜 임박해서 가서 갱신할게요. 참 수수료는?"

"재계약시에 수수료는 알아서 조금만 주세요."

"알았어요."

진희는 오른 전세금을 아직도 구하지 못했다. 정 급하면 사채를 써야 할지도 모르겠다. 진희는 그렇게 이자가 비싼 사채를 어떤 사람이 쓰나 했다. 환갑의 나이에 그게 자신과 같은 사람이 쓴다는 것을 알았다. 어쩌다가 사채를 써야 하는 상황까지 왔나. 베이비시터를 하든 요양사를 하든 청소를 하든 먹고 사는 것은 어떻게든 할 수 있다. 사채를 쓰게 하는 것은 그놈의 부동산이란 괴물이다.

진희는 하루하루가 살얼음 위를 걷는 기분이다. 반면 이 동네 사람들은 하루하루 축제다. 아파트가 연일 최고가를 경신했다고 한다. 최고가에서 1억을 더 받았다고 이곳 주민들은 말한다. 이 동네에서는 1억이 이웃집 애들 이름이다.

뉴스에서 부동산 임대법 얘기가 솔솔 나오더니 곧 시행된다고 떠든다. 어떠한 뉴스건 간에 진희는 자신과 상관있는 뉴스는 없어 유심히 보지 않았다. 하지만 자세히 들어보니 이건 상관이 있다. 집주인이나 자녀 같은 가족이 들어오는 경우를 제외하고는 4년을 살 수 있다고 한다. 2년 후 갱신할 때는 5%만 올려주면 된다는 조항도 있다. 진희는 새로 시행되는 부동산 임대법을 자세히 읽어본다. 사람이 죽으라는 법은 없다고 꼭 진희가 전세 계약이 끝나는 그 이전에 시행이 된다. 1,000만 원 올려주면 된다는 소리다. 2,500만 원이 1,000만 원이 되었다. 설마 1,000만 원일까 싶어 인터넷을 뒤져본다. 맞다. 5%만 올려주면 된다. 세상에 없는 사람들을 위한 법도 이렇게 만들어지다니 놀랍다. 머릿속이 가벼워진다. 이 집주인은 집을 여러 채 가지고 있는 부자가 이렇게 낡고 좁은 아파트로 들어오지는 않을 것이다.

부동산 임대법에 대한 문의가 끊임없이 이어진다. 만일 집주인이 들어온다고 세입자를 내보냈다가 안 들어오면 어떻게 하냐는 질문에 세입자가 집주인을 상대로 소송을 하면 된다고 한다. 집주인들은 이에 질세라 새로 집을 임대할 때는 4년 후를 생각해서 임대료를 왕창 올렸다. 세입자와 집주인 간의 갈등이 연일 뉴스에 오른다. 전세 값이 폭등했다고 같은 아파트지만 2년 후 5%만 올린 집과, 4년 만기가 되어 집주인 마음대로 올려 받은 집의 전세금은 터무니없이 차이가 난다. 애들 학교를 생각해 울며 겨자 먹기로 눌러앉은 세입자들의 원성이 자자하다.

집주인이 새로 시행되는 임대차 보호법에 대해 모를 리가 없다. 그래선지 집주인에게서 연락이 없다. 부동산에 전화해보니 잘 모르고 있다. 처음 시행되는 것이라 집주인도 부동산도 진희도 잘 모른다. 한 가지 확실한 것은 임대 살던 사람이 5%만 올리고 4년을 살 수 있는 권한이 있다는 것이다. 진희가 2년을 살았으니 2년은 5%를 올려주고 더 살 권한이 있다. 마치 진희와 같은 세입자를 위해 시행되는 법 같다.

결국 진희는 집주인과 법에서 정한 5%만 올려주기로 했다. 친정동생에게 온갖 아쉬운 소리를 하고 은행 이자를 따져주기로 하고 돈을 빌렸다. 법으로 5%만 올릴 수 있게 되어 있다니 집주인 여자도 아무 말 하지 못하고 그렇게 했다. 서민을 위한 임대차보호법이라지만 정작 진희처럼 혜택을 받는 사람보다 그 부작용으로 더 고통 받는 사람들이 많다고 연일 뉴스에서 보도했다. 오른 전세금이 마련되었다는 사실 하나만으로도 진희는 홀가분하다. 2년째 올려주지 않은 월급을 아이엄마에게 사정 얘기하고 올려달라고 할까 하다가 그나마 수입원이 끊기면 곤란할 것 같아 그대로 두었다. 이 동네 사람들은 자신들은 돈을 물 쓰듯이 하지만 거기서 붙어먹고 사는 사람들에게는 모질고 인색하다.

집 문제가 해결된 것만으로도 진희는 안도했다. 앞으로 2년 동안의 주거는 걱정하지 않아도 된다. 살 집이 없다는 사실이 끔찍했지만 해결이 되니 만족한다.

그때서야 딸의 임신 사실을 떠올렸다. 지금쯤 입덧이 시작되었을 것이다. 주말에 오라고 하여 딸이 좋아하는 아구탕이라도 해주어야겠다고 생각했다. 남의 아이가 아닌 피붙이가 난 손주를 가슴에 안아볼 것이라고 생각을 하니 마음이 한층 들뜬다. 아들일까 딸일까. 첫아이는 딸이 좋겠지. 어떻게 키우나? 요즘은 돌 때부터 어린이집을 다니니 어찌 어찌 하면 키울 수가 있을 것 같다. 그때는 오전에 일할 수 있는 파출부로 일을 바꾸어야지. 오전에는 일하고 오후에는 어린이집에서 손주를 찾아다가 딸이 올 때까지 봐주면 되겠지. 진희는 손주 안을 생각에 모처럼 행복하다.

"내가 학벌이 잘 났어 집안이 괜찮아, 직장이란 것도 겨우 구한 것이 비정규직이잖아. 2년 후에 잘릴 건 뻔해. 내 아이에게는 나 같은 고통을 주기 싫어."

아이를 유산시켰다고 해서 깜짝 놀라서 나무라자 딸은 자신의 행동을 정당화시키는 이유를 끝도 없이 댔다. 아마도 밤새 말해도 모자랄 듯 했다. 많이 생각하고 내린 결정이었겠지만 진희는 섭섭해서 눈물이 핑 돌았다. 진희 마음이 이런데 딸은 얼마나 더 아기를 안고 싶을까 생각하니 코끝이 찡하다.

"그래도 낳으려고 했어. 헌데…"

딸은 울음을 터트렸다.

"무슨 일 있어?"

"왜 대형마트에서 계산원으로 있다는 친구."

"윤정이?"

"엄마 아빠 이혼하고 이쪽 잠깐 저쪽 잠깐 다니면서 산다고 했잖아. 걔가 임신을 했는데 하도 서서 일하니까 7개월 만에 애가 쏟아졌대. 윤정이 얘기가 신랑이란 놈이 아기를 집중치료실에 넣을 병원비가 없고 기르기도 힘들다고 죽지 않은 아기를 검은 비닐에 싸서 쓰레기통에 버렸대."

"세상에나! 그 착한 윤정이가… 요즘 온통 그런 부모들 구속시키던데 괜찮나?"

"임신을 했어도 병원에 한 번도 가질 않았대. 그래서 아무도 모른대. 신랑 놈이 그랬대. 괜찮다구."

요 며칠 매스컴에서 호적 없는 아이로 태어나 버려지거나 죽임을 당한 아이들 얘기로 떠들썩하다. 흔적이 산부인과에 남아 있어 어떻게든 찾아내는가 보았다. 하지만 병원 한 번 가보지 못하고 죽어가는 아이들이 있다는 사실에 진희는 놀랐다. 뉴스에서나 듣던 얘기를 딸애 입을 통해서 들으니 마치 딸애가 일을 당한 듯 가슴이 서늘해왔다. 어쩜 가장 양극화된 시장이 육아시장이 아닐까. 임신하기 전부터 산부인과를 다니며 임신하기 좋은 환경을 만들기 위해 자궁을 세척하고 철분을 먹고 임신을 하면 그때부터 병원에 다니며 온갖 검사를 다 하며 뱃속의 아기를 관리한다. 키우기 힘들어 산 채로 버려지는 아이도 있는데 말이다.

"윤정이 얘기 비밀이야."

"뉴스에 가끔 나오는 얘긴데 뭘. 새삼스러울 것도 없어."

마음이 심란하여 티브이를 틀었다. 주인 여자가 보던 영화가 있다. 진희는 영화를 처음부터 보기로 설정을 했다. 프랑스 영화다. 영화 〈딜리셔스〉는 넓은 주방에서 요리사의 지휘 아래 사람들이 정성껏 요리를 하는 것으로 시작되었다. 주방장은 성의 주인인 귀족을 위해 요리를 만들고 다른 요리사들을 감독한다. 프랑스의 유력한 인사들이 초대되는 날이다. 18세기 프랑스의 귀족들은 유능한 요리사를 두고 지인들을 초대해 화려한 음식을 대접하는 것으로 자신들의 지루함을 떨쳐내고 가문의 위엄을 자랑했다. 호화스런 음식과 맛에 만족한 주인은 주방장을 불러 귀족들에게 인사를 시킨다. 손님들의 음식에 대한 호평은 끝이 없이 이어진다. 성주도 주방장도 매우 만족스러워한다.

이때 손님 중 하나가 '딜리셔스'란 디저트를 들고 그것의 재료를 물었다. 감자라고 말하자 만찬장이 뒤집어졌다. 서민들이나 먹는 감자를 귀족들이 먹는 만찬에 올렸다는 것이다. 사과하라는 주인의 말에 주방장은 사과를 하지 않는다. 그리고 그 성에서 쫓겨난다. 단지 서민이 먹는 재료로 디저트를 만들었다는 이유로 주방장은 해고되어 성에서 나간다.

영화는 귀족의 만행이 극에 달하고 서민은 먹을 것이 없어 굶주리던 그때의 시대 상황을 잘 보여준다. 며칠 후에 바스티유 감옥이 시민들에 의해 습격당하고 프랑스 혁명이 시작되었다는 자막이 흐르며 영화는 끝난다. 진희는 영화를 보는 내내 신귀족 사회의 요즘 대한민국의 모습을 보는 것 같다. 아니 더하면 더했지 덜하지 않았다. 부동산을 얼마나 갖고 있는가에 따라 가진 자와 갖지 않은 자로 계급이 나뉘는 요즘 세상이다. 폭동이라도 일으키고 싶다. 아니 전쟁이라도 일어났으면 좋겠다.

집주인의 전화 목소리가 친절하다. 아예 딴 사람인 줄 알았다.

"웬만하면 그냥 사세요."

"네?"

진희는 무슨 소린가 했다. 하긴 뉴스마다 금리가 가파르게 오르니 집값이 내리고 전세값도 내려 역전세난으로 집주인들이 골머리를 앓는다고 보도해서 알고 있었다. 하지만 이 정도일 줄은 몰랐다. 코맹맹이 소리로 어떻게든 눌러 앉히려는 집주인이 낯설다. 진희는 밑져야 본전이라고 생각하며 거드름피우며 말한다.

"이천만 원만 빼주세요."

"네? 그건… 곤란해요. 돈이 없어요. 다른 세입자들도 있어서 돈을 마련하기 힘들어요."

"돈이 없으면 매달 저에게 4만 원씩 주세요. 아님 다른 곳 알아볼게요. 내 친구는 집주인이 도배와 청소까지 해주었대요. 그런 요구는 하지 않을 테니 그렇게 해주세요."

"…생각해볼게요."

주인 여자는 마지못해 말했다.

친구란 야쿠르트 아줌마다. 전세를 새로 얻었는데 집주인이 청소비와 도배를 해주었다고 자랑했다. 계약자가 나타나지 않아 골머리를 앓다가 야쿠르트 아줌마가 관심을 보이자 내민 미끼였다. 야쿠르트 아줌마는 그 집을 계약해 다음 달에 이사를 한다.

2년 전 공교롭게 야쿠르트 아줌마와 세차 여자와 진희는 같은 해 집을 옮겨야 했다. 세 사람은 서로 살 집 걱정을 하며 서로에게 유익한 정보를 주며 친해졌다. 반지하에 월세 사는 세차 여자에게 금리가 싸니 전세금 융자를 얻어서라도 전세로 구하라고 조언을 한 것은 진희였다. 세차 여자는 여기저기 돌아다니다가 화곡동에 있는 신축빌라에 반은 전세금 융자를 얻고 반은 전세로 들어갔다. 세차 여자는 다달이 월세를 내지 않아도 된다고 좋아했다. 월세에 비하면 금리는 싼 편이니 진즉에 그렇게 했으면 다만 얼마라도 모으지 않았을까 하며 진희에게 고마워했다.

올해 제일 먼저 야쿠르트 아줌마가 집주인으로부터 청소와 도배를 제공받고 더 싼 가격으로 전셋집을 옮겼다. 그 소리를 듣고 진희도 집주인으로부터 배짱을 튀겨 오히려 4만 원을 받는 역 월세로 집을 갱신하는 데 성공했다. 이 년 전과는 세상이 딴판이 되었다. 생전 처음 집주인에게 갑질을 하니 세상이 살 만했다. 진희는 야쿠르트 아줌마와 만나기만 하면 신이 나서 요즘 세상에 대해 떠들었다. 그러다가 요 며칠 세차 여자가 보이지 않는 것을 깨달았다. 눈여겨보니 여자가 닦던 차에 먼지가 끼어갔다. 세차 여자에게 무슨 일 있는 거 아냐? 하고 야쿠르트 아줌마와 만나면 묻곤 했다. 아무도 세차 여자 연락처를 알지 못했다. 관리실에 가면 혹시 알까 하여 내일까지 안 나오면 함께 관리사무소에 가보기로 했다.

관리사무소에 가기 전에 진희는 저녁 뉴스에서 화곡동 빌라에 살고 있던 세차 여자의 소식을 들었다. 카메라가 집 안을 살짝 보여주었는데 여자가 세차할 때 입던 물색이 바랜 파란 등산복 겉옷이 빨래건조대에 널려 있었다. 빌라 왕에게 전세금을 뜯긴 사람들이 모여 대책을 논의하는 것이 보이고 그 위로 '아무리 살려고 발버둥 쳐도 더 이상 살아갈 자신이 없다. 한 평생 살아간다는 일이 왜 이리 살기가 힘든가.'라고 쓴 세차 여자의 유서가 공개되었다.

카메라는 붉은 줄이 쳐진 빌라 입구를 보여주었다. 그 위로 일가족 집단 자살이란 자막이 흘렀다. 찬바람이 부는 비탈에 서서 앙상한 나무처럼 살아가던 여자의 가족은 벼락 맞은 고사목처럼 갔다. 가슴 한복판을 누군가가 철퇴로 강하게 후려친 듯해 진희는 가슴을 부둥켜안고 자리에 누웠다. 잠은 오지 않고 단골만 확보하면 먹고는 살아요, 하며 쓸쓸히 웃는 세차 여자의 얼굴이 진희 곁을 서성거린다.

살짝 잠이 들었나 보다. 무언가 육중한 것이 달려들었다. 세차 여자가 세차하던 차들이다. 차들이 한꺼번에 진희에게 달려들었다. 악~ 난 아니야. 난 아니라고. 난 세차 여자를 죽이지 않았어. 빵빵. 차들이 일제히 크게 입을 벌리고 달려들며 소리쳤다. 넌 살인자야 살인자. 아냐!

아니라구, 살인자는 괴물들이 사는 이 나라야! 진희는 꿈속에서 자동차
들을 피해 도망치며 악을 썼다. 아니라고. 난 아니라고… 난 세차 여자
를 죽이지 않았어….

아내가
돌아왔다

오늘도 아내 없는 하루가 시작되었다. 마트에서 사다 놓은 양념한 불고기를 팬에 볶았다. 처음에는 고기 굽는 냄새가 고소하게 풍기더니 두 번이 세 번이 되고 네 번이 되니 냄새만 맡아도 속에서 신물이 올라왔다. 그래도 조리가 쉬워 자주, 아니 거의 매일 해 먹는다. 몇 수저 뜨다가 수저를 내려놓았다. 점심은 이곳저곳 돌아다니며 사 먹고, 저녁은 편의점에서 김밥이나 샌드위치를 사 먹었다. 이도 저도 귀찮으면 생계란을 깨뜨려 끼니를 때웠다. 처음에는 굶기를 밥 먹듯 했다. 아내의 부재로 인해 흙탕물처럼 혼탁했던 일상이 시간이 지나니 조금씩 자리를 잡아갔다. 세탁기로 빨래하고, 청소기 돌리는 것에도 어느 정도 익숙해졌다. 아침 일이 끝나면 아내에게 카톡으로 편지를 썼다. 당신이 얼마나 소중했는지 이제야 알았다고 진심에서 우러나온 마음을 보냈다. 그립다고도 썼다. 물론 처음 그립다 보고 싶다 사랑한다는 말을 쓸 때는 닭살이 돋았다. 이 불편한 상황을 모면하기 위해 가식적으로 쓰기도 했다. 화가 머리끝까지 오르며 곁에 있다면 금방이라도 어떻게 할 것 같았다. 하지만 신경정신과를 다니며 의사와 꾸준히 상담을 하고, 조제해 준 약을 먹으니 차츰 마음이 편해졌다. 아내에게 보내는 문자는 차츰 연서처럼 되고 내 마음도 아내를 향해 애틋하게 변해갔다. 아내는 언제나 무반응이었다.

티브이에서 귀농한 부부의 생활을 보여준다. 장독에서 된장을 떠서 시금칫국을 끓이고 상추를 뜯어 겉절이 하는 모습을 보여준다. 이들은 곧 달걀을 꺼내러 갈 것이다. 귀농한 사람들의 생활이 대부분 그렇다. 우리도 그들처럼 살았다. 아내가 가출하기 전까지는….

티브이를 끄고 닭장으로 향했다. 닭들이 발자국 소리를 듣고 문으로 몰려와 조금도 쉬지 않고 움직였다. 알을 낳으려고 둥지를 틀고 앉은 놈에, 급한지 그 위로 포개 앉은 놈에, 둥우리 근처에서 뱅뱅 도는 놈에, 어서 먹이를 달라며 닭장 문에 몰려와 주둥이를 내미는 놈들까지 제각각 부산을 떨었다. 사료를 퍼서 모이통에 붓고 물통을 비워 새 물을 채웠다. 사료 먹으랴 물 먹으랴 알 낳으랴 닭의 아침은 부산스럽기만 하다.

닭은 동네 모퉁이에 있는 전원주택에 사는 이가 키우다가 위탁한 것이다. 물과 모이를 잔뜩 주고 서울로 가 주말이면 내려오던 이가 서울 일이 바빠져 내려오기 힘들어지자 박스에 담아 가져왔다. 열다섯 마리라고 했다. 닭은 부단히 움직여 세기가 힘들다. 이놈을 세었나 하면 금방 저쪽에 가 있고 저놈은 세었는가 하면 금방 이쪽에 와 있다. 그놈들 틈에 오골계 한 마리가 있었다. 체구는 다른 닭보다 작지만 새까만 털에서 윤이 반질반질 나고 날렵해 보여 금방이라도 훨훨 날 것 같은 오골계였다. 그놈이 보이지 않는다.

닭을 노리는 것은 많다. 어쩌다 풀려난 개도 제일 먼저 뛰어오는 곳이 이곳이다. 들고양이나 올빼미 심지어는 까치까지 눈독을 들인다. 천장을 올려다보니 조그만 틈새가 보인다. 닭 중에 오골계가 야생성이 제일 강하다. 새처럼은 아니지만 제법 높이 날았다. 저 구멍으로 탈출한 것이 틀림없었다. 짐승에게 잡혀 먹히지 않았을까 걱정이 되었다. 나는 아내에게 카톡으로 오골계가 탈출한 사실을 보고했다. 아내가 유난히 예뻐하던 놈이었다.

새벽에 일찍 잠에서 깨어 한차례 다녀간 텃밭이다. 하루에도 몇 번씩 이곳에 나왔다. 쑥갓 밭 앞에 섰다. 야들야들했던 쑥갓 잎이 억세지고 대가 삐죽 올라오더니 꽃을 피웠다. 쑥갓 밭은 노란 꽃밭으로 변했다. 벌과 나비가 몰려들었다.

쑥갓 밭에 서니 쑥갓 꽃들이 일제히 나를 보고 자지러지게 웃는 것 같았다.

아내를 떠나게 한 그 일은 모종 파는 집에서 일어났다.

"쑥갓 모종 몇 포기 사야겠어요."

아내가 쑥갓을 보며 말했다.

"아니 내가 씨를 뿌린다고 할 땐 못 하게 하더니 왜 모종을 사는 거야?"

나는 짜증을 내며 물었다.

"언제 당신이 쑥갓을 뿌린다고 했어요?"

"사람 잡네. 나는 분명히 당신에게 물었고 당신은 뿌리지 말라고 했어."

"전 그런 적이 없어요. 그렇지 않아도 왜 쑥갓을 뿌리지 않나 생각한 걸요?"

"당신 치맨가 봐. 며칠 전에 분명히 말한 걸."

아내는 무언가 골똘히 생각하고 있다가 말했다.

"당신이 갓을 뿌리겠다고 해서 갓은 김장할 때나 쓰니 뿌리지 말라고 한 적은 있어요."

"있지? 분명히 당신이 그랬다니까."

"네, 그래요. 분명히 말했어요."

"근데 지금 왜 딴소리야."

"난 갓을 뿌리지 말라고 했지 쑥갓 뿌리지 말라는 소린 안 했다고요."

아내가 답답하다는 듯이 소리쳤다.

"갓이나 쑥갓이나 그게 그거지 뭐."

나는 아내 목소리보다 더 크게 소리쳤다.

"갓하고 쑥갓이 어떻게 그게 그거예요?"

아내는 눈을 동그랗게 뜨고 말했다. 그때서야 나는 상황을 알아차렸다. 쑥갓하고 갓하고 다르다는 것은 전혀 생각 못 했다. 순간 나는 아내에게 무시당한 것이 창피했다. 그 사소한 언쟁 때문에 내 손은 내 의지와 상관없이 일을 저질렀다.

내 무지를 웃어넘겨도 될 일에 나는 그만 손이 나가고 말았다. 당신… 하고 얼굴을 두 손으로 감싸고는 눈물을 뚝뚝 흘릴 때서야 평소 하던 아내의 말이 생각났다.

"사람이 화가 날 때가 있어요. 조금 날 때도, 많이 날 때도, 어떤 때는 참을 수 없이 폭발할 때도 있어요. 하지만 당신의 화는 언제나 크기가 똑같아요. 웃어넘길 만큼 작은 화에도 참을 수 없을 만큼 폭발할 듯 화를 내요."

아내는 그 길로 뛰어나가 돌아오지 않았다.

내가 구분하지 못한 것이 어찌 화의 크기뿐이랴. 갓하고 쑥갓, 오이와 호박, 풀과 옥수수도, 파와 부추도 구분하지 못했다. 아니 내가 알고 있는 야채는 거의 없었다.

처음 귀농한다고 내려왔을 때 야채들 이름 외우는 것도 힘이 들었다. 씨앗 가게에 가서 씨를 사고 봉투에 그려진 야채 사진을 보고 뿌리는 시기와 뿌리는 방법 등을 외울 정도로 읽었다. 근처 농업기술 센터에 다니며 농업경영자 과정을 이수하고 시험을 봐 유기농 자격증을 취득했다. 책을 사다가 작물 심는 방법과 특징 등도 공부했다. 농사에 대한 이론을 대학 입시 시험 공부하듯이 외워 완벽했다.

반면 아내는 태어날 때부터 안 것처럼 조금도 머뭇거리지 않고 내가 시험공부 하듯이 외우고 공부한 것들을 말했다. 마치 야채 키우는 박사학위를 받은 것 같았다. 그러고 보니 아내는 시골 출신이었다. 나는 아내가 어디 출신인지 깊게 생각하지 않았다. 그것을 생각하지 못할 만큼 내 일이 바빴다.

나는 종잇장을 팔아먹는 일을 했다. 그렇다고 제지회사에 다닌 것은 아니다. 보험회사에 근무했다. 전자회사는 냉장고나 에어컨을 팔고 돈을 받는다. 자동차회사는 자동차를 팔고 돈을 받지만 보험회사는 종잇장을 팔고 돈을 받았다. 종잇장이란 것은 만일 무슨 일이 일어나면 보상을 해준다는 계약서다. 사람들은 아직 당하지 않은 위험을 담보로 돈을 냈다. 그러나 눈에 보이지 않는 위험을 담보로 자발적으로 돈을 내겠다는 사람은 그리 많지 않았다. 나는 설계사들을 고용해 당신이 얼마나 많은 위험에 노출되어 있는지를 충분히 설명하게 하고 종잇장을 팔게 했다. 생각보다 유능한 설계사들이 많았다. 내가 하는 일은 설계사에게 목표를 주어 그 일을 잘하게끔 격려하고 목표에 달성하면 푸짐하게 상을 주고, 달성하지 못하면 열심히 하라고 채찍질하는 일이었다.

나는 그러한 내 일을 죽도록 싫어했다. 하지만 발을 들인 이상 열심히 해야 했다. 내가 이 세상을 살아낼 수 있는 방법은 열심히 하는 것밖에 없었다. 회사에서 나는 유능하다고 소문이 났다. 나는 그 일을 이십여 년이나 해야 했다. 가끔 방에 누워 자고 있는 처자식을 볼 때면 그들이 내 등골에 빨대를 대고 골수를 빼먹는 것처럼 느껴졌다. 저들만 없으면 죽도록 싫어하는 이 일을 때려치울 텐데….

밭일은 회사 다닐 때보다 더 많은 땀을 요구한다. 나는 그동안 온몸이 젖어 옷을 짜면 땀이 주르르 흘리게끔 일을 해본 적이 없다. 언제나 에어컨이 빵빵하게 돌아가는 사무실에서 넥타이를 맨 와이셔츠 차림으로 차를 마시며 손님이나 설계사들과 얘기했다. 손님에게는 보험을 들라고 감언이설로 얘기하고 설계사에게는 종잇장을 팔지 못한다고 야단치는 것이 내 일의 전부였다.

땡볕에서 풀을 뽑고 순을 따고 열매 따는 매일 똑같은 행위의 반복은 때로 허리에 통증을 유발한다. 그러나 목표 달성을 하지 못해 설계사에게 소리 지르는 일을 하지 않으니 그 통증조차도 유쾌하다. 말을 할 줄 아는 사람들과는 종잇장 파는 일 이외의 말은 하지 않았다. 그러나 말을 하지 못하는 야채들과는 별의별 소리를 다 한다.

"왜 말을 할 줄 아는 사람들과는 종잇장 파는 말만 했어요?"

보석보다 더 예쁜 방울을 조랑조랑 달고 방울토마토가 묻는다.

"왜냐하면 그 사람들은 종잇장을 많이 팔아야 하거든. 그래서 다른 얘기 할 틈이 없어."

"그렇게 바빠요?"

"그럼 얼른얼른 목표 달성을 해야 하거든."

"그거 못 하면 어떻게 돼요?"

"사장님께 혼나. 그럼 처자식은 뭘 해서 먹여 살리니?"

"혼나면 쫓겨나요?"

"그럼 난 내 아주 친한 친구를 쫓아낸 적도 있어. 그 친구는 열심히 일했지만 언제나 목표를 달성한 건 아니었지. 물론 자르고 싶어서 자른 것이 아니고 위에서 시켜서 할 수 없이 한 일이지만…"

중학교 동창을 만난 것은 내가 본사 인사과에 근무할 때였다. 그는 집안 사정 때문에 상고를 갔고 졸업 후 회사에 입사했다. 그는 나보다 입사를 오 년이나 먼저 한 선배였다. 그러나 내가 부장일 때 그는 만년 과장이었다.

감원 바람이 불었다. 입사한 지 오래되어 호봉이 높은 사람이 가장 먼저 감원에 노출이 되었다. 그가 가장 먼저 서리를 맞았다. 그는 대학을 못 나와 만년 과장으로 있는 것이 한이 되어 자식들을 모두 미국으로 유학 보내고 있던 중이었다.

그에게 해고 통지를 했을 때 그는 고개를 떨어뜨리며 오히려 미안하다고 말했다. 차라리 나를 붙들고 친구가 그거 하나 못 막아주느냐고 대들었다면 덜 가슴이 아팠을 것이다. 미안해. 네가 오죽했으면… 그리고 그는 짐을 싸가지고 축 늘어진 어깨와 등을 보이며 떠났다. 함께 해고당한 다른 동료들은 국회로 몰려가 천막을 치고 누워 부당하게 해고 당했으니 조사해달라고 농성을 했다. 해고의 책임을 지고 회사 간부 한 사람이 수감된 것으로 일은 일단락 지어졌다. 그가 떠난 후 그의 소식을 아는 사람은 없었다.

대신 그는 가끔 꿈속에 나타났다. 언제나 누더기 옷을 입고 길가에 서서 슬픈 얼굴로 쳐다보기만 했다. 어떤 때는 그의 아내가 그런 얼굴로 나를 바라봤고 어떤 때는 그의 아들과 딸이 나타나기도 했다. 그와, 얼굴도 모르는 그의 가족들은 내가 이곳으로 내려오기 전까지 내 꿈속의 단골손님들이었다.

나는 도회에서 나고 자랐다. 정형화되고 깔끔한 것을 좋아한다. 이탈리안 레스토랑에서 와인을 곁들여 파스타 먹는 것을 좋아한다. 가끔 스테이크를 썰고 회를 먹는 식생활을 즐긴다.

반면 아내는 시골에서 나서 자랐다. 상에는 언제나 푸성귀가 가득했고 아내는 소처럼 그것들을 먹어치웠다. 집에서 밥 먹는 기회가 드물었지만 어쩌다 집밥을 먹을 때 보면 식탁 위는 야채들이 축제를 벌이는 것 같았다. 무침, 조림, 소금에 절인 것을 각종 양념을 해서 무쳐내는 것, 또 날로 무치는 생채… 야채에 그처럼 다양한 조리법이 있다는 것이 놀랍다. 아내는 나를 위해 언제나 스테이크 한 조각을 냉동실에 넣어둔다.

식성처럼 아내와 나는 맞는 부분이 없다. 나는 깔끔하게 꾸며진 모델하우스 같은 집을 좋아하는 반면 아내는 필요한 것 몇 가지만 놓고 산다. 내가 벌어다주는 걸 다 뭐 하고 이렇게 촌스럽게 사느냐고 투정을 하면 집이 물건들로 꽉 차면 답답하다며 고집을 누그러뜨리지 않는다.

나는 머리끝부터 발끝까지 완벽하게 성장한 여자들을 좋아한다. 아내는 간편하고 단순한 차림을 좋아하지만 어쩌다가 성장을 하더라도 한 가지는 꼭 등한시한다. 가령 잘 차려입고는 운동화 비슷한 단화를 신고 나선다든지, 싸구려 백을 들고 나선다든지 하여 나를 당황케 한다. 내가 나무라면 누군가의 시선이 느껴지는 것이 싫다고 한다. 여자들은 누군가의 시선을 끌기 위해 옷을 입고 백을 들고 머리를 매만지고 하는 것이 아닌가. 이렇게 별나고 미련한 곰 같은 아내가 여자로 보일 리가 없다.

그런 아내가 보기 싫었다. 그래서 밖에다 내가 좋아하는 여자를 만든 적이 있었다. 여자는 나를 유난히 따르는 예쁘고 화려한 차림의 설계사였다. 여자는 나의 취향을 알고 있었다. 여자가 머리끝부터 발끝까지 한 가지 색깔로 통일하고 온 날은 우리가 만나기로 약속한 날이다.

그날은 일찍 퇴근했다. 여자도 일찍 나왔다. 내가 차를 가지고 미리 말해준 전철역으로 가면 여자가 그곳에서 기다리고 있었다. 우린 강화도 어디쯤 가서 몸을 섞었다. 육 개월쯤 한 달에 네댓 번쯤 사랑을 나누었다.

처음에는 아내를 내쫓고 들어앉히고 싶을 만큼 여자가 좋았다. 그런데 이상한 일이 일어났다. 어느 정도 지나니 여자와 몸을 섞고 나면 아내가 그리웠다. 여자를 만나면 만날수록 아내가 더욱더 그리웠다. 여자와는 헤어지기로 결심했다.

여자는 순순히 떨어지지 않았다. 회사 윗사람에게 고발하겠다고 으름장을 놨다. 내가 아내 몰래 숨겨둔 비자금은 몽땅 여자의 지갑 속으로 들어갔다. 그래도 협박은 계속되었다. 은행 융자를 좀 더 얻어서 주었다. 마지막으로 여자는 모텔에 가서 자기를 진정으로 사랑했지만 아내와 자식을 위해 어쩔 수 없이 헤어지는 것이란 말을 복창하게 했다. 나는 급해서 여자 앞에서 무릎 꿇고 앉아 애원하며 복창을 했다. 거머리처럼 떨어지지 않던 여자는 내게 그런 굴욕적인 과정을 거치게 한 다음에야 떨어져 나갔다. 육 개월의 쾌락을 맛본 대가치고는 너무나 큰 출혈이었다.

그러고 보니 아내와 맞는 것이 한 가지 있다. 잠자리였다. 한 달에 서너 번 만나는 여자보다도 매일 만나는 아내가 더 나를 뜨겁게 했다. 몸뻬옷 속에 아무렇게나 들어있던 아내의 몸은 옷을 벗겨내면 물고기처럼 팔딱이며 나를 달뜨게 했다.

귀농을 하고 나자 아내의 모습이 달라졌다. 도회에서는 주눅이 들어 움츠리고 있던 어깨가 활짝 펴지고 어눌하던 말투도 한결 조리 있어졌다. 그리고 어떻게 그렇게 많은 야채 기르는 법이라든지, 조리하는 법이라든지, 저장하는 방법들에 대해 알고 있는지 신기했다.

"들깨는 모를 부었다가 옮겨 심어야 해요. 그래야만 씨를 많이 맺어요. 벼도 모내기를 해주어야 낟알을 많이 열지요. 모내기는 그래서 하는 거예요."

며칠 전까지 사열하는 병정들처럼 씩씩한 모습으로 꽃을 이고 서 있던 파들이 어느새 누렇게 변해갔다. 파들은 씨를 잔뜩 만들어놓고 소임을 다한 듯 죽어갔다.

봄에 씨를 뿌리면 실파가 나온다. 어느 정도 자란 실파를 모종하면 가을에 대파가 된다. 뽑아먹고 남은 대파를 밭에 그대로 두면 겨울에 얼어 죽은 듯이 있다가 봄이 되면 싹이 나온다. 가을 대파는 꽃을 피우지 않지만 밭에서 추운 겨울을 견딘 대파는 실타래 같은 꽃을 피운다. 봄에 씨를 받아서 가을에 또 뿌리곤 한다.

꽃 타래 속에 까만 씨를 잔뜩 만들어놓고 누렇게 죽어가는 파를 가만히 들쳐보았다. 죽어가는 파 기둥에 어린 파가 붙어서 자라고 있었다. 자신은 씨를 남기고 죽어가면서 새끼 하나를 키운 것이다. 파는 씨로도 심고 뿌리로도 번식을 한다. 이 사실 역시 아내에게서 배운 것이다. 아내는 파 농사를 제일 재미있어 했다. 파들이 늘어선 모습이 병정들처럼 씩씩하다는 것도 아내의 말이다. 누런 어미 파를 모조리 뽑아내니 어린 파들만 밭에 남았다. 파밭이 다시 파래졌다.

씨를 뿌리기도 하고 뿌리에 붙어서 번식도 하는 파의 번식 방식을 알았을 때 나는 어머니를 생각했다.

나는 술집 여자와 바람피운 아버지가 밖에다 씨를 뿌려놓은 것을 어머니가 거두어 키운 자식이다. 생모는 그런 나를 내버리고 뒤도 돌아보지 않고 시집을 갔다고 했다. 고울 리가 없는 목숨이건만 어머니는 젖먹이인 나를 데려다가 미음을 쒀 먹이며 키웠다. 나만 몰랐고, 모든 친척들이 다 아는 비밀 아닌 비밀을 나는 대학 졸업하고 취직하려고 호적등본을 떼었을 때 알았다. 그러고 보니 술집 여자의 아들인 주제에 별말썽 없이 학교에 다니고 형제들보다 더 좋은 대학에 들어가고, 좋은 회사에 취직한 것을 모두들 대견한 눈으로 지켜보고 있었다. 내가 이제껏 열심히 살아온 시간이 굴욕적으로 느껴졌다.

첫 월급을 타고 하숙을 구해 집을 나왔다.

어느 날 어머니가 하숙집으로 찾아왔다.

"웬 여자가 널 안고 왔는데 하늘이 무너지는 것 같더라. 백일이 좀 지났어. 그 시기는 낯을 많이 가리는데 넌 나와 눈이 마주치니까 글쎄 방긋 웃더라. 그래 이 자식도 내 자식이다. 그리고 품었지. 자라면서 내 자식들이 너만 못할 때 나도 사람인데 왜 질투가 나지 않겠어. 꾹꾹 참았다. 웅변대회 때 느이 형은 떨어지고 네가 상을 받아왔지. 그뿐이냐. 대학 입시도 느이 형은 삼수를 했는데 넌 더 좋은 대학을 한 번에 척 붙었지. 사람의 욕심 중 가장 큰 욕심은 내 뱃속으로 난 자식 욕심 같더라. 내 자식보다 더 잘난 너를 보고 있으면 마음이 부글부글 끓었다. 여태껏 네가 모른 것을 보면 내가 표 나지 않게 내 마음을 다스린 거야."

어머니가 거두어 키웠어도 어쨌거나 나는 버림받은 목숨이었다.

"너의 엄마는 그 후 한 번도 너를 찾지 않았어. 고맙다고 해야 할지 매정하다 해야 할지…."

나를 키운 어머니도 나를 버린 여자도 생각하기 싫었다.

어느 날 하숙집 주인의 친척이란 여자가 시골에서 가져온 옥수수 두 개를 가져다주었다. 실하게 여문 옥수수를 한 입 베어 물자 말랑말랑한 알갱이가 톡 깨지고 으깨진 달콤한 옥수수살이 씹혔다. 적당히 달고 고소하고 쫀득해서 씹을수록 부드러운 것이 입에 가득 찼다. 그것을 삼키려니 저절로 눈이 감겼다. 인사성이 밝은 나는 여자에게 잘 먹었다는 인사를 했다. 그 후 여자는 자주 왔다. 옥수수가 단호박이 되고, 오이가 되고, 깻잎장아찌가 되고, 열무김치가 되고 고구마가 되었다. 나는 저절로 여자에게 중독이 되어갔다. 아내와는 그렇게 만났다.

가족이 만들어지자 내게 몹쓸 병이 생겼다. 버림당할 것 같은 망상이었다. 제 뱃속으로 난 자식도 버리는데 하물며 피 한 방울 섞이지 않는 아내가 버리는 것쯤이야 쉬운 일이라 생각했다. 두 아이를 낳고 사회적으로도 안정이 되자 그 병은 더욱 심해졌다. 나는 아내가 도망갈까 봐 감시를 시작했다. 시도 때도 없이 집에 전화를 해 아내가 집에 있는지 확인했으며 아내가 어쩌다 전화를 받지 않으면 일이 손에 잡히지 않았다. 그런 날은 아내의 몸에 손찌검을 했다. 그 병은 이상하여 한 번 손을 대기 시작이 되니 습관처럼, 아니 월중 행사처럼 반복되었다. 아내는 전화기 옆에 앉아 내가 전화를 하면 언제나 전화를 받았으며, 내가 시도 때도 없이 집에 가면 언제나 집에 앉아 있었다.

한번은 집에 도착하여 바라보니 창문이 열려 있었다. 집에 들어오니 그 사이 창문이 닫혀 있었다. 나는 아내를 붙들고 지금 이 창문으로 누가 나갔냐고 물었다. 아내는 가스를 잠그느라 나갔다 들어왔을 뿐이라고 말했다. 아내의 그럴듯한 말을 나는 믿지 않았다. 온 집안을 다 뒤져 외부인의 흔적을 찾았지만 찾지 못했다. 그 사실에 더욱 화가 났다. 나는 화가 날 때마다 핑계를 대며 아내를 두드려 팼고 아내는 인내하며 견뎌냈다.

쇠귀신처럼 참고 견디던 아내가 최초로 가출했을 때는 아들이 중학교 다닐 때였다. 아내가 중간쯤 하는 아들의 성적표를 보여주었다.

"내가 등골이 휘도록 일해서 벌어다 주는 거 받아먹고 앉아서 애 교육은 어째 이 모양이야."

내가 소리 질렀다.

"공부는 스스로 자기 능력만큼 하는 거예요."

아내가 정색을 하며 말했다.

"뭐야? 창피하게 이걸 성적이라고 받아온 거야? 머리가 덜 좋으면 끌어주고 밀어주며 성적을 올려야지 스스로 하는 거라니?"

"그렇게 해서 성적이 올라 좋은 대학 가서 좋은 직장을 얻으면 그 자리 유지하기 위해 등골이 휘도록 일을 해야 해요. 당신처럼… 당신 행복해요?"

행복한지 불행한지 생각할 여유가 있다는 것 자체가 사치였다. 사치를 부리는 아내에게 화가 났다. 나는 아내 얼굴에 멍을 만들었다. 그때 가출했던 아내는 아들의 학교생활에 지장이 있지 않을까 염려가 된다면서 이틀 만에 돌아왔다. 아내의 심성은 착하고 여리다.

회사야말로 세상에서 가장 냉정한 곳이다. 내가 받는 월급의 몇 배 이상을 회사에 벌어다 주어야지만 회사는 나에게 월급을 주었다. 퇴직을 몇 년 앞두고부터 나는 아팠다. 나쁜 콜레스테롤 수치가 위험 수위까지 올랐고 좋은 콜레스테롤 수치는 낮았다. 혈당도 높아 경계에서 당뇨로 향해 달리고 있었다.

하지만 그런 것보다도 더 괴로웠던 것은 불면으로 잠 못 드는 밤이었다. 겨우 잠들었나 하면 어느새 나에게 해고당한 사람들이 아귀다툼을 하듯이 달려들어 유리창 깨뜨리듯이 알량한 내 잠을 부숴버렸다. 그들은 어떤 때는 말없이 내 곁에 서성거렸다. 정신병원에 갔을 때 의사는 쉬라고 했다.

마치 의사의 말을 들은 것처럼 회사는 나를 정리해고의 명단에 넣었다. 아래 직원을 맥주병으로 때린 것 같은 불미스러운 일이 몇 번 있긴 했다. 하지만 난 정말 내 청춘을 다 바쳐 한 눈 한 번 팔지 않고 열심히 일했다. 머릿속에는 자나 깨나 회사뿐이었다. 가족보다도 회사가 언제나 우선이었다.

그렇게 했는데도 회사는 나를 내쳐버렸다. 내가 동창을 내쳤던 것처럼… 나는 순순히 물러나지 않았다. 성난 짐승처럼 날뛰며 윗사람을 찾아다니며 젊음을 바친 회사에서 나의 해고는 부당하다고 주장했다. 온몸에 구호를 써 붙이고 회사 앞에서 1인 시위도 벌였다. 아무리 떠들어도 그들은 이웃집 개가 짖는 것만큼의 반응도 보이지 않았다.

그때 아내가 나를 이곳으로 데리고 왔다. 아내는 고등학교를 나와 일찍 생활전선에 뛰어들었다. 첫애를 낳고 퇴직했다. 그때 퇴직금을 모아두었다가 이곳에 땅을 장만했다고 했다. 굼벵이도 구르는 재주 하나는 있다고 미련하고 아둔한 여자에게 이런 재주가 있을 줄이야. 비록 서울에서 멀어 값은 얼마 나가지 않지만 아내는 이곳에다 퇴직 후 농사지을 땅을 마련해놓았다.

아내는 여기가 마지막이라고 말했다. 여기서도 그 몹쓸 병이 없어지지 않으면 더 이상 인내하지 않겠다고 말했다. 어떻게 고질병이 일시에 싹 사라질 수 있겠는가.

이곳으로 내려와 난 아무런 생각도 하지 않고 농사일을 배웠다. 그 병은 없어지는 듯 보였다. 아니 실제로 없었다. 그런데 그날, 그만 갓하고 쑥갓하고 구분하지 못한 날 예전 버릇이 나와 아내의 몸에 손을 댔다. 그깟 갓하고 쑥갓하고 구분하지 못하면 어떤가. 그게 왜 그렇게 창피했을까.

아내가 가출한 후 정신과 의사를 찾아갔다. 의사는 내가 기억하는 것 중 가장 먼 기억을 말해보라 했다. 어머니께 몹시 매를 맞았을 때가 생각났다. 정확히 기억이 나지 않지만 분명히 동생이 잘못해서 일어난 싸움이었다. 동생을 야단쳐도 억울함이 풀리지 않음에도 불구하고 매는 내가 맞았다. 어떤 이유에서인지 달려들어 내가 잘못한 것이 아니라고 따지지도 못했다. 코피가 터졌다. 봉숭아 꽃물 같은 것이 떨어져 하얀 양말을 적셨다. 결국 나는 어머니께 잘못했다고 빌었다. 다시는 절대 동생과 싸우지 않겠다고 약속했다. 그 약속은 집을 나오기 전까지 지켜졌다. 대신 가끔 밖에서 사소한 일로 싸웠다. 누군가가 나를 무시하는 것 같으면 물건을 집어던지고 화가 나면 손이 먼저 올라갔다.

아내의 부재는 신기하게도 미물들이 먼저 알았다. 아내가 돌아오면 먹을 야채들을 종류별로 심었다. 고라니는 그 밭을 제집 부엌 드나들 듯이 들락거리며 입맛에 따라 골라서 뜯어먹었다. 아내가 있었을 때는 없던 일이었다. 밭 둘레에 줄을 매놓고 고라니의 침입을 막으려고 했지만 그놈은 어떻게든 들어왔다. 고라니의 입맛은 까다로웠다. 연한 어린 순을 뜯어 먹다가 야채가 조금이라도 억세지면 먹지 않았다. 깻잎이나 치커리처럼 향이 강한 것은 먹지 않았다. 하루는 고추 순, 하루는 고구마 순, 하루는 상추 순, 돌아가면서 입맛에 따라 잘 차려놓은 밥상을 받듯이 뜯어먹었다.

뜯어먹고 남은 작물들은 밭에서 그대로 쇠해갔다. 뜯지 않은 상추가 배추 만해졌다. 오이는 몇 개 따 생으로 씹어 먹었지만 따지 못한 것들은 누렇게 늙어갔다. 여기저기 호박넝쿨이 달덩이만 한 호박 덩이를 달고 시들어갔다. 열무에서는 대롱 같은 꽃대가 올라오더니 잉크 빛 꽃을 피웠다. 미처 뽑아주지 못한 강낭콩 꼬투리에서 싹이 나오고 뿌리가 내렸다. 따 먹지 않은 가지가 종마의 그것처럼 땡볕에 한없이 부풀어 올랐다.

아내가 집을 나간 날부터 나는 시도 때도 없이 밭의 모든 것을 사진으로 찍어 아내에게 카톡으로 보냈다. 그리고 용서를 구했다. 한 번만 용서해달라. 다시 그 병이 도지면 그때는 아예 돌아오지 않아도 좋다고 절절히 말했다. 신경정신과 의사가 조제해준 약도 꼬박꼬박 먹고 있음을 알렸다. 전화를 걸면 절대로 받지 않던 아내는 문자나 사진을 보내면 보내자마자 읽었다. 나는 아내를 인정하기 시작했다. 내가 뼈 빠지게 일해 먹여 살리니 내 말이 다소 어긋나더라도 어떤 의견도 내지 말고 무조건 따라야 한다는 종속관계에서 아내도 나름의 독립관계임을 서서히 인정하기 시작했다. 아내도 나와 같은 동등한 인격체라고 생각하니 아내가 더 귀하게 느껴졌다. 아내가 보고 싶다. 그런 심정을 글로 써서 아내에게 수도 없이 보냈다.

아내는 카톡 열어보는 것 말고는 절대로 흔적을 보이지 않았다. 하지만 탈출한 오골계는 종적이 없다가 개울가에서 한 번 봤고 닭장 뒤에서도 한 번 봤다. 굶었는지 비쩍 마른 몸으로 물을 먹고 있는 것을 봤는데 금방 어디론지 사라져버렸다. 너무 순식간이라 그때마다 내가 환영을 봤나 싶기도 했다.

아내가 없어도 시간은 갔다. 아내와 심었던 옥수수가 넓은 잎을 파초처럼 늘어뜨리고 실한 옥수수를 달고 있다. 옥수수를 보니 아내 생각이 더 났다. 술이 꺼뭇한 걸 보니 익었을 것 같았다. 대에 달린 자루의 껍질을 조금 까보았다. 알이 제법 실하다.

옥수수자루를 잡아당겼다. 뿌직 소리를 내며 자루가 떨어져 나왔다. 초록의 옷을 벗기자 그 안에서 연한 미색의 옷이 나오고 옥수수 고랑을 따라 술이 지나고 있다. 술을 벗기자 옥수수가 아내의 알몸처럼 수줍은 듯이 나왔다. 아내와 인연을 만들어준 게 이 옥수수 아닌가. 나는 옥수수 몇 자루를 더 따서 옷을 벗겼다. 나란히 늘어놓고 사진을 찍었다. 가로로도 찍고 세로로도 찍었다. 아내에게 푸른 옥수수밭과 하얗게 알이 드러난 옥수수자루 사진을 카톡을 보냈다. 금방 사진 밑에 있는 숫자가 없어졌다. 어쩜 옥수수 찌는 냄새를 맡고 아내가 돌아올지도 모른다는 생각을 했다.

농협기술센터에서 공부할 때 옥수수에 대해 배웠다. 옥수수는 아무 땅에서건 잘 자라는 장점을 가졌다. 산을 개간해서 심어도 돌밭에 심어도 옥수수는 잘 자란다. 그러나 크게 자라기 위해 땅의 양분을 얼마나 무지막지하게 먹어대는지 옥수수를 심었던 땅은 황폐해져 다른 작물이 자라지 못한다.

어떤 학자는 멕시코 중부지방에 한때 번성했던 고대 마야문명의 쇠퇴원인을 옥수수에서 찾고 있다. 과도하게 산림을 벌채하여 옥수수를 심었고, 그래서 황폐해진 땅은 옥수수조차 자라지 못할 정도로 환경이 훼손되어 결국 대규모 산사태를 유발해 마야인들이 그곳을 떠났고 화려했던 문명도 사라졌다는 것이다.

하지만 황폐해진 땅에 콩을 심으면 콩 뿌리에 기생하는 뿌리혹박테리아는 콩으로부터 녹말을 공급받고, 다시 뿌리혹은 공기 중의 질소를 흡수해 이것을 콩에게 준다. 결국은 그 자리에 콩을 심으면 콩과 뿌리혹박테리아가 공생하여 땅은 질소비료를 준 것처럼 비옥해진다고 했다. 옥수수를 심었던 땅에 콩을 심어 땅을 비옥하게 만든다는 것을 일찍이 알았다면 아마도 마야인은 지금까지 존재하지 않았을까 하고 강사는 말했다.

강의를 들으며 아내와 나를 생각했다. 어쩜 아내와 난 옥수수와 콩 같은 존재일지 모른다. 술집 여자의 몸에서 나온 근본도 알 수 없는 나지만 나름 열심히 살았다. 열심히 달리는 동안 내 가슴은 옥수수를 심었던 땅처럼 황폐해갔다. 그 황폐함을 메꾸어주던 사람이 뿌리혹박테리아 같은 아내였다. 아내 없이 나는 아무것도 못 한다는 사실을 아내가 떠나고 나서 알았다.

잘 여문 옥수수를 따서 삶았다. 옥수수 삶는 냄새는 식욕보다 먼저 뜨거운 열기를 느끼게 한다. 삶은 옥수수를 식혀서 비닐봉투에 세 개씩 넣어 냉동시켰다. 아내가 했던 것처럼… 그렇게 해놓고 아내는 옥수수를 좋아하는 나를 위해 일 년 내내 맛있는 옥수수를 쪄냈다. 아내가 돌아오면 이번에는 나만큼 옥수수를 좋아하는 아내에게 일 년 내내 맛있는 옥수수를 맛보게 해주리라. 매일 옥수수를 찌고 냉동시키는 과정을 카톡으로 보내도 아내는 돌아오지 않았다. 기다림이 길어지자 어쩜 돌아오지 않을지도 모른다는 불길한 예감이 들었다.

절망의 끝이 안 보여 우울하던 어느 날이었다. 옥수수밭 옆에는 조그만 개울이 흘렀다. 개울가는 풀이 무성했다. 그 풀 사이 무언가 살랑살랑 움직이는 것이 보였다. 가만히 보니까 풀 속에 까만 쥐새끼 같은 것이 꼬물꼬물 움직였다. 그건 쥐새끼가 아니었다. 까만 병아리였다. 놀랍게도 닭장을 탈출한 오골계가 풀숲에 알을 낳고 품었다가, 병아리를 까서 데리고 나온 것이다. 첫나들이 같았다. 부단히 움직이는 닭과 마찬가지로 병아리 역시 헤아리기가 쉽지 않았다.

나는 오골계 가족을 찍기 위해 하루를 소비했다. 보이는 것 같은데 숨어버리기를 온종일 했다. 드디어 병아리는 꽤 만족하게 스마트폰에 찍혔다. 열 마리였다. 오골계는 닭장을 탈출해 열 개의 알을 낳고 품어 새끼를 깐 것이다. 사진으로 찍힌 다음에야 병아리의 숫자를 헤아릴 수 있었다. 아내에게 사진과 함께 카톡을 보냈다.

아! 아내가 가출한 뒤 처음으로 단말마 같은 비명소리를 문자로 내질렀다. 때로는 곁에 서서 감탄사를 연발하는 것보다 문자가 더욱 큰 효과를 낼 수가 있다는 것을 알았다.

영영 돌아오지 않을 것 같던 아내가 이내 돌아왔다. 가방을 마루에다 팽개치고 호기심 가득한 얼굴로 개울가로 뛰어갔다. 오골계 새끼를 보고 들어온 아내는 달걀을 꺼내 폭 삶고는 달걀을 까서 노른자를 으깼다. 아기에게 엄마가 젖을 먹이듯이 병아리에게 달걀노른자를 으깨주는 것이라고 말했다. 그렇게 하는 아내가 병아리 박사 같았다.

아내의 귀가와 조금 간격을 두고 쇠 그물이 촘촘한 병아리 닭장이 배달되었다. 아내는 시원한 옥수수 그늘에 병아리 닭장을 놓았다. 그리고 바닥에 병아리 모이 그릇을 놓고 달걀노른자 으깬 것을 담았다.

오골계 잡기가 시작되었다. 밖에다 그냥 두고 자연스럽게 키우면 어떠냐는 내 물음에 그럼 병아리들은 짐승의 밥이 된다는 것이다. 하다못해 까치까지 병아리는 노린다고 했다. 오골계는 새까만 열 마리의 병아리를 거느리고 필사적으로 이리저리 피해 다녔다. 아내는 어디서 구했는지 잠자리채 같은 망을 가져왔다. 오골계가 퍼덕거리면 모든 병아리들이 일시에 흩어졌다가 어미를 향해 달렸다. 어미만 잡으면 병아리들은 어미 따라 닭장 안으로 들어갈 것 같아요. 어미만 잡으면 돼요. 병아리를 잡으려는 내게 아내가 소리쳤다.

오골계는 때론 날고 때론 뛰고 때론 움츠리며 아내의 그물망을 피해 다녔다. 할 수 없이 아내와 나는 병아리부터 잡기로 했다. 한 마리가 손아귀에 들어왔다. 까맣고 몽실몽실한 것이 솜뭉치를 만지는 것처럼 따뜻하고 부드러웠다. 하루 병아리인데도 요리조리 잘 피해 다녔다. 병아리를 손에 쥐고 있으면 어미 오골계가 다가 와서 손을 쪼려 했다. 그 틈을 타서 잡으려고 하면 또 멀리 도망갔다. 병아리는 흩어졌다가 다시 어미 쪽으로 모여 잡히고 또 흩어졌다가 잡혔다.

이윽고 병아리들을 다 잡아 닭장 속에 넣었다. 사납게 반응하던 오골계는 훈련이 잘 된 강아지처럼 스스로 닭장 안으로 들어갔다. 오골계는 날갯죽지를 넓게 폈다. 병아리들이 순식간에 오골계 날개 속으로 숨었다. 병아리는 한 마리도 보이지 않고 옹그린 채 서 있는 까만 어미 오골계 한 마리만이 서 있었다. 잠시 후 오골계가 움직이자 까만 병아리들이 종종 거리며 날개 속에서 나와 아내가 삶아 으깨준 계란 노른자를 먹었다. 어미 오골계는 모이 그릇에 있는 모이를 오랜만이라는 듯이 정신 없이 먹고 물을 쪼아 마셨다.

긴 옥수수 대가 여름 해를 막아 닭장에 그늘을 만들어주었다. 아내는 어느새 밭에 들어가 옥수수자루를 따고 있었다. 내가 따느라고 땄건만 아내는 용케도 낙수된 옥수수자루를 찾아냈다.

옥수수는 수술이 먼저 나와 꽃이 피면 암술이 나오기 시작한다. 수술은 암술 위에 꽃가루를 비 오듯 뿌려준다. 그럼 수술 아래에 있는, 어떤 것은 옅은 분홍으로 어떤 것은 미색 빛으로 어떤 것은 붉은빛으로 피어난 암술이 그 가루를 받아 수정을 시켜 옥수수가 여문다. 예쁘지도 않고 멋대가리 없이 피어 그저 무용지물인 것처럼 보이던 옥수수 수꽃술에도 이렇듯 오묘한 자연의 이치가 숨어 있었다. 무위의 몸짓인 줄 알았던 오골계의 탈출도 이유가 있었던 것처럼, 비록 근본도 없이 태어났지만 내가 이 세상에 존재하는 것도 어떤 의미가 있지 않을까. 그런 생각이 들자 나를 잉태해 이 세상에 던져준 어머니도 그런 나를 거두어 키워준 어머니도 간절히 생각났다.

아내는 누렇게 굳은 옥수수를 한 아름 따 들고 서 있다.

"굳어서 먹지도 못할 것을 왜 따?"

나는 집에 와 조금도 쉬지 않고 일하는 아내가 안쓰러워 말했다.

"이건 알을 따서 볶아 옥수수차를 끓일 거예요. 그리고 조금 남겼다가 내년에 심을 거고요."

굳어서 먹지 못하는 옥수수알도 요리조리 쓸모가 있었다.

아내는 결혼 전 하숙집에서 처음 내게 옥수수를 건네주던 수줍은 그 모습으로 옥수수를 들고 있었다. 촌스럽다고 생각했던 아내의 모습이 성하의 태양 아래 빛났다. 나는 껑충하게 서 있는 옥수수 밭을 쳐다보았다. 기우는 석양 속에 아내가 옥수수밭에 들어가 옥수수가 된 듯했다. 옥수수꽃 너머로 칠월 하순의 태양이 작열하고 있었다.

드디어 아내가 돌아왔다.

꽃 피는
아몬드 나무

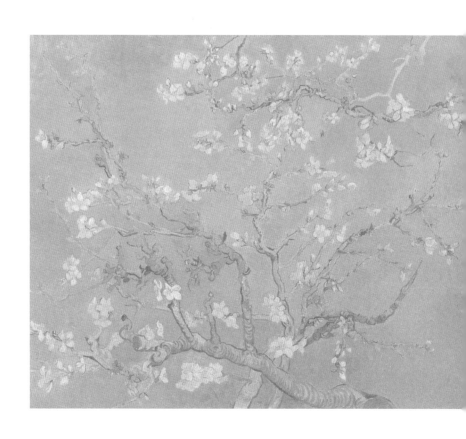

고흐를 찾아서

　내가 이 글을 쓰고자 했던 것은 오르세 미술관을 찾았을 때였다. 그때는 팬데믹으로 세상이 멈춘 막바지 시기였다. 피로감에 지친 유럽에서 봉쇄의 빗장을 풀겠다는 소식이 솔솔 흘러나왔다. 영국은 몇십만 명의 확진자가 나오는 와중에 종료 선언을 하고 빗장을 풀었다. 프랑스역시 막 풀 준비를 하고 있었다. 내가 오르세 미술관을 갔을 때는 바로 그때였다.

　미술관은 여전히 봉쇄된 채 쪽문 하나 열어놓고 관람객들을 받고 있었다. 다른 때 같으면 긴 줄이 늘어서서 복작대던 미술관 앞이 더할 나위 없이 한산하여 기다리지 않고도 바로 들어갈 수 있었다. 넓은 미술관 안은 더욱 한산했다. 교과서에서 보던 작품들이 바로 눈앞에 차단 줄도 없이 걸려 있었다. 바로 옆에서 사진을 찍고 바싹 얼굴을 들이밀고 보아도 만지지만 않으면 되었다. 마네의 〈피리 부는 소년〉은 관객 한 사람 없이 홀로 서서 피리를 불고 있었다. 모네의 연꽃 앞에도 사람이 없기는 마찬가지였다. 관람객이 없는 연꽃은 쓸쓸해 보였다. 밀레의 방 역시 한가해 작품을 하나하나 사진을 찍을 수가 있었다. 르노아르 세잔… 교과서에서 본 그림들이 진열되어 있어 꿈인지 생시인지 실감이 나지 않았다. 팬데믹이 무섭긴 무서웠다. 전날 루브르 박물관에 가서는 서너 명이 서서 〈모나리자〉 미소를 감상했었다.

관람객이 몇 안 되는 밀레의 방, 모네의 방을 지나서 무심코 어느 방에 들어서니 사람들이 빽빽이 서서 그림을 감상하고 있었다. 놀라 밖으로 나와 그곳이 누구의 방인지 보았다. 고흐의 방이었다. 내게 고흐는 자신의 귀를 베어버린 반미치광이고, 독주를 즐겨 마시는 주정뱅이고, 길거리 여자들과 자유분방하게 놀던 화가이고, 정신 이상 속에서 충동적으로 자살을 해버린 화가라는 것 이상으로 아는 것이 없었다. 그저 교과서에서 본 여러 화가들 중 하나였다는 것일 뿐 그 이상도 이하도 아니었다.

얼마 후 오베르 쉬르 우아즈에 있는 고흐의 집 다락방을 방문했을 때 나는 눈물을 쏟았다. 손바닥만 한 방에서 병마와 싸우고 생활고에 시달리며 살던 그가 느꼈을 고통이 온몸으로 느껴졌다.

귀국하여 고흐의 발자취를 찾았다. 나처럼 고흐에 관해 왜곡되게 알고 있는 사람들에게 그가 얼마나 열렬히 삶을 사랑했으며, 얼마나 살고 싶어 했는지 알려주고 싶었다.

동생 테오와 주고받은 수많은 편지가 공개된 빈센트처럼 자세하고 정확한 기록을 남긴 화가는 없다. 풍부한 자료를 바탕으로 그의 생애는 영화로 책으로 또 노래로 이미 많이 만들어졌다. 그런 빈센트에 관한 글을 쓴다는 것은 어쩜 무모한 일일지도 모른다.

하지만 나는 썼다. 많은 자료로 인해 얼마든지 긴 글을 쓸 수도 있겠지만 이미 우리가 다 알고 있는 이야기여서 짧은 단편 형식을 취했다.

이 글은 빈센트의 이름을 물려받은 조카가 세상에 태어나는 것을 시작으로 빈센트와 그의 동생 테오가 죽기까지 1년간의 이야기다. 그러니까 빈센트의 그림이 막 세간에 알려지기 시작하는 시점에서부터 빈센트가 죽음에 이르기까지의 시간을 재구성했다.

형을 잃은 충격으로 실의에 빠져 육 개월 후에 34살의 나이로 빈센트 곁으로 간 동생 테오의 안타까운 생애도 조명해보았다.

아기 빈센트

찌르르~ 아주 먼 곳에서 유리창에 금이 가는 것 같은 아픔이 미세하게 느껴졌다. 요한나 봉어는 그것이 산통의 시작이라는 것을 알았다. 산통은 아주 짧게 왔다. 요(요한나 봉어의 애칭)는 해산을 도우러 온 친정어머니와 남편 테오와 시누이와 함께 식탁에 앉아 담소를 나누던 중 진통을 느꼈다.

"아! 진통이 시작된 것 같아요."

요가 말했다.

"이제 막 진통이 시작되었으니 아마도 내일 오후쯤에나 나오겠군요. 초산이라 쉽지 않을 겁니다."

왕진을 나온 의사는 요의 몸 상태를 살피고는 말했다.

아주 가끔씩 오는 진통을 느끼며 요는 편지지를 꺼냈다. 산일이 가까워오자 몸이 무거워 편지 한 장 쓰기도 힘들었다. 하지만 요는 시아주버니 빈센트에게 편지를 쓰기 시작했다.

　　친애하는 빈센트 시아주버니!

　　제가 이렇게 서둘러 이 편지를 쓰는 것은 아주버니 이름을 물려받은 아기 빈센트가 세상에 태어났다는 소식을 듣기 전에 안부를 드리고 싶어서입니다. 진통이 오고 있어서 길게 쓰지는 못합니다. 다만 잠시라도 아주버니에 대한 이야기를 하고 싶습니다.

암스테르담으로 시집간 친구가 아기를 낳다가 죽은 소식을 듣고 요는 분만이 기쁘지만 얼마나 위험한지 알고 있었다. 해산날이 다가오자 어쩜 아주 깨어나지 못할지 모른다는 강박관념에 사로잡혀 있었다. 설마 자신에게 그런 불행한 일이 일어나겠나 싶지만 사람의 일이란 모르는 것이니 만일을 생각해서 빈센트에게 편지를 쓰고 있었다.

결혼 전에 요는 오빠의 친구인 테오로부터 하루가 멀다 하고 구애의 편지를 받았다. 하지만 그때 요는 짝사랑하는 사람이 있어 테오의 구애를 받아들일 수가 없었다. 자신의 사랑이 받아들여질지 알지 못하는 상황에서 테오는 요에게 긴 편지를 썼다. 그것은 그의 형 빈센트에 관한 내용이었다.

　　나에게는 형이 있습니다. 내가 갓 사회에 나왔을 때 나를 보살펴주었지요. 내가 예술을 사랑하는 것은 모두 형의 덕분입니다. 나는 다른 사람들이 흔히 생각할 수 있는 그 이상으로 형을 존경하고 사랑합니다. 수년 동안 우리는 그 누구보다 더욱 친밀히 지냈습니다.

형을 사랑하는 사람들과 어머니 아버지까지도 형이 세상 문제와 사회에 적응하지 못하고 있다고 비난합니다. 형의 좋은 면은 보려고 하지도 않습니다. 지금 제가 당신에게 형의 이야기를 하고 있는 것이 우리 사이에 무슨 관계가 있냐고 의아해할지도 모릅니다. 특히 내 사랑을 당신에게 보여주는데 왜 형의 이야기가 나오느냐고 반문할지 모릅니다. 하지만 이제까지 저는 형과 많은 시간을 함께 해오고 예술과 인생에 대해 깊은 이야기를 나누었습니다. 그래서 저는 처음부터 당신에게 형과의 관계를 얘기해야겠다고 생각했습니다. 그렇지 않으면 당신께 아주 많은 것을 숨기고 있다고 생각이 되어서요. 빈센트 형이 없는 나는 있을 수가 없습니다.

그 후 요는 테오의 사랑을 받아들여 결혼식을 올렸다. 테오의 분신이나 다름이 없는 고흐는 동생 결혼식에 참석하지 못했다. 결혼식 날 테오는 몇 번이고 형의 얘기를 꺼냈다. 형이 있어야 하는데, 형이 내 결혼식에 참석 못 하다니 말이 돼, 그러면서 형의 건강을 걱정하며 슬퍼했다. 요가 신혼집에 들어갔을 때 벽에 가득 걸려 있는 형의 그림을 보았다. 마치 시아주버니 고흐가 온몸으로 자신을 환영하는 것 같았다. 남편 테오를 통해, 또 하루가 멀다 하고 노란 봉투에 담겨 오는 편지로 인해 요는 빈센트가 오래전부터 알고 있는 사람처럼 느껴졌다. 빈센트가 있는 생레미 정신병원은 파리에서 800킬로미터 떨어져 있어 기차를 타고 16시간이나 가야 했다. 요양 중인 고흐가 결혼식에 참석하지 못한 것은 당연했다.

지금 요는 자기와 테오의 자식이자, 고흐의 조카이며 그의 이름을 물려받은 아기를 낳기 위해 목숨을 걸고 있다. 진통이 시작된 지금 시아주버니 고흐에게 꼭 전해주고 싶은 말이 있다.

이미 들으셨겠지만 좋은 소식을 전합니다. 오늘 아침에 테오가 『메르큐어』에 난 기사를 가지고 왔습니다. 우린 아주 오랫동안 아주버님에 대한 이야기를 했습니다. 아주버니의 천재성이 드디어 인정받기 시작하고 있다고요. 그 기사도 동봉합니다.

'빈센트의 그림은 생소하면서도 강렬하고 열정으로 가득 차 있다. 그는 네덜란드 거장의 뒤를 이을 자격이 충분히 있다. 작품에 힘이 넘치고 품위가 있으며 거침없는 동시에 강렬하다. 그가 만들어낸 색감은 믿을 수 없을 정도로 눈이 부시고 찬란하다. 붓의 사용이 불같이 결렬하고 박력이 있어, 보는 이로 하여금 팽팽한 긴장감을 느끼게 한다. 하지만 단순하고 너무나 난해한 빈센트의 작품을 현대 부르주아 정신에 물든 사람들이 온전히 이해할 수 있을까 하는 두려운 마음이 생긴다.'

마지막으로 요는 자기가 남편 테오를 얼마나 사랑하는지, 만일 자기에게 무슨 일이 생기면 테오에게 꼭 얘기해달라는 당부를 하고 편지를 맺었다. 요가 기사를 동봉한 편지를 서둘러 마무리하자마자 아랫도리에 뜨거운 물이 쏟아졌다. 앉은 의자 밑으로 물이 흥건히 괴었다. 드디어 양수가 터졌구나. 친정어머니는 그렇게 말하고는 수건을 가져다가 요의 다리와 의자 밑에 괸 맑은 물을 닦았다. 초산이니 아기가 쉽게 세상에 나오지는 않을 거라는 의사의 말을 생각하니 요는 두려워졌다.

하지만 요는 의연한 태도를 보이며 테오에게 들어가 눈을 좀 붙이라고 말했다. 요즘 부쩍 테오의 몸이 쇠약해가고 있는 것을 느끼고 있었다. 테오는 피곤해 견디지 못하겠다는 듯이 선선히 방으로 들어갔다. 요는 그런 테오의 뒷모습을 근심스럽게 바라보았다. 시아주머니의 병환도 걱정이지만 테오의 건강 역시 시아주버니만큼 걱정이 되었다.

양수가 터지고도 요의 진통은 하루 내내 계속되었다. 아픈 배를 부여잡고 소리치며 이대로 죽을지도 모른다는 생각이 자꾸 들었다. 어젯밤부터 시작된 산통은 그다음 날 밤까지 계속되었고 요의 몸은 만신창이가 되었다. 산통이 가라앉으면 졸음이 왔다. 잠들면 안 됩니다. 힘을 주세요. 자 조금만 더 더… 힘을 주세요. 의사가 말했다. 요는 마지막 남은 힘을 모아 소리를 지르며 아랫도리에 힘을 주었다.

그때였다. 응애! 요는 아기 울음소리를 들으며 정신을 잃었다. 깨어났을 때 어머니가 요의 품에 아기를 안겨주었다. 붉은빛이 감도는 살결을 가진 아주 조그만 사내아이였다. 요는 일단 사내아이라 안심했다. 여자아이에게 빈센트란 이름은 어울리지 않기 때문이었다. 테오는 태어날 아기가 형처럼 단호하고 용감한 사람으로 자라기를 바라며 빈센트라고 붙여주자고 했다. 요는 쾌히 승낙했다. 편지로 그 말을 들은 빈센트는 사내아이인지 여자아이인지도 모르는 아이에게 자신의 이름을 붙여주는 것은 어리석다고 답장을 보냈다. 하지만 테오와 요는 빈센트라는 형의 이름을 고집했다. 아기가 무사히 세상에 나왔다. 빈센트 빌헬름 반 고흐란 이름을 가진 조그만 사내아이가.

꽃 피는 아몬드 나무

테오는 형에게 편지를 썼다. 요의 순산과 엄청나게 울어대는 건강한 사내아이의 탄생 소식을 전했다. 형이 반대했지만 아기가 형처럼 굳건하고 용감하게 자랐으면 하는 생각에서 빈센트 빌헬름 반 고흐라고 이름을 지었다고 썼다. 고향의 어둠을 견디며 독학으로 미술공부를 한 형이다. 먹을 것이 없어도 그림을 그리고, 외로움과 병마와 싸우면서도 그림을 그리고 또 그리던 형이었다. 게다가 테오는 형이 얼마나 관대하고 따뜻한 마음의 소유자인지도 알고 있다. 불행하게도 형은 그 마음을 표현하는 방법을 몰랐다. 뿐만 아니라 열정적으로 타오르는 사랑을 어떻게 다스리는지도 몰랐다. 몇 번의 사랑은 실패로 끝났다. 특히 아이가 하나 딸리고, 뱃속에 남의 아이를 임신한, 게다가 괴팍한 친정어머니를 둔 거리의 여자 시엔과의 사랑은 주위 사람 모두를 안타깝게 했다. 시엔은 빈센트가 그림 공부를 시작할 때 기꺼이 모델이 되어주었던 여자였다. 생활고를 이기지 못한 시엔은 빈센트를 떠나 다시 몸 팔러 사창가로 들어갔다. 시엔과의 사랑은 그렇게 끝났다.

고흐는 건강한 아기 빈센트가 태어났다는 소식이 담긴 테오의 편지를 받고 기뻤다. 기쁨으로 인해 빈센트의 몸에 남아 있던 발작 기운이 싹 가시는 것 같았다. 빈센트는 작업실로 가 화구를 펼쳤다.

빈센트가 요양원에 들어갈 때 테오는 의사에게 편지를 보내서 형은 화가이니 병원 안에 작업실을 마련해달라고 부탁했다. 마침 빈방이 있어 의사는 빈센트 방 옆에 작업실을 마련해주었다. 빈센트는 병원에서 몸이 호전될 때마다 그림을 그렸다. 눈에 보이는 것은 다 화폭에 담았다.

사이프러스 나무, 두 여인과 사이프러스 나무, 밝은 파란 하늘과 올리브 나무, 수확하는 사람과 해가 있는 밀밭, 아이비 나무 기둥, 세 개의 자화상, 생폴 요양원의 수석간호사 트라뷕의 초상, 생폴 병원의 정원 시리즈, 생폴 병원 환자의 초상, 주황 하늘 배경의 올리브 나무, 담청색 하늘의 올리브 나무, 노란 하늘과 해와 올리브 나무, 해 뜰 무렵 밀밭에서 수확하는 사람들, 노란 배경의 붓꽃이 있는 풍경, 비 오는 밀밭… 그리고 별이 빛나는 밤.

요양원으로 들어간 지 일 년 남짓한 사이 빈센트는 150여 점의 그림과 많은 드로잉을 남겼다. 드로잉은 그림 재료가 모자랄 때마다 그렸기 때문에 헤아릴 수 없을 정도로 많았다.

봄이 오고 있었다. 빈센트는 아를에서 그린 그림들 속에서 그림 두 점을 골랐다. 지난해 3월 그가 아를에 도착했을 때 비바람이 불고 을씨년스럽고 추웠다. 그러다가 날이 따뜻해지자 대지는 만물이 소생하고 나무에서는 꽃이 피어나기 시작했다. 복숭아꽃 살구꽃 아몬드꽃 자두꽃… 그는 열광적으로 꽃이 핀 대지를 화폭에 담았다. 물이 잔뜩 올라 봉오리를 터트린 아몬드 꽃가지를 꺾어다 유리병에 꽂아놓고 그렸다.

그리고 유리병이 놓인 탁자를 노랗게 색칠했다. 그랬더니 탁자의 노란 빛이 그대로 유리컵 속을 물들였다. 그는 그 그림을 〈유리병 속의 아몬드 꽃가지〉라고 이름을 붙였다. 또 한 작품은 화구를 들고 들판으로 나가 그린 아몬드 꽃나무다. 겨울 내내 추위를 견디며 몸속의 진액을 다 빼앗긴 나무가 봄이 되자 땅속의 물을 끌어올려 분홍빛 꽃망울을 터트린 아몬드 나무였다. 제목을 〈꽃 핀 아몬드 나무〉라고 붙였다.

빈센트는 막 세상에 나와 새로운 인생을 시작하는 조카에게 줄 그림을 그리기 시작했다. 건강하지도 않고 행복하지도 않을뿐더러 빛 한 번 보지 못한 무명화가인 자신의 이름을 물려준 아기에게 미안했다. 조카를 하루라도 빨리 보고 싶었지만 병원 측에서는 여행을 허락하지 않았다. 빈센트가 할 수 있는 것이라고는 그림 그리는 것밖에 없었다.

친구 고갱은 빈센트가 그림을 너무 급히 그린다고 나무랐다. 빨리 그린다고 진지하지 않은 것은 아니다. 감정이 격할 때는 그림을 그리고 있다는 것을 느끼지 못한 채 붓을 휘두른다. 영감이 떠오르는 순간은 늘 오지 않는다. 쇠방망이도 달구었을 때 두드려야 좋은 모양이 나온다.

하지만 지금 빈센트는 그림을 그리기 전에 먼저 눈을 감고 기쁘고 흥분된 마음을 차분히 가라앉혔다. 그리고 침착하게 붓을 놀렸다. 이렇듯 차분하고 안정된 상태에서 그림을 그리는 것은 아마도 처음인 것 같았다. 푸른 하늘을 배경으로 하얗게 만개한 아몬드 꽃을 하나하나 화폭에 담았다. 꽃잎 사이사이로 생명의 환희가 가득 쏟아지는 것 같았다. 막 피어나는 아몬드 꽃이 마치 새로 탄생한 조카와 같았다. 빈센트는 심호흡을 하며 자신의 몸속에 끓어오르는 열정을 차분히 다스렸다. 그리고 꽃잎을 하나하나 붓으로 칠을 했다. 그 작업은 밤새 이어졌다. 이튿날 아침 그림을 다 그리고 났을 때 빈센트는 탈진하여 그 자리에 쓰러졌다.

지난번에 그린 그림은 꽃이 핀 아몬드 나무지만 지금은 꽃이 피고 있는 아몬드 나무다. '꽃이 핀 나무'와 '꽃이 피는 나무'는 다르다. 비슷한 제목 같지만 빈센트는 지금 막 탄생한 조카를 위해 〈꽃 피는 아몬드 나무〉라는 제목을 붙였다. 이 그림은 아기 침대 곁에 걸어두라고 테오에게 일러줄 생각이다.

파리에서 독립화가 전시회가 열렸다. 빈센트는 열 작품을 출전시켰다. 이 전시회에 걸린 작품 중 가장 많이 입에 오르내린 작품은 빈센트 반 고흐의 그림이었다. 고흐의 그림은 서서히 바람을 일으키며 사람들 입에 회자되기 시작했다.

한창 인기를 누리고 있던 클로드 모네는 빈센트의 작품을 보고 흥분하여 테오에게 이번 전시회에서 빈센트 작품이 최고라고 말하고 또 말했다. 그것도 모자라 빈센트에게 직접 편지를 보내서 많은 화가들이 전시회에서 가장 뛰어난 화가로 빈센트를 꼽는다고 썼다. 자연을 그린 그림 중에 생각이 들어 있는 작품은 빈센트가 유일하다는 칭찬도 아끼지 않았다. 그리고 얼른 병을 이겨내고 건강한 몸으로 만나자고 끝을 맺었다.

요는 아기를 친정어머니께 맡기고 전시회에 갔다. 공개된 장소에 걸린 시아주버니 빈센트의 그림을 직접 보고 싶었다. 그림 앞에는 벤치가 놓여 있었다. 그래서 남편 테오가 사람들에 둘러싸여 이야기를 나누는 동안 요는 의자에 앉아 〈요양원 정원의 아이비와 나무들〉을 감상했다.

그 그림들을 바라보고 있자니 가보지 않은 그곳이 마치 오래전부터 알고 있던 것 같은 느낌이 들었다. 요는 그 그림이 너무 좋아 한참을 쳐다보았다.

드디어 〈꽃 피는 아몬드 나무〉가 도착했다. 그림을 펼쳐 본 테오는 아몬드 꽃이 너무 부셔 눈을 뜨지 못했다. 요는 그림을 보고 흥분하여 마구 소리를 질러댔다. 아기 빈센트는 눈을 말똥말똥 뜨고 두 팔을 마구 흔들었다. 꽃이 피고 있는 아몬드 나무 가지가 살아 있는 듯 생생했다. 꽃나무 가지들이 꿈틀거리며 캔버스 밖으로 뻗어 나와 테오와 요와 아기 빈센트에게 손을 내밀며 잡아달라고 하는 것 같았다. 빈센트는 지난번 편지에서 이 그림을 아기 빈센트 침실에 걸라고 했다. 하지만 테오와 요는 거실 한가운데 있는 추수하는 풍경을 떼어내고 거기다가 〈꽃 피는 아몬드 나무〉를 걸었다. 그곳은 테오의 집을 방문하는 사람들이 가장 먼저 볼 수 있는 곳이었다.

테오는 유능한 화상이다. 그림 보는 안목은 다른 화상들과 달랐다. 테오가 관리하고 키운 화가들은 다 유명해졌다. 테오의 안목으로 빈센트의 그림은 그들보다 훨씬 뛰어났다. 테오는 빈센트가 함께 그림을 그리자고 할 정도로 그림에 대한 재능과 안목이 있었다. 그런 테오의 눈에 형 빈센트의 그림은 너무나 훌륭했다. 아니 최고였다. 테오는 사람들이 서서히 형의 작품을 알아주고 있다는 사실이 기뻤다.

빈센트는 몸이 좀 나아지는 것 같아 의사와 상의해 생레미 정신병원을 떠나기로 했다. 아마도 조카 빈센트의 탄생과 자신의 그림에 대한 세간의 찬사가 고흐의 몸에 생기를 넣어준 듯했다. 파리에 들러 편지로 수없이 오고 간 계수 씨도 만나고 자신의 이름을 갖고 세상에 나온 조카 빈센트를 생면하기로 계획을 세웠다. 그 후 테오가 마련해준 파리 근교에 있는 오베르 쉬르 우아즈로 갈 예정이다. 파리는 빈센트가 머물 만한 곳이 못 된다. 그곳에 있으면 빈센트의 병은 더욱더 악화될 것만 같았다.

오베르는 파리에서 기차로 한 시간이면 갈 수 있는 곳이었다. 가운데로 우아즈 강이 흐르고 밀밭과 자연 풍광이 아름다워 이미 유명한 화가들이 머물며 그림을 그리고 있었다. 테오는 그곳이 형이 머물기에 안성맞춤이라고 생각했다. 형이 보고 싶을 때 훌쩍 가서 만나고 올 수 있는 거리다. 그러나 테오가 그곳을 택한 가장 큰 이유는 그곳에는 간질 분야에 권위자인 의사 가셰 박사가 있기 때문이다. 박사는 그림 그리는 것을 좋아하는 화가 의사이기도 했다. 형이 있는 곳에는 반드시 의사선생님이 있어야 했다.

빈센트는 짐을 화물로 보내고 간단한 화구를 챙겨 기차를 탔다. 기차에서 빈센트는 열여섯 시간 후에 만나게 될 조카 빈센트와, 자기보다 꼭 1년 먼저 세상에 왔다가 땅속에 묻힌 형 빈센트를 동시에 생각했다.

어머니는 첫아이인 형을 사산했다. 빈센트 반 고흐는 형의 이름을 물려받은 것이다. 형 빈센트는 밝은 빛 한 번 쏘이지 못한 채 세상에 나왔다가 갔다. 아주 슬플 때 빈센트는 자신이 죽은 형의 대역으로 살아가고 있는 것이 아닌가 하는 생각이 들었다. 빈센트는 자신의 슬픔이 원초적인 것이라고 생각했다. 지금 빈센트는 이 슬픈 이름을 또 조카에게 물려주었다. 테오에게 다른 근사한 이름을 지어주라고 권했지만 테오는 막무가내로 빈센트를 고집했다. 빈센트는 기차 안에서 태어나자마자 죽은 형 빈센트와, 무명 화가인 빈센트 자신과, 막 태어난 조카 빈센트를 생각했다. 그리고 아기 빈센트에게 슬픔을 주지 않기 위해 그림을 더 열심히 그릴 것을 다짐하고 또 다짐했다.

테오의 집에 들어섰을 때 빈센트는 사방에 걸려 있는 자신의 그림을 보고 놀랐다. 테오는 그림을 받을 때마다 정성 들여 코팅을 해서 벽에 걸어놓았다. 한쪽으로는 미처 걸지 못한 그림들이 쌓여 있었다. 코팅은 그림을 몇 배 더 돋보이게 했다. 빈센트는 비로소 자신이 화가임이 뿌듯하고 자랑스러웠다. 그림 공부한 지 10년 만이었다.

요는 아기 빈센트를 안고 기뻐서 어쩔 줄 몰라 하며 시아주버니의 방문을 환영했다. 백일이 지나 한창 낯을 가리는 아기 빈센트도 웬일인지 베시시 웃으며 두 팔을 흔들었다.

"빈센트가 큰아빠를 알아보네. 낯을 얼마나 가리는지 모르는 사람은 근처에 얼씬도 못 했어."

테오가 두 빈센트의 첫 만남을 기뻐하며 말했다.

"빈센트 아주버니는 당신과 똑같아요. 아기도 그걸 알아봐요."

요는 신기하게 닮은 형제를 번갈아 보고 말했다.

"테오를 그려놓으면 사람들이 저라고 해요. 동생을 그린 것이라고 하면 너무 놀라요. 형제가 똑같다고요."

사실 테오를 그린 몇 점의 그림이 있었다. 사람들은 빈센트가 자신의 자화상을 그린 것이라고 착각할 정도로 두 사람은 닮았다.

"저는 테오가 계수 씨에게 사랑을 고백할 때부터 결혼할 때까지 곁에서 다 지켜본 사람입니다. 역시 오랫동안 공들여 구애할 만큼 훌륭하십니다. 테오와 계수씨와 아기 빈센트가 너무나 행복해 보여서 기쁩니다."

빈센트가 말했다.

"저야말로 테오 씨로부터 시아주버니 얘기를 얼마나 많이 들었는지 처음 뵙는 분 같지 않아요. 그리고 시아주버니이기 이전에 이 시대 최고로 위대한 화가를 이렇게 직접 뵈어 너무 기뻐요."

요가 인사치레로 한 말이 아니었다. 독립화가 전시회 때 요는 고흐의 그림 앞에 서서 떠나지 못하는 사람들을 보았다. '어떻게 그림 속에 영혼이 들어있지?' 하며 자기들끼리 말하는 것을 들었다. 그 화가가 지금 요의 앞에 있다.

오베르 쉬르 우아즈

오월 하순의 밀밭은 바람이 불 때마다 파도처럼 일렁거렸다. 파리에서 테오 가족과의 꿈같은 상봉을 한 빈센트는 기차로 오베르 쉬르 우아즈 역에 도착했다. 가장 먼저 눈에 들어온 것은 푸른 밀밭이었다. 춥지도 덥지도 않은 적당한 기후였다. 빈센트는 하늘 가득 부서져 쏟아지는 햇볕을 맘껏 들이마셨다. 종달새가 밀밭 위를 춤추듯이 날았다. 생레미 정신병원에 있다가 오니 새처럼 날아갈 듯했다. 이곳은 바람조차도 푸른빛을 띤 듯했다. 집집마다 화단에는 튤립과 보랏빛 아이리스가 한창이었다. 여기 오길 정말 잘했다고 빈센트는 중얼거렸다.

이곳으로 오는 기차 안에서 빈센트는 그림을 어떻게 팔 수 있을까를 내내 궁리했다. 가족이 딸린 테오에게 이전처럼 전적으로 생활을 매달릴 수가 없었다. 평론가가 호의적으로 평을 써주고 많은 화가들이 자신의 그림을 놀라운 눈으로 봤지만 아직은 무명 화가의 그림을 선뜻 사줄 사람은 없었다.

게다가 빈센트를 괴롭힌 것은 테오의 건강이다. 귀를 잘랐을 때 아를까지 달려온 이후 1년여 만에 본 테오였다. 아내와 아들을 거느린 가장이지만 그전보다 생기가 없어지고 건강이 좋지 않아 보였다. 자신이 테오에게 짐이 되고 있다는 생각이 들 때마다 빈센트는 극도로 우울해졌다. 그런 감정이 들 때면 그가 할 수 있는 일이라곤 미친 듯이 그림을 그리는 일밖에 없었다.

겨우 침대와 의자 하나 놓을 수 있는 라부 여인숙의 다락방에서 그는 눈을 뜨면 화구를 들고 나가 보이는 대로 그림을 그렸다. 비가 오면 좁은 방 안 구석에 이젤을 세워놓고 그렸다. 오베르 시청, 오베르 쉬르 우아즈 성당, 보랏빛 아이리스, 빈센트는 매일매일 그림을 그리고 완성을 시켰다. 생레미 정신병원에서는 이틀에 한 점꼴로 그림을 그렸지만 이곳에서는 매일매일 완성시켰다. 심지어 하루에 두세 개를 그린 날도 있었다. 빈센트는 자신의 몸이 쇠락해가고 있음을 느꼈다. 왠지 시간이 더 이상 없을 것 같아 초조해졌다. 그럴수록 그는 미친 듯이 더 그림에 매달렸다.

빈센트는 일주일에 한 번 정도 가셰 박사를 찾았다. 그는 그림에 대해 논할 수 있는 유일한 사람이었다. 가셰 박사를 모델로 한 그림을 두점 그렸다. 여인숙 주인인 아들린 라부의 초상도, 그리고 빈센트에게 쌀쌀맞은 가셰 박사의 딸도 그렸다. 그녀는 붉은 드레스를 입고 오렌지색이 박힌 녹색 벽을 배경으로 피아노를 치고 있었다. 카펫은 초록색점이 찍힌 붉은색으로 칠했다.

가셰 박사와는 그림을 통해 대화를 나눴지만 병을 치료해줄 것이라고 기대하지 않았다. 박사는 빈센트의 병에 대해 단순하고 일반적인 설명만 할 뿐 근본적인 치료는 하지 못했다. 병에 대한 지식은 오랜 병치레를 해온 빈센트만도 못했다. 빈센트의 눈에는 오히려 가셰 박사가 정신병을 앓고 있는 환자처럼 보였다. 약간의 과장을 하자면 그는 빈센트보다 더한 환자 같았다.

테오로부터 편지가 왔다. 테오는 아기 빈센트가 아프고 직장 문제로 무척 힘이 든다고 했다. 또 아기와 함께 살기에는 집이 너무 좁아 걱정이라고도 했다. 하지만 테오는 자기들의 문제는 신경 쓰지 말고 형이 편안한 상태에서 그림을 그리는 것이 자기에게는 큰 기쁨이라고 안심시켰다. 형의 작품은 나날이 좋아진다는 격려도 아끼지 않았다.

화가는 단지 물감으로 그림을 그리는 것이 아니다. 자기희생과 자기부정과 그리고 상처받은 영혼으로 그림을 그린다. 더 많이 지치고 아파할수록 훨씬 창의적인 예술가가 될 수 있다. 빈센트는 테오가 비록 그림을 그리지 않고 그림을 파는 상인이지만 그림을 그리는 자신과 똑같이 자기 몸을 희생하고 있다고 생각했다. 언젠가는 그림으로 테오의 그 희생에 수십 배 수백 배 아니 수천 배 수만 배를 돌려줄 날이 올 거라고 믿고 있다.

테오의 편지가 다시 왔다. 넓은 집 이층집을 계약하고 아기 빈센트의 건강도 많이 좋아졌다고 했다. 우유가 아기와 맞지 않아 다른 젖으로 바꾼 이후에야 아기의 건강이 좋아졌다고 했다. 그리고 형이 보고 싶으니 파리에 한 번 와 놀다가 가라고 했다. 빈센트는 친구도 만날 겸 해서 파리행 기차를 탔다.

하지만 빈센트가 본 테오와 요는 아기 병간호로 몹시 지쳐 있었다. 아기 빈센트도 여전히 아팠다. 테오의 건강도 눈에 띄게 좋지 않아 보였다. 무엇보다 가슴이 아팠던 것은 그들의 경제 사정이었다. 식구가 늘어 큰 집으로 이사하려면 월세를 많이 내야 했다. 테오는 직장에 월급을 올려달라고 시위하고 있었다. 갈 때는 며칠 머물 생각이었지만 빈센트는 그날로 오베르로 돌아왔다. 돌아오는 내내 테오 가족에 대한 걱정으로 마음이 무거웠다.

별로의 귀향

푸르던 밀밭에서 앙증맞은 밀 꽃송이가 피어나더니 하루가 다르게 황금빛으로 물들어갔다. 날씨도 점점 뜨거워졌다. 빈센트가 그림을 그리는 시간은 대개 태양이 이글거리는 한낮이었다. 칠월의 태양이 정수리 위에 타오르면 온몸이 뜨거워졌다. 그러면 빈센트 몸속에 들어 있는 그림에 대한 열정이 토해져 나와 애쓰지 않아도 스스로 그림이 되는 것 같았다. 조그만 그의 방에 셀 수 없이 많은 그림이 쌓여갔다.

시시각각 황금빛으로 물들어가던 밀밭이 언제부턴가 멈추어버렸다. 밀이 익어 수확할 시기가 된 것이다. 추수는 농부에게는 기쁨이지만 밀에게는 생명을 다하고 맞이하는 죽음이다. 추수는 태양이 모든 것을 순수한 황금빛으로 물들이는 환한 대낮에 일어나는 죽음이다.

푸른 하늘에서 햇살이 마구 쏟아지더니 별안간 구름이 몰려와 하늘을 뒤덮었다. 맑던 하늘이 구름으로 어지러웠다. 어디서 왔는지 까마귀 떼가 밀밭 위를 어지럽게 날았다. 빈센트는 무언가 불길하고 음침함을 느꼈다. 누런 밀밭과 붉은 흙길 사이에는 초록 풀들이 마구 자랐다. 금방이라도 무슨 일이 일어날 듯 불안했다. 빈센트는 무엇에 홀린 사람처럼 붓끝을 빠르게 움직였다. 그림을 그리는 것이 아니고 빈센트 몸속 어디엔가 도사리고 있던 그림이 토해져 나오는 듯했다. 흥분이 되어 빠르게 손을 놀렸다. 그 어느 때보다 그림에 대한 열정이 최고조에 달했다. 그것이 지나쳐 신경이 곤두서며 신경질적으로 되었다. 붓 터치가 거칠어졌다. 빈센트는 별안간 음침한 죽음의 들판에 홀로 버려졌다는 지독한 고독을 느꼈다. 27살에 그림 공부를 했으니 10년이었다. 서른일곱이 지나도록 처자식이 딸린 테오에게 아직까지 의지하고 있는 자신을 생각하니 비참해졌다.

생각해보면 자신의 인생은 실패와 불운의 연속이었다. 밥 한 끼를 먹고 밥값으로 그림으로 지불하기도 했다. 돈을 빌린 영감에게 갚을 길이 없자 돈 대신 그림을 수레에 실어 보냈다. 그랬더니 영감은 받은 셈 치겠다며 그림을 도로 돌려보냈다. 치료했던 의사에게 치료비 대신 그림을 주자 성의로 딱 하나만 받겠다고 하고 다른 그림은 거절했다. 테오를 제외한 다른 형제들도 마찬가지였다. 생일날 선물로 그림을 보내면 그들은 집 안 구석에 아무렇게나 틀어박아놓았다.

아를에서는 어땠는가. 동네에서 좋지 않은 일이 있으면 모두 빈센트를 의심했다. 동네 사람들은 관청에 빈센트가 자유롭게 다녀서는 안 된다고 진정을 했다. 관청에서는 빈센트를 시립병원에 감금시켰다. 열쇠로 문이 잠긴 방 안에 갇혀 하루 종일 감시원에 감시당한 적도 있었다. 생각이 여기에 이르자 빈센트는 자신이 쓸모없는 인간이란 생각이 들었다. 무한한 사랑을 주던 어머니조차도 요즘은 소식이 없다. 게다가 손이 떨려 붓터치가 생각대로 되지 않았다. 자신이 그림을 그리지 못할 지도 모른다는 생각까지 들었다. 온갖 잡생각 속에 서서 빈센트는 슬픔이 얼른 끝나기를 바랐다. 하지만 슬픔은 꼬리에 꼬리를 물고 일어났다. 어지럽게 구름 낀 하늘 아래 여전히 까마귀 떼가 날았다. 아를에서는 그런 감정을 느낄 때 물감을 두 번이나 들이마셨다. 석유도 들이마신 적이 있었다. 하지만 번번이 실패했다. 빈센트는 자신의 그림이 물감 값과 생활비보다 더 가치가 있다는 것을 사람들이 알아줄 날이 반드시 올 거라는 믿음으로 버텨왔다. 하지만 지금 그런 믿음이 사라졌다. 아니 영원히 그런 날은 오지 않을지 모른다. 빈센트는 언제부터인지 화구 속에 권총을 간직하고 다녔다.

다음 날 아침, 까마귀 나는 밀밭을 그리던 어제의 우울했던 기분과는 달리 빈센트의 기분이 상당히 좋았다. 밀밭으로 가는 숲길을 걷다가 생명이 꿈틀거리는 나무뿌리를 보았다. 얼른 화구를 펼치고 스케치를 했다. 서둘러 물감을 풀었다. 바탕은 밝고 연한 황토색으로 칠하고 나무뿌리는 푸르게 색칠했다. 다소 거칠지만 생명의 환희가 느껴졌다. 빈센트는 매우 흡족했다.

오후에 다시 화구를 들고 누렇게 익어가는 밀밭으로 나왔다. 밀밭은 어제와 똑같이 검은 구름이 몰려와 머물고 까마귀가 나르고 있었다. 아침에 〈나무뿌리들〉(고흐의 마지막 작품)을 그릴 때만 해도 날아갈 듯했던 기분이 까마귀 떼로 인해 어제와 같이 음울해졌다. 빈센트는 자신의 몸속에 있는 감정의 변화가 자신도 주체하지 못할 정도로 점점 빨라지고 있음을 느꼈다. 감정의 기복이 이토록 심했던 적은 이전에는 없었다. 빈센트는 두려웠다. 병이 깊어 그림을 더 이상 그리지 못하게 될 것 같은 두려움에 사로잡혔다. 생각이 거기에 멈추자 빈센트는 다시 깊은 늪과 같은 수렁 속에 빠져 허우적거렸다.

테오는 혼자 눈을 떴다. 요가 아기를 돌보느라 지쳐 휴식이 필요하다고 생각해 처갓집에 데려다주고 맞이하는 첫날이었다. 부부는 결혼하고 처음 떨어졌다. 테오는 아내에 대한 그리움으로 편지라도 쓸 요량으로 일찍 화랑으로 출근했다. 화랑에서 당신이 떠난 빈자리가 너무나 크다는 연서를 쓰고 있었다. 그때 거칠게 문이 열리고 누군가가 화랑 안으로 뛰어 들어왔다. 네덜란드 출신의 젊은 화가 안톤 허쉬그였다. 그의 손에는 편지가 들려 있었다. 겉봉에는 '매우 중함'이란 글씨가 '전송 요망'이란 글씨와 함께 쓰여 있었다. 화랑에서 테오를 찾지 못하면 파리 시내를 뒤져서라도 테오에게 전달하라는 다급한 전갈이었다.

친애하는 테오 반 고흐 선생님.
선생님의 개인 시간을 방해하여 유감이지만 이렇게 급히 연락을 드리는 것이 저의 의무라 생각해 인편을 통해 보냅니다. 일요일 저녁 9시에 형님인 빈센트로부터 다급히 와달라는 부름을 받았습니다. 제가 도착했을 때 형님은 매우 위독한 상태였습니다. 스스로 몸에 해를 입혔습니다.
빈센트가 동생분 주소를 가르쳐주지 않아 이 편지를 인편으로 화랑으로 가져가라 했습니다.

아직 모유 수유 중인 부인께 소식을 전할 때는 유의해주시기 바랍니다.

형님의 상태에 대해서는 감히 어떻다고 말씀드리지 못하지만 만일의 경우 복잡한 문제가 발생할 경우를 대비하고 오시는 것이 좋을 듯합니다.

언제나 당신의 친구 가셰로부터
오베르 쉬르 우아즈에서
1890년 7월 27일 일요일

테오는 즉시 역으로 달려가 기차를 탔다. 밤기차를 타고 16시간을 달려 아를에 갔다가 온 지 꼭 일 년 반 만이었다. 가셰 박사의 편지 내용은 너무나 급박했다. 기차는 오크 나무가 가득 들어선 한여름의 초록빛 숲과 누런 밀밭과 귀리 밭을 지나 달렸다. 붉은 양귀비와 야생화들과 미나리아재비 카네이션 야생 장미 그리고 형이 좋아하는 해바라기가 가득한 들판을 가로질렀다. 테오는 형의 작품 〈해바라기〉를 생각했다. 테오가 가장 좋아하는 작품이었다.

형이 해바라기를 그리기 시작한 것은 파리에서 함께 살던 때부터였다. 화랑 옆에 있는 레스토랑 창문으로 보이는 커다란 해바라기를 그렸다. 꽃을 꺾어다 화병에 꽂고 그릴 때 형은 몹시 서둘렀다. 빨리 그려야지. 그렇지 않으면 해바라기가 시들 것 같애, 하고 말하곤 했다. 아를에서 함께 그림을 그리다가 불화로 떠난 고갱은 그곳에 두고 온 자기의 작품 모두를 줄 테니 해바라기 그림 중 하나만 달라고 끊임없이 졸랐다. 형은 이미 고갱이 자신의 해바라기를 두 점이나 가지고 있다고 거절했다. 고갱은 빈센트 작품 중 〈해바라기〉를 최고로 꼽았다.

형이 파리를 떠나 아를에서 살 때 테오에게 파리는 텅 빈 것 같았다. 하루가 멀다 하고 쉴 새 없이 편지가 오갔지만 테오의 빈 곳을 채우기에는 역부족이었다. 기차가 우아즈 역에 다가올수록 테오는 불안해졌다. 만약에 형에게 무슨 일이 생긴다면 형 없이 이 세상을 살아갈 수 있을까. 형은 자신의 또 다른 분신이자 또 다른 영혼이었다. 형이 없는 테오는 생각할 수 없고 테오 없는 형 또한 생각할 수가 없다. 요도 그것을 알고 태오가 형에게 보내는 생활비에 대해 일체 언급을 하지 않았다. 테오는 자신이 형과 어떤 운명의 끈으로 묶여 있다고 생각했다.

최악의 상상을 하며 라부 여인숙 2층 다락방으로 달려갔을 때 뜻밖에 빈센트는 침대에 앉아 파이프를 물고 있었다.

"가셰 박사가 담배 피는 걸 허락해줬어."

하얗게 질린 테오의 얼굴을 보며 빈센트가 말했다.

"도대체 어떻게 된 거야?"

테오가 울며 말했다.

"테오야, 난 왜 이렇게 못하는 게 많으니. 그깟 총 하나 제대로 못 쏴 심장을 비껴갔으니 말이야."

"형! 이제 막 세상이 형을 알아주고 있어. 형은 최고의 화가란 말이야. 그런데 이 무슨 바보 같은 짓이야."

테오가 예상했던 것보다 빈센트의 상태는 양호했다. 하지만 가셰 박사는 동네에 사는 또 다른 의사에게 빈센트의 몸 안에 박힌 총알을 제거

할 수 있을까 하고 의논했다. 두 사람은 의논 끝에 그대로 두기로 결정했다. 빈센트를 편하게 해주는 것이 최선이라는 생각이었다. 테오는 의자를 바짝 끌어다가 빈센트 옆에 앉았다.

"형은 강한 사람이야. 엄마도 그랬잖아. 형제들 중 제일 강한 사람이라고. 형은 여태 모든 것을 견뎌왔잖아. 지금도 그럴 거야. 난 그걸 믿어."

테오가 빈센트의 손을 잡고 말했다.

테오는 형에게 무슨 일이 생기면 어쩔까 늘 마음을 졸여왔다. 하지만 잘 헤쳐왔다. 테오는 형의 끈질긴 생명력에 놀랄 때가 많았다.

"형 우리가 살던 준데르트에 있는 고향집 생각나? 좁은 다락방에서 형하고 늘 이렇게 살았잖아. 산책을 하고 풍차 밑에서 굳건히 약속했지. 우리 둘이 늘 함께 걸으며 그 누구보다 끈끈한 삶의 동반자가 되겠다고. 그때부터 우린 편지를 쓰기 시작했잖아. 난 살아가면서 어려울 때 형에게 편지를 쓰며 그날의 약속을 생각을 해. 그럼 힘이 나. 지금 내 서랍 속에 형의 편지가 차곡차곡 쌓여 있어."

"테오야! 나도 그래. 나를 지탱해준 것이 준데르트 시절의 추억인걸. 나도 너에게 편지 쓸 때가 제일 행복했어."

추억을 환기하는 빈센트의 얼굴은 평화로웠다. 총알을 가슴에 박고 있는 빈센트는 생각보다 그다지 아파하지 않아 테오는 일단 안심했다.

저녁이 되자 빈센트의 상태가 별안간 악화되었다. 열이 나 온몸이 뜨거워지고 상처 부위의 통증은 점점 심해졌다. 테오는 자기도 모르게 침대에 올라 두 팔로 빈센트를 안았다.

"형은 이겨낼 수 있어. 여태까지 그래왔잖아."

"테오야! 너무 아파. 난 별에… 별에 가고 싶어. 네가 기차를 타고 이곳으로 온 것처럼 별까지 가려면 죽음이란 기차를 타야 해."

"난 어떻게 살라고 그래. 형 없이 나는 어떻게 살아."

"여기서 멈추고 싶어. 더 이상 슬프지 않게… 별에… 가고… 싶어."

고통 속에서 빈센트는 간신히 숨을 쉬고 있었다. 슬픔을 내려놓을 준비가 다 된 얼굴이었다. 테오는 형을 꼭 안았다. 테오가 천장을 바라보았다. 준데르트처럼 경사진 천장의 다락방이다. 빈센트는 테오의 품에서 숨을 가파르게 헐떡거렸다.

이윽고 숨을 거두었다. 숨을 멈춘 빈센트의 얼굴은 차라리 평화로웠다.

"형! 형! 안 돼! 형! 눈을 좀 떠봐!"

테오의 울부짖음이 밤새 라부 여인숙을 뒤흔들었다.

고흐와 테오

'빈센트는 좋은 친구였으며 자신의 애정을 표현하는 데 조금의 주저함도 없었다.'

'작품에서 뿜어져 나오는 찬란한 천재성은 그의 죽음을 더욱 더 비통하고 참담하게 한다.'

'빈센트는 정직하고 순수하고 위대한 예술가였다.'

'그의 이름은 후세에 영원히 살아남을 것이다.'

죽음은 불과 하루아침에 천덕꾸러기 무명의 화가를 위대한 화가로 만들었다. 테오 앞으로 빈센트의 죽음을 안타까워하는 위로의 편지가 전 세계에서 쇄도했다. 이제 테오에게는 형 빈센트를 알려야 할 의무가 주어졌다. 위대한 예술가인 형을 모든 사람들이 알게 할 거야. 슬픔 속에서 테오는 결심했다.

첫 전시회를 열기로 했지만 전시회장을 구하는 일은 쉽지 않았다. 테오는 큰 집으로 이사를 하고 자신의 집에서 전시회를 열기로 했다. 구석에 틀어박혀 있던 많은 작품을 한곳에서 볼 수 있다니 테오는 너무 기뻤다.

하지만 그때 테오는 몸에 심각한 이상을 느끼고 있었다. 악몽을 꾸고 환각에 시달렸다. 그 와중에 회사 일로 상사와 언쟁까지 벌였다. 테오는 형을 잃은 충격으로 정신적으로나 신체적으로나 극도로 약해졌다. 환각에 시달릴 때면 옆에서 돌보는 요와 아기를 죽여버리겠다는 협박까지 했다. 요의 반대에도 불구하고 테오의 친구이자 요의 오빠는 테오를 네덜란드의 한 정신병원에 입원시켰다. 가셰 박사가 병세를 살펴보기 위해 테오를 방문했다. 가셰 박사는 테오의 상태가 죽기 직전 빈센트보다 심각하다고 판단했다.

삽시간에 테오는 정신적으로 혼란한 상태가 되었다. 시간이 몇 시인지도 무슨 말을 하는지도 몰랐다. 맥박도 약하고 빠르게 뛰었다. 소변도 못 가리고 입은 옷을 찢기도 했다. 병원에서는 매독에 걸린 결과 나타나는 치매와 금단 현상이라는 진단을 내렸다. 형을 잃은 테오는 정신적으로나 신체적으로나 처참한 상태가 되었다. 병원에서 회복 불능이라는 진단을 내렸다.

빈센트가 죽은 지 5달 만에 테오와 요의 집에서 빈센트의 첫 유작 전시회가 열렸다. 네덜란드 신문은 이 전시회를 대서특필했다.

유난히 추웠던 크리스마스 오후 수많은 인파가 몰려들었다. 사람들은 현재 아무도 살지 않고 있는 몽마르트 집에 모여 슬픔 속에 수백 점의 그림을 감상했다. 이 추운 방에 전시된 위대한 그림들은 너무나 일찍 세상을 떠난 빈센트의 유산이다. 그의 죽음으로 인한 상실감으로 중병에 걸린 그의 동생은 치료를 위해 고국 네덜란드로 옮겨졌다. 그가 아끼던 귀중한 유물들은 다른 사람들의 손에 맡겨질 수밖에 없었다. 빈센트의 미술에 대한 사랑은 종교이자 경애의 표현이었으며 또한 자기희생이었다. 위대한 화가 빈센트를 키운 동생 테오에게 넘치는 경의를 표한다.

전시회가 성황리에 열린 지 두 달 후 테오는 죽었다. 빈센트는 테오의 품안에서 죽었지만 테오는 혼자 쓸쓸히 정신병원에서 죽었다. 빈센트는 서른일곱 해는 살았지만 테오는 서른네 해를 살고 죽었다. 빈센트가 죽은 지 꼭 육 개월 후였다.

위대한 유산

요는 불과 일 년 남짓한 사이에 엄청난 일을 겪었다. 아기 빈센트가 태어나 태양 같은 기쁨을 선사했지만 육 개월 후에 위대한 화가 시아주버니 빈센트가 갔다. 그리고 또 육 개월 후에 사랑하는 남편 테오가 빈센트를 따라갔다. 테오는 요에게 아기 빈센트를 남겼고, 시아주버니 빈센트는 요에게 900점이 넘는 그림을 남겼다.

태오가 간 후 네 달 만에 요는 아기 빈센트를 안고 파리를 떠났다. 암스테르담 근처 고향 마을로 이주하여 하숙집을 운영했다. 주위 사람들은 시아주버니 그림을 팔아서 살아가라고 했지만 요는 오히려 형제들과 친구들에게 선물한 빈센트의 그림들을 모았다. 그리고 화가와 재혼하여 네덜란드, 벨기에, 프랑스 등에서 전시회를 열어 빈센트 그림을 알렸다.

또한 요는 태오와 빈센트가 나눈 편지를 정리했다. 그리고 영어 프랑스어로 직접 번역해 『영혼의 편지』를 펴냈다. 빈센트는 위대한 화가인 동시에 사상가였고 훌륭한 문필가였다.

그 후 25년 후 요는 네덜란드 위트레흐트에 있던 태오의 유해를 오베르에 있는 빈센트 옆에 나란히 묻었다. 그토록 사랑했던 형제는 지금 오베르 쉬르 우아즈에 있는 묘지에 나란히 누워 있다. 그들의 묘지 위에는 사철 푸른 아이비가 뒤덮고 있다. 두 사람의 무덤은 뒤엉긴 아이비로 인해 마치 한 사람의 무덤처럼 보였다.

태오와 요의 아들이자 빈센트의 조카인 빈센트는 어머니가 큰아버지의 그림을 널리 알리는 과정을 지켜보았다. 빈센트는 어머니의 고향 근처에 반 고흐 미술관을 설립하고 800여 점이나 되는 모든 그림을 기증했다.

지금 해마다 전 세계에서 수많은 사람들이 고흐의 그림을 보기 위해 고흐 미술관을 방문하고 있다.

참고문헌

빈센트 반 고흐, 『반 고흐, 영혼의 편지』, 신성림 역, 예담, 2024.
빈센트 반 고흐, 『반 고흐를 읽다』, 신성림 역, 레드박스, 2017.
빈센트 반 고흐, 『빈센트 반 고흐의 별이 빛나는 밤에』 아트포스터북, 더갤러리, 2021.
데보라 하일리그먼, 『빈센트 그리고 테오-반 고흐 형제 이야기』, 전하림 역, 푸른책들,
    2019.
버나뎃 머피, 『반고흐의 귀』, 박찬원 역, 오픈하우스, 2017.
영화 〈러빙 빈센트〉
영화 〈고흐 영혼의 문에서〉

『노을의 기억』과 스승 김승옥

내가 김승옥 선생님을 만난 것은 우연한 계기였다. 선생님은 불문과 후배의 간곡한 부탁으로 후배가 원장으로 있는 문화센터에서 강의를 하고 계셨다. 세종대 교수로 재직하고 계셨기 때문에 문화센터 강의는 처음이시라고 했다. 그때 나는 서점 운영하느라 조금의 짬도 없었다. 자연히 소설과는 냉담하고 있었다.

문우들이 일주일에 한 번이니 짬을 내서 함께 김승옥 선생님께 공부를 하자고 했다. 나는 바쁘다고 응하지 않았다. 여러 번 권유를 했지만 나는 소설은 그만두었으니 더 공부하지 않겠다고 단호히 말했다.

그런데 어느 날 문우가 말했다.

"선생님께서 이런 말씀을 하셨어요. 혹시 주위에 서점 하는 사람이 있냐고. 원장이 처리로 할 것이 있어 서점 영수증 몇 장 얻었으면 한다고요."

"설마?"

"진짜 원장님이 영수증이 필요하시대요."

이건 우연이었을까 필연이었을까. 그다음 주에 나는 서점 마크가 찍힌 영수증 몇 개를 뜯어가지고 문화센터에 나갔다. 영수증을 드리고 새로 등록한 회원이라고 인사드렸어도 선생님은 정면으로 얼굴 한 번 쳐다보시지도 않으셨다.

그때 새로 만난 회원 중 한 사람이 내가 박완서 선생님 닮았다고 했다. 공부 모임에 나가면 종종 듣는 소리다. 그래서 나는 박완서 선생님과 공통점을 찾아보았다. 구태여 공통점을 찾는다면 앞니가 약간 뻐드러지고 눈이 외까풀로 가느다란 것이 약간 닮은 거 같다. 그건 내 외모의 핸디캡이기도 했다. 아마도 박완서 선생님도 그러하셨을 것이라 생각한다. 그런데 언제부터인지 작품도 닮았다는 얘기를 들었다. 그것도 곰곰이 생각해보니 어린 시절 시골에서 나서 자라 도시로 공부하러 올라온 공통점이 있었다. 시골 얘기부터 도시에 와 애쓰고 사는 얘기까지 쓰는 작품 소재가 닮은 거 같다.

아무튼 그렇게 수업 첫 시간을 보냈다. 그 후 작품을 여러 번 내도 선생님은 봐주지 않았다. 선생님께 작품 평을 한 번 들어보고 싶어 나가는 것인데 답답했다. 어느 날 왜 작품을 안 봐주냐고 물었다. 이미 공부를 다 해서 작가가 되어 온 것이니 더 이상 봐줄 것이 없다고 말씀하셨다.

숙제를 내주셨다. 소설도 일종의 모방이니, 자기가 좋아하는 소설을 정해 그 구성에 따라 소설을 써보라는 것이다.

집으로 돌아와 나는 선생님의 『무진기행』을 놓고 그 구성에 따라 소설 「순무」를 썼다. 내가 『무진기행』에서 따온 것은 무진으로 들어가는 첫 장면과 무진을 빠져나오는 마지막 장면이었다.

그곳은 섬이면서 또한 섬이 아니다. 언제나 혼잡한 다리 입구에서 군인들이 검문검색을 할 때만 해도 그곳은 나고 들기 어려운 섬이었다. 그러나 지금은 다리가 하나 더 놓여 있어 서울에서 단숨에 달려올 수 있는 육지와 조금도 다름이 없는 땅이다. 입구에 초지대교라는 다리 이름이 없었다면 강화도에 들어왔다는 것을 알아채지 못했을 것이다.

…중략…

어떤 모습으로 태어나든 세상에 태어난 것들은 살게 마련이다. 조건이 맞지 않으면 다른 모습으로 변해서라도 산다. 아들이 죽었어도 살고 딸이 도망갔어도 산다. 있는 재산 다 없애고도 살고 빚을 산더미처럼 짊어지고도 산다. 존재의 이유가 없어도 살고 있어도 산다. 순결해도 살고 그렇지 않아도 산다. 물결의 흐름을 따라서도 살고 거슬려서도 산다. 사랑해도 살고 미워해도 산다.

다리 밑에 바닷물이 가득 차 있다. 들어갈 때는 물이 빠져나가 흉하던 바다가 다리의 불빛을 받아 찬란하게 빛을 발하고 있다. 나는 힘차게 순무가 가득 든 차를 몬다. 차는 섬이면서 이미 섬이 아닌 고향을 빠르게 빠져나온다.

무진이 강화로 바뀌었을 뿐이었다. 어떤 독자는 내 작품 「순무」에서 『무진기행』 냄새가 난다고 말했다. 앞뒤 구성을 따왔으니 당연할 수밖에 없었다. 후에 알고 보니 많은 작가들이 어떤 고장으로 들어갔다가 나오는 『무진기행』의 구성을 따서 작품을 썼다.

선생님과의 본격적인 공부가 시작되었다. 선생님이 영향을 많이 받은 일본이나 유럽의 전후문학에 대한 공부였다. 선생님은 여러 책에서 전후문학 작품들을 복사해서 책으로 제본을 떠서 끙끙 메고 들고 오셨다. 세로쓰기로 된 다섯 권의 방대한 소설집이었다.

그 책에 수록된 작품들 중에서 좋은 것들을 뽑아서 읽기 시작했다. 선생님은 마치 고등학교 문학 수업처럼 읽어가며 설명을 하셨다. 나는 그 수업 중 다자이 오사무의 소설 『사양』이 가장 기억에 남는다.

한낮의 태양처럼 찬란했던 가문이 전쟁 후 저녁 햇빛처럼 서서히 기울어가는 과정을 섬세하게 그려냈다. 29살의 젊은 남자가 1인칭 시점으로 기품 있고 우아하지만 나약하고 무능한 어머니의 심리를 표현해냈다. 다자이 오사무 역시 부유한 집안에서 자랐지만 패망으로 몰락한 집안이었다. 그는 39살의 나이로 자살한다.

전후문학 작품을 하나하나 공부하며 가을을 보냈다. 겨울이 왔다. 겨울은 사십 대 후반의 습작기 문학도에게는 마음이 바쁜 계절이다. 나는 신문사 여기저기 작품들을 고쳐 우편으로 보냈다. 신인으로서의 패기가 느껴지지 않는 그래서 번번이 미끄러지는 작품들이다. 마감 날이 다 되어 남은 작품 하나를 한라일보에 인터넷으로 응모했다. 그것이 효자가 되어 크리스마스 전날 당선 통보를 받았다. 내 나이 마흔여섯이었다. 지방 신문사 치고는 상금도 많았다. 그렇게 나는 선생님 문하에서 작가가 된 유일한 제자가 되었다.

제주대 교수님이 심사를 하고 심사평을 쓰셨다. 요즘 소설은 뭐가 뭔지 몰라 난해하고 재미가 없는데 그래도 그 중 내 작품이 나아서 당선작으로 뽑았다고 썼다. 심사평인지 변명인지 마지못해 뽑았다는 소리인지 알 수 없었다. 그것을 보시고 김승옥 선생님은 작가가 새 출발 하는 자리인데 심사평을 그렇게 맥 빠지게 쓰는 것이 아니라며 선생님이 직접 심사평을 써서 보내셨다.

심사평

당선소설은 어제 한라일보에서 찾아 복사하여 읽었습니다.

단편소설의 메커니즘을 완전하게 발휘한 작품이었습니다. 주인공 남자의 심리가 생생하고 사실적이었습니다. 다른 작품들에서도 늘 돋보이던 능력, 즉 소재를 현실로 형상화하는 상상력과 치밀한 구성력은 프로 작가의 면허를 딸 만한 자격이 충분히 있었습니다. 당선을 다시 한번 축하합니다.

새 출발하는 강명희 작가가 놓쳐서는 안 될 것은 '맘 놓고 자유롭게 상상할 수 있는 정신적 여유'일 것입니다. 작가로서 맘 놓고 상상하세요. 아무도 의식하지 말고, 어떤 주의주장에도 구애받지 말고, 무슨 윤리의식 따위에 신경 쓰지 말고 마치 세상에 나 혼자 살고 있는 듯이 그렇게 자유롭게 상상한 인간들의 얘기들을 쓰세요. 그것이 강 작가에게 천부적인 축복을 내려줄 것입니다.

건필을 기원하며
2003년 1월 김승옥

얼마나 멋진 심사평인가. 나는 이 심사평을 컴퓨터 안에 넣어두고 지금도 글쓰기가 게을러지려 할 때면 꺼내 읽어보고 초심으로 돌아가려고 노력하고 있다.

소설가의 이름을 얻었으니 그간 써놓은 작품을 모아 책으로 출간합시다. 친구가 하는 출판사를 소개하겠습니다, 하며 선생님은 출간을 서둘렀다. 그때 나는 어느 공모전에 내려고 작품을 쓰고 있었다. 작품을 마무리하고 프린트해서 선생님께 가져갔더니 선생님께서 작품을 읽으시고 얼른 평을 해주고 싶어 내가 장사하는 서점으로 몸소 오셨다. 근처 음식점에 앉아 선생님은 작품을 꼼꼼히 봐주셨다. 그리고 제목을 '그 여자의 제사'로 뽑아주셨다. 책을 내며 이 제목이 소제목으로는 괜찮으나 표제작으로는 어두운 것 같아 '노을의 기억'로 바꾸었다. 그러니까 이 작품은 내가 등단하고 쓴 첫 번째 소설이다. 이전에 썼던 「노을」이란 단편소설을 세 배 늘려 중편으로 쓴 작품이다.

후에 선생님이 서점으로 오셔서 작품을 봐줄 정도로 이 작품에 특별한 애정을 가지고 있는 이유를 알았다. 「노을의 기억」 속의 '안자'는 삼십 대에 혼자 된 선생님 어머니였다.

아버님은 선생님이 일곱 살 때 4남매를 남겨놓고 삼십 대의 젊은 나이로 여순사건 때 희생되셨다. 여순사건은 여수에 주둔 중인 경비대 소속 장병들이 제주 4·3 사건을 진압하라는 이승만 정부의 출병 명령을 동족상잔의 이유로 거부한 사건이었다. 정부는 이 사건을 반란이라고 이름하고 무자비하게 진압했다. 그 과정에서 많은 민간인이 억울하게 희생되었다. 민간인 중 젊은 선생님 아버지도 계셨다. 아버님도 4·3 때 무고하게 죽은 제주의 양민과 똑같이 희생된 것이다.

청상과부가 된 어머니의 아들에 대한 교육열은 뜨거웠다. 어머니는 장작 장사를 하여 아들 셋을 모두 서울대를 보냈다. 언젠가 우리 제자들이 선생님을 따라 순천 여행을 했을 때 선생님께서 그 집을 보여주셨다. 누이는 세 살 때 열병으로 죽었지만 남은 아들 셋을 잘 키워 모두 서울대를 보낸 명당이라 집값이 비싸다는 말씀도 해주셨다. 당시 선생님은 법대에 가고 싶었지만 연좌제가 있던 시절이라 불문과에 진학하셨고 결국 소설가가 되셨다.

그런 아들에 대한 어머니의 사랑이 얼마나 컸을지 짐작할 수 있다. 언젠가 선생님 사모님께서 어머니의 유별난 자식 사랑에 대한 일화를 말씀해주셨다.

어머니는 아들이 좋아하는 낙지를 순천에서 사서 들고 오셨다. 요리를 해놓고는 며느리에게 손주를 데리고 밖에 나가 있으라고 하고 아들에게만 주시더라는 것이다. 또 어머니는 장작을 판 돈을 동네 책방에 맡겨놓고 아들이 보고 싶은 책이 있으면 언제든지 보게 해주라고 한 일화도 유명하다. 그런 맹목적인 사랑을 받고 자란 선생님은 한국문단에 획을 긋는 큰 소설가가 되셨다.

나는 선생님과 어머니를 보며『새벽의 약속』을 쓴 로맹 가리를 생각했다. 그 소설은 가난과 모멸 속에서 오로지 아들의 성공을 위해 헌신하는 어머니와, 그 희생에 보답하기 위해 폭격이 쏟아지는 전쟁터에서 역사상 최고의 소설『새벽의 약속』을 써내는 천재아들 이야기다. 로맹 가리는 1956년『하늘의 뿌리』로 공쿠르상을 받고, 한 번 탄 작가에게 주지 않는다는 공쿠르상을 1975년 에밀 아자르라는 가명으로 또 받았다. 상을 받기 전에 로맹 가리는 공쿠르 아카데미에 편지를 보내 에밀 아자르는 로맹 가리의 가명이라고 알렸지만 아카데미에서는 이를 무시했다. 우리는 에밀 아자르가 쓴 『자기 앞의 생』에 공쿠르상을 준 것이라고 했다고 한다.

김승옥 선생님의 어머니도 로맹 가리의 어머니 못지않게 자식 교육에 열성이셨다.

드디어 신춘문예 시상식 날이었다. 나는 시상식에 참석하기 위해 함께 소설 공부하는 대학 동창과 제주를 여행했다. 우리는 제주에 사는 대학 동창의 집에 가서 묵었다. 김승옥 선생님은 당일 비행기를 타고 시상식장에 오셨다. 시상식이 끝나고 친구 남편 차를 타고 함덕 바닷가를 드라이브를 하고 공항이 가까운 애월에 가서 저녁으로 회를 먹었다. 순천 분인 선생님은 회를 좋아하셨다. 그렇게 시상식도 하고 드라이브도 하고 회도 먹은, 꿈같은 여행이었다.

내가 이렇게 자세하게 시상식 날 일정을 쓰는 것은 그것이 성한 선생님과는 마지막 시간이었기 때문이다. 얼마 후 이문구 선생님 타계 소식을 듣고 문상 가기 위해 주차장으로 가시다가 선생님은 뇌경색으로 쓰러지셨다. 이문구 선생님이 타계하신 2003년 2월 25일이 김승옥 선생님이 침묵 속으로 들어가신 날이다.

소식을 듣고 병원에 갔을 때 선생님은 어깨와 팔 한쪽을 늘어뜨린 채 침대에 누워 계셨다. 아드님 말이 X-ray를 찍어보니 다른 것은 괜찮은데 언어중추신경만이 파괴되었다고 하였다. 실제 선생님의 몸은 차츰 정상으로 회복이 되었다. 하지만 언어는 영원히 잃으셨다.

언어를 잃은 소설가는 참으로 안타까웠다. 더 안타까운 것은 혁명이라는 불리는 선생님의 감수성은 조금도 녹슬지 않고 그대로라는 것이다. 선생님의 그 빛나는 감수성은 표출할 방법을 읽고 참담하게 감옥에 갇혔다. 나무를 말하고 싶으신데 그것을 표현할 말도 글도 없다. 그런데 어느 날 놀랍게도 선생님은 나무를 그리셨다. 그때부터 선생님과의 대화는 그림이다. 꽃이 그려지고 여자들이 그려지고 기차가 그려지면 그것을 보고 있는 사람들이 제각각 해석을 해낸다. 제자들과 기차 타고 꽃구경 가자고요? 하고 물으면 그때서야 응 응 응 하신다. 어디로요? 하고 물으면 순천만을 그리신다. 배도 그리시고 새도 그리시고 짱뚱어 매운탕도 그리신다. 순천만으로 여행 가서 배도 타고 흑두루미도 보고 짱뚱어 매운탕도 먹자는 말씀을 그림으로 어떻게든 표현해내신다. 실제로 퇴원하신 후 선생님은 그림으로 대화를 하며 제자들과 기차를 타고 순천 여행을 했다.

등단 후 곧 책을 출간할 거라는 계획은 선생님이 언어를 잃으시는 바람에 무산되고 말았다. 금방 나올 것 같았던 소설집은 등단 후 10년 만에야 첫 번째 소설집 『히말라야바위취』가 나왔다. 이듬해 『서른 개의 노을』이 나오고 그리고 5년 후에 『65세』가 세상에 나왔다. 또 1년 반 만에 『잔치국수·분천·어린 농부』가 세상에 나왔다.

네 번째 소설집이 세상에 나왔을 때 선생님 모시고 출간 축하 회식을 갖기로 했다. 선생님도 이미 노쇠하셔서 오시기 힘드시겠지만 꼭 오시겠다고 했다. 그러면 사모님과 택시 타고 오셔서 함께 식사하신 후 다시 택시 타고 가시라고 누누이 당부드렸고 그러마고 말씀하셨다. 제자들은 선생님 뵙게 될 거라는 생각에 들떠서 하루하루 기다렸다. 그런데 약속 며칠 전에 선생님은 넘어지시어 외출이 힘든 상태가 되셨다.

이번에 다섯 번째 책 『노을의 기억』이 나오면 책을 들고 문우들과 선생님을 뵈러 갈 예정이다.

『65세』로 한국소설작가상을 받을 때 "우리 시대의 삶을 리얼하게 접근하면서도 일상사와 감각적인 표현과 사건 전개를 통해 흥미 유발과 사회적인 문제점을 동시에 부각시켜 후에 소설문학 발전에 크게 기여"했다고 상패에 써주었다.

돌이켜 헤아려보니 선생님과 공부한 기간이 가을부터 겨울까지 육 개월 남짓하다. 그 육 개월간 나는 등단하고 「노을의 기억」을 쓰고, 선생님은 침묵 속으로 들어가시고, 제자들은 영원한 제자가 되었다.

짧은 공부 기간이었지만 소설은 사회상이 반영되어야 한다며 선생님은 누누이 강조하셨다. 나는 어떤 소설이든지 사회의 모순된 모습을 리얼하게 그려내려고 했다. 『노을의 기억』에 실린 작품들 속에도 사회상을 반영하려고 나름 노력했다.

등단 후 처음 쓴 작품을 발표할 기회가 없어 묵혀두었다가 이제야 책으로 묶어 세상에 내보낸다.

소설을 읽는 이유

강진철 (법학 박사)

강명희 작가의 네 번째 소설집『잔치국수 · 분천 · 어린 농부』의 권말에 글을 썼던 것을 인연으로 그의 다섯 번째 소설집인 이 책에도 내가 발문을 달게 되었다. 나도 살아오면서 이런저런 글을 썼고 책도 내봤지만, 문학 비전공자인 내가 문학작품에 글을 붙인다는 것은 조금은 부담스럽다.

소설이라고 하는 것은, 완전히 허구적인 이야기를 꾸며내는 경우도 있지만 주로 작가가 직간접적으로 경험하고 느낀 것을 토대로 하기도 한다. 이 소설집에도 나와 작가가 공유하고 있는 경험들이 녹아 있고 또한 소설이라는 형식 안에 포함되지 못했지만 미루어 짐작할 수 있는 작가의 생각과 읽는 이의 입장에서 내가 품게 되는 생각들이 있는데 나는 그런 것들을 염두에 두고, 되도록 가볍게, 독자의 입장에서 소설을 읽어가면서 편하게 '썰'을 풀어가는 느낌으로 발문을 써보려고 한다.

나는 법학을 전공했고 사회복지학과에서 오랫동안 강의했기에 문학보다는 사회과학적 사고에 익숙하다. 그래서 이 발문을 나의 사회과학 사고와 방식에 맞추어 진행해보려 한다.

살아남은 자들의 슬픔

지금부터 70여 년 전인 1948년, 제주도에서는 처참하고 슬프고 가슴 아프고 안타까운 일이 일어났다. 지금 생각해보면 어찌 그런 일이 일어났을까 믿어지지도 않고 의구심도 들지만, 그 당시는 해방 후에 좌우익의 대립이 첨예화되어 있어 서로 사생결단해야 하는 상황에 있었고, 제국주의 전쟁과 세계 제2차대전을 겪은 뒤라 인간의 목숨의 가치와 귀중함에 대한 인식도 부족했고, 인권이나 인간의 존엄과 같은 개념이 제대로 정착되기 전이라 국가권력의 적나라하고 부당한 폭력이 일상적이었고, 지금보다도 훨씬 가난하고 통신이 발달되지 않아 정보가 공유되지 못하였고, 그리고 제주도 존재 자체가 지금보다도 미미했다.

「노을의 기억」을 읽다 보면 작년에 노벨문학상을 탄 한강 작가의 『작별하지 않는다』가 생각난다. 그것도 4·3과 관련된 소설이다. 강명희 작가는 2000년대 초에 남편의 직장 관계로 제주도에 머물면서 알게 된 4·3에 관한 이야기를 「노을」이라는 단편으로 작품화한 적 있는데, 「노을의 기억」은 그것을 개작한 것이다. 4·3은 많은 제주도민들에게는 잊을 수도, 씻어낼 수도 없는 상처이고 트라우마이다. 노벨문학상 선정위원회는 한강의 문학에 임하는 자세를 두고 "역사적 트라우마와 정면으로 마주하는 자세"라고 높이 평가하였는데, 그런 역사적 상처와 마주하려는 자세는 고통스럽지만 한강이나 강명희 작가들처럼 어떤 방식으로든 자꾸 상기하고 마주해야만 서서히 극복될 수 있겠다.

『작별하지 않는다』의 등장인물들은 끝까지 억울한 죽음을 밝히고 생명의 존엄함을 추구하기 위해 작별하지 않겠다(!)는 자세를 보였다면, 강명희 작가의 이 소설에는 4·3 때문에 상처받고 짓이겨진 삶을 살아간 두 노인이 우연하게 짝을 이루어 아름답게 생을 마감하는 모습을 보여준다.

이 소설에는 작가가 30여 년 전 제주도에서 살아본 경험들이 녹아 있다. 이 소설의 배경이 되는 제주도 하도리는 제주도 동쪽 제주올레 21코스에 있다. 그 길을 걷다 보면 망망한 제주 바다와 아담한 백사장, 고만고만한 오름들과 바닷물이 들락거리는 반짝거리는 호수의 매력을 느낄수 있다. 토끼섬도 보이고 계절에 따라서 문주란도 볼 수 있다. 그런 아름답고 평화로운 지역 곳곳에서 4·3의 무자비한 살육이 있었다는 것을 실감하기 어렵다. 특히 그 당시에 처형한 시체들을 처리하기 쉽도록 바닷가 백사장에서 처형을 많이 했다는 이야기를 들으니 저 고운 백사장이 섬뜩해진다. 하도리 근처의 성산일출봉 옆 광치기 해안에도 그곳에서 자행된 학살을 기억하고 희생자들을 추념하는 4·3유적비가 있다.

이 소설의 배경이 되는 시점은 지금부터 약 30년 전쯤이다. 우리나라 전역이 그렇지만 제주도도 30여 년 동안 너무도 많이 발전하였다. 저 시절에 제주도는, 특히 하도리는 시내와 많이 떨어져 있어 작품 속 사연이 생겨날 수 있을 정도로 시골스럽고 정감이 흐르는 동네였을 터다. 그동안 도로가 많이 생기고 차들이 엄청 다니고 건물이 마구마구 들어서서 지금은 소설과 같은 분위기가 나지 않을 수 있다.

일제 말기에 일본군은 제주도를 최후 방어선으로 활용하기 위하여 오름과 바다뿐만 아니라 제주 전역에 수없이 많은 진지를 구축하였다. 물론 그 공사에는 제주도 원주민들이 동원되었다. 전쟁은 피해 갔지만 그 땅에서 4·3이라는 처참한 대규모의 살육이 자행되었고 또한 한국전쟁이 일어나자 예비검속이라는 명목으로 북한에 동조할 만한 좌익 세력들을 정당한 절차도 없이 대규모로 잡아다가 무참하게 죽인 보도연맹 사건도 있었다.

죽음의 문턱에서 천신만고 끝에 살아서 빠져나온 할망(안자)과 작은아들이 살아가는 모습은 참으로 가혹하다. 아들은 의사가 되었고 공적으로는 4·3진상조사단의 고문으로 활동했지만, 과거의 트라우마로부터 벗어나지 못하고 가끔 발작을 일으키고 부인을 폭행한다. 부부관계는 지옥으로 치닫고 아들은 끝내 이혼을 당한다. 4·3의 비극은 현재 진행형인 것이다.

그래도 4·3의 가해자였던 하르방과 피해자였던 할망이 꿈같이 만나 함께 어둠이 몰려오는 것처럼 생을 마감하는 소설의 결말은 인상적이다. 이혼한 남편의 어머니 제사를 모시겠다고 자원한 며느리의 뜻도 가상하다. 과거는 과거대로 현실은 현실대로 받아들이고 순간순간을 비비고 나가면서 나름 의미 있는 길을 모색하는 것이 사람인 것이다.

양극화 사회의 안타까운 현실

베이비시터, 파출부, 세차 여자, 야쿠르트 아줌마, 청소 아줌마, 경비 아저씨, 이런 분들이 우리 주변을 지키고 깨끗하게 하고 편리하게 한다. 그렇지만 이분들은 일을 열심히 하지만 가난하고(working poor), 아침 일찍부터 일하고, 저임금(거의 최저시급)에, 유연(!)하게 고용불안에 시달린다. 내 집은 청소하지 못하면서 남의 집을 청소해야만 하고, 내 손주는 돌보지 못하면서 다른 사람의 자식을 케어해야 하고, 자기는 차를 가지고 있지도 못하면서 남의 차를 광이 나도록 닦아줘야 하는 사람들이다. 반면부자들은 이들을 고용하여 안락하고 깨끗하고 편리한 삶을 추구한다. 이것이 우리나라에서뿐만 아니라 전 세계의 모든 나라가 작동되는 방식이다.

인류가 모여서 사회생활을 한 이래로 이런 직업과 재산의 차별화 내지는 양극화 패턴은 정도의 차이가 있을 뿐 변하지 않았다. 예전에 이 땅에는 양반-중인-상민-노비라는 신분제도가 있었고 태어날 때부터 죽을 때까지 자기 신분에서 벗어나지 못했다. 다른 대륙에서도 다양한 계급제도가 더 확연하게 존재했다. 노예는 마치 물건처럼 취급되어 사고팔수도 있었다. 인도의 엄격하고 무자비한 카스트 제도는 지금까지도 인도사회를 지탱하는 중요한 요소다.

저 사람들은 실질적으로 노비 역할을 하지만 현대 우리나라에는 공식적인 신분제도가 없다. 누구나 신분 상승을 도모하고 사다리 타고 위로 올라갈 수 있다. 가난한 사람들도 기회를 잡아서 출세를 하거나 돈을 벌면 경제적으로 신분 상승할 수 있다는 얘기다. 그렇지만 문제는 저 사람들이 가난에서 벗어나기가 쉽지 않다는 것이다. 그리하여 불행하고 가난한 처지와 신분이 대물림되고 공고화되는 경향이 아주 많다. 사회가 안정될수록 더욱 그렇다. 「슈퍼문이 뜬 밤에 서래섬을 돌다」는 그러한 안타까운 우리의 현실을 그려내고 있다.

솔직히 이런 이야기를 접하면 내가 그 부류에 속하지 않은 것이 얼마나 다행인가 하는 이기적인 생각이 든다. 언젠가, 책을 읽고 쓰는 사람은 그 사회에서 상위 20% 안에 드는 계층이라는 글을 본 적이 있다. 미국의 상황을 말한 글이지만 우리나라도 대충 그럴 테니 나는 상위 20%에 속하는 사람 같은데, 그렇다면 '나는 아니라서 다행이다', '저 사람들 불쌍하다' 같은 단순한 감상에서 더 나아가 뭘 어떻게 해야 이 사회를 개선할 수 있는가를 고민하게 된다. 쉽지 않다. 소설은 부동산-직업-부(재산)의 양극화 현상을 이야기할 뿐 그러한 양극화를 어떻게 극복해야 하는가 하는 문제에 대해서는 언급하지 않고 있다.

민주사회에서는 이런 문제를 정치적으로 풀어야 한다고 나는 생각한다. 우리나라에서는 누구에게나 기회가 열려 있다. 가난한 집 아이들도 평준화된 공교육을 제대로 받을 수 있다. 그렇다고 기회를 주었으니 결과를 받아들이라고 하면 집안 형편이 어렵고 재능이 부족하여 출발선이 달라 처음부터 뒤처질 수밖에 없는 아이들에게는 가혹하다. 기회의 평등을 넘어서 결과적 평등을 지향해야 한다. 그래서 문제를 정치적으로 풀어야 하는데 작금의 정치는 혼란스럽고 어지럽다.

작품 마지막, 전세 사기를 당한 피해자가 자살하는 비극은, 안타깝지만 현실에서도 일어나는 일이다. 근래에 인천 미추홀구의 전세사기 피의자에게 대법원에서 징역 7년을 선고했다고 하는데 국민정서에 비해 처벌이 약한 것이 아닌가 하는 생각도 든다.

폭력의 시대

대략 1950~60년대, 그 당시는 피임이나 낙태가 보편화되지 못한 때이고, 남자가 외도를 하는 것을 지금만큼 잘못으로 보지 않던 시대였다. 첩을 두고 사는 남자도 있고, 외도로 태어난 자식을 거두는 경우도 있고, 재혼하면서 자식을 데리고 들어오기도 했다. 배다른 형제나 씨가 다른 형제가 있는 집도 적지 않았다. 소설 「아내가 돌아왔다」는 이런 시대 분위기를 배경으로 시작된다. 주인공 자신이 술집 여자의 버려진 아들이었다는 것을 알고, 그것이 트라우마가 되어 의처증이 생기고 부인을 폭행하고 아내가 가출한다.

작품의 중간 스토리는 주로 밭농사에 대한 것이다. 농사일은 초봄부터 초겨울까지 쉴 새 없이 계속되는데 그 과정과 각종 작품의 특성을 작가는 소상하게 묘사한다. 농사일과 글쓰기를 이렇게 요령 있게 접목시키기가 어려울 텐데 너무나 자연스럽다. 농사는 힘들지만 농사 이야기는 푸근하다. 자기가 직접 농사를 짓느냐와 관계없이 정겹다. 아마도 우리 조상들이 대부분이 농부였기에 그런 것 아닐까.

나도 작년에 생전 처음으로 김포에서 밭농사를 15평 정도 실험적으로 지어봤다. 온갖 채소 종류를 다 심어보았다. 다른 농부들에게 물어보고 다른 밭을 보면서 커닝을 많이 했다. 새벽부터 밭에 나가서 1시간 반 정도 왔다 갔다 하면서 조금만 움직여도 땀범벅이 되었다. 특히 작년 여름은 무척 더워서 힘들었지만 소중한 농사 체험이었다.

다시 소설로 돌아가자. 출생의 비밀로 인한 트라우마와 그에서 촉발된 폭력이 아내가 가출한 원인이다. 예전 사회에는 지금보다 가정폭력이 훨씬 만연했고(예전보다는 줄었다 하더라도 지금도 있다), 가정폭력은 대물림된다는 말도 있다. 맞고 자란 사람이 나중에 때리는 사람이 된다는 얘기다. 내가 아는 분도 자기 맘에 안 드는 일이 있으면 처자식을 그렇게나 때리더니, 어려서 폭력을 당했던 아들도 결혼한 후에 부인을 때리는 게 아닌가.

예전에는 폭력과 싸움이 많았다. 가정폭력뿐 아니라 군대에서도 학교에서도 폭력은 흔한 일이었다. 지금은 예전처럼 폭력을 휘둘렀다가는 처벌받는다. 그만큼 우리 사회가 폭력에 대해 엄격해진 것이다.

그러한 가정폭력을 다룬 이 소설은 끝마무리가 쌈빡하다. "드디어 아내가 돌아왔다."

저출산 고령화 사회의 해법

「질경이」는 프랑스에 사는 딸 가족을 케어해주기 위해 장모가 파리까지 따라가는 이야기다. 아이 세 명을 낳고 기르는 게 이만저만 힘든 일이 아니지만, 몸에도 좋고 특유한 맛이 있는 질경이가 험한 환경에서 자라듯이, 그렇게 사는 것도 재미있고 보람이 있다는 것이다.

요즘 시대에 아이를 세 명이나 낳아 기르는 것은 매우 드문 사례다. 부부가 직장을 다닌다면 더욱 그렇다. 도우미 혹은 베이비시터를 고용하고 아이들을 어린이집과 유치원에 보내고도 시집이나 친정의 부모의 도움을 받아야 한다. 정말 전쟁 같은 삶이 된다. 아이가 한 명에서 두 명, 세 명으로 늘어나면 곱하기가 아니라 기하급수적으로 힘이 들지만 그래도 보람과 기쁨도 기하급수적으로 늘어난다는 것이 저 아이들을 (실제로) 10년 동안 돌본 작가의 증언이다. 마흔이 넘도록 결혼도 안 하고 세계를 혼자 떠돌아다니면서 "사는 것이 재미없다. 죽고 싶다"고 떠벌리는 사위의 부자 친구보다 행복하다는 것이다.

지금 우리나라는 저출산 문제가 심각하다. 직장에 다니는 여성들 중에는 결혼을 안 했거나 결혼했어도 아이를 안 낳는 사람들(딩크족)이 많다. 내가 재직했던 대학의 여교수들도 결혼했더라도 대부분 아이를 한 명씩만 낳았다. 작년(2024년)에는 출생율이 좀 올랐지만 저출산 문제는 심각하다. 저출산은 사회의 활력이 떨어지는 고령화로 귀착되어 심각한 사회문제가 될 것이다.

작가는 저출산 대책으로 다자녀일수록 혜택을 많이 주는 프랑스의 사례를 소개하고 있는데 정말 참고할 만하다. 여성이 세 아이를 낳고 세 번의 육아휴직을 쓴다는 것은 공기업이기에 가능했지 사기업에서는 쉽지 않다. 요즘이야 육아휴직 쓴다고 하면 윗선에서 안 된다고 하지는 않겠지만 대체인력을 보충해주지 않으면 그 일을 대신 떠맡게 되는 다른 동료들은 죽을 맛일 거다.

그리고 보니 내 아들도 일찌감치 결혼하더니 어쩌다가 연달아서 애

셋을 낳았다. 그것도 아들만 셋. 첫째가 지금 초등학교 2학년, 둘째가 일곱 살, 막내가 만 두 살이다. 지금이 가장 힘들 때이다. 이런 사정을 얘기하면 다른 사람들은 당장에 한마디로 "애국자"라고 칭하는데, 정말 애들과 밥 한 끼 편안히 먹기 힘들다. 며느리가 직장에 나가기에 막내를 돌보는 베이비시터를 두고 있고 근처에 사는 친정부모가 절대적으로 도움을 주고 있다. 친정부모는 또 뭔 죄인가?

어쨌든 「질경이」 속 화자인 사위는 "작은누나를 낳고 십 년 만에 얻은 마흔둥이"다. 작은누나와 그 사이에는 세상 빛을 보지 못하고 낙태된 누이들이 있었을 거라고 짐작된다. 1980년대에는 그런 일이 잦았다. 내 아들이 1990년생으로 백(白)말띠 해에 태어났다. 믿거나 말거나지만 백말띠 여자아이들은 팔자가 세다는 속설이 있었다. 1990년 그해의 남녀 출생 성비를 보면 116.5(남) : 100(여)인데, 아이가 몇째 아이냐에 따라 상세 성비가 달라진다. 첫째의 성비는 108.5(남) : 100(여)으로 정상이지만 둘째는 117.1 : 100이고 셋째는 193.7 : 100, 넷째 이상은 209.9 : 100이었다. 정말 여자라는 이유로 세상에 태어나보지도 못하고 산화(散花)한 생명들이 엄청 많다는 얘기다. 아이가 초등학교에 들어갔을 때 여자 짝이 없어 남자끼리 앉는 아이들이 한 반에 보통 3~4명 있었다. 그 아이들이 지금은 35세 정도가 되었다. 작년 말 통계를 보면 30대 남자의 50.5%가 미혼인데 30대 여자가 미혼 비율은 32.8%였다. 30대 남성이 여성에 비하여 결혼을 더 많이 못 했다는 얘기다. 기본적으로 여성의 숫자가 남성보다도 적으니 아무래도 여성이 더 귀한 존재가 된 것이다. 저 당시에 아들 낳았다고 좋아한 부모들은 지금 그 아들이 장가를 못 가게 되어서 많이 침울하겠다.

1960~80년대에는 인구 폭발을 걱정하며 산아제한을 했다. "덮어놓고 낳다 보면 거지꼴을 못 면한다!"는 구호도 있었다. 그런데 언제부터 누가 시키지 않아도 아이를 적게 낳는 경향이 있었음에도 정부는 무심히 있다가 너무 늦게 출산장려 정책을 펴기 시작했다. "늦었다고 생각될 때가 가장 빠른 때"라는 말도 있는데 출산정책에는 안 들어맞는다.

독일에서 부르는 망향가

1960년대 광부로 위장해서 독일(서독)로 간 남자가 있다. 파독 간호사와 결혼했다가 그 여자의 요청으로 이혼을 하고, 한국에서 온 매력적인 여자와 두 번째 결혼을 했으나 남자보다는 개를 선택한 여자와 별거를 하고, 자기가 운영하는 음식점 지배인 여자와 동거를 한다. 그 와중에 한국 부동산에 투자했다가 사기당하고, 세 번째 결혼한 여자와의 생활은 파국을 맞는다. 「꿈속의 고향」의 줄거리이다.

1960~1970년 당시에 독일로 간 광부나 간호사들이 지금은 다들 나이가 들어 70~80대가 되었다. 거기서 완전히 자리 잡고 사는 이들도 있겠지만 그래도 많은 사람들은 고국을 그리워한다. 한국에 돌아오고 싶어도 워낙 한국의 집값이 올라 있고 소득 수준과 생활 수준이 높아져서 엄두가 안 난다고 한다. 남해에 그들이 만든 독일인 마을도 있지만 수도권에서 너무 멀다. 그래서 수도권에 공동주택을 마련해서 돌아가면서 사는 방안도 모색하고 있다. 요즈음 인터넷 덕분에 세계의 어디서나 한국

사정을 실시간으로 접하고 있다. 그래서 한국에 있는 우리보다도 더 촉각을 곤두세우고 한국과 한국적인 것에 더 집착하는 경향이 있다고 어느 재외 교민이 이야기해준 바 있다.

소설로 만나는 비운의 화가

화가 빈센트 반 고흐는 우리나라에서 매우 인기가 높아서 그에 대한 책도 많이 나와 있다. 고흐의 인생에 대해서는 고흐와 동생 테오 사이에 오간 편지로 많이 알려져 있다. 작가는 그런 사실들에 기초하여 고흐의 마지막 1년을 「꽃 피는 아몬드 나무」라는 소설로 각색했다.

이 소설을 읽다 보면 형제의 우애가 부러워진다. 아무리 형제라고 하더라도 서로 안 맞는 부분이 있고 은근히 경쟁하면서 갈등을 겪지 않을 수가 없는데 이 형제는 서로에게 그 누구보다 더 끈끈한 삶의 동반자가 되어 편지로 수없이 소통하면서 서로 의지하였다. 오죽했으면 테오가 아이에게 빈센트라는 형의 이름을 붙였을까. 테오는 형의 관대하고 따뜻하고 단호하고 용감한 성격과 그림의 재능을 자기 아들이 물려받았으면 했을 것이다. 동생 테오도 일찍 죽었는데 테오의 부인과 아들 빈센트가 그나마 편지들과 고흐의 그림들을 잘 보관하고 정리하고 전시회를 하고 홍보를 해서 고흐가 더욱 빛을 발한 것이 아니었을까 (하는 것이 내 생각이다).

나는 미술에는 전혀 소질도 취미도 없지만 고흐의 그림을 보면 특유의 부드러우면서 날아갈 듯한 터치와 따뜻한 색감에 매료된다. 그런 천재가 미술계에서 쉽게 인정받지 못하고 가난하고 외롭게 살아야 하고,

일찍 죽고, 죽은 후에야 유명해진 것이 많이 안타까웠다.

죽음이라는 것

이 소설집에 실린 작품들은 대개 리얼리즘에 입각하고 있다. 각각의 등장인물들이 힘겨운 상황에서도 열심히 살아가는 모습들을 보여준다. 작품들의 배경과 주제가 각각 달라서 묶어서 이야기할 수 없는 것 같았는데 읽다 보니 시공을 초월하여 특별한 공통점을 찾을 수 있었다. 그것은 '죽음'이었다. 이 소설집에 수록된 6편의 소설 중 4편에서 죽음이 등장하고, 1편에서는 죽음이 암시된다(「질경이」).

「노을의 기억」에서는 두 노인네가 고요하게 죽음을 맞이한다. 살아온 인생은 무척이나 험난했지만 저세상으로 가는 길은 평화롭다. 마치 판타지 같다. 할망과 하르방이 우연히 만나 사랑을 나누고 주변을 정리하는 모습도 그러하다. 4·3의 가해자와 피해자였던 두 노인의 험난했던 삶과 고요한 죽음의 모양새가 극적으로 대비된다.

그 외에 「슈퍼문이 뜬 밤에 서래섬을 돌다」에서는 세차 일을 하는 여자가 전세 사기를 당하여 가족을 동반하여 자살한다. 실제로 있었던 비슷한 사건을 모티브로 한 것이지만 소설화하니까 더욱 극적으로 승화된다. 「질경이」에서는 물질적으로는 모든 것이 충족되어 있는 부유한 남자의 죽음이 암시된다. 「꿈속의 고향」에서는 남자가 세 번째 부인을 살해하면서 자신의 죽음도 암시하며, 「꽃 피는 아몬드 나무」에서도 고흐는 권총으로 자살한다. 그렇게 아끼던 동생 테오도 몸이 약해서 6개월 후에 죽는다. 고흐의 죽음은 천재의 광기가 현실에서의 각박함과 혼합되어 자살로 귀결된 것으로 보인다.

죽음은 누구에게나 딱 한 번만 닥쳐오는, 인간에게 있어서는 아주 인상적인 사건이라 소설가들에게는 매우 매력적인 소재이다. 사람이 살아가는 것도 그렇지만 죽는 과정도 각양각색이고 천태만상이다. 죽음을 맞는 과정이 의외인 경우도 많고, 사는 것만큼 죽는 것만큼 만만치 않다. 소설 속의 죽음은 독자에게 삶과 죽음의 의미에 대해 깊이 생각할 거리를 던져준다. 그것 또한 소설의 가치일 것이다.

푸른사상 소설선

노을의 기억